威尔·沃伯顿

一部真实生活的传奇

（英）乔治·吉辛（George Gissing） 著

王 欣 译

中国海洋大学出版社
· 青岛 ·

图书在版编目（CIP）数据

威尔·沃伯顿：一部真实生活的传奇 /（英）乔治·吉辛（George Gissing）著；王欣译 . -- 青岛：中国海洋大学出版社，2025. 4. -- ISBN 978-7-5670-4159-2

Ⅰ. I561. 44

中国国家版本馆 CIP 数据核字第 2025GD3597 号

Will Warburton: A Romance of Real Life *by* George Gissing

Archibald Constable & CO Ltd, 1905

出版发行	中国海洋大学出版社
社　　址	青岛市香港东路 23 号　　邮政编码　266071
出 版 人	刘文菁
网　　址	http://pub.ouc.edu.cn
订购电话	0532－82032573（传真）
责任编辑	邵成军　　　　　　　　　电　　话　0532－85902533
印　　制	日照日报印务中心
版　　次	2025 年 4 月第 1 版
印　　次	2025 年 4 月第 1 次印刷
成品尺寸	170 mm ×230 mm
印　　张	13. 00
字　　数	190 千
印　　数	1—1 000
定　　价	79. 00 元

·译者序·

　　英国作家乔治·吉辛(George Gissing, 1857—1903)是维多利亚晚期最重要的小说家之一。他一生著作颇丰,共发表了20多部长篇小说、80余篇短篇小说、1部长篇散文集、4部对著名小说家查尔斯·狄更斯的批评文集等。他的作品主题非常广泛,涉及阶级、文学作品商业化、女性教育、城乡矛盾、流亡等多方面。早期的作品(1880—1889)侧重描写工人阶层的生活,包括《阴曹地府》(*The Nether World*, 1889)等7部小说,中期作品(1890—1897)关注中产阶级文化和价值观念,包括成名作《新格拉布街》(*New Grub Street*, 1891)等9部作品,晚年他回归田园生活仍创作了颇有名气的散文集《四季随笔》(*The Private Papers of Henry Ryecroft*, 1903)。短篇小说写作也贯穿他的一生,首篇《父亲的罪恶》("The Sins of the Fathers", 1877)的发表甚至早于第一部长篇《黎明时期的劳工》(*Workers in the Dawn*, 1880)。20世纪初,吉辛仍然发表了10余部短篇作品,与长篇小说形成内容和主题上的互补,也奠定了他在19世纪末20世纪初短篇小说家的地位。

　　在这些作品中,城市书写尤其是伦敦书写是作家不断展现的主题。吉辛一生与伦敦关系密切,他出生于约克郡的威克菲尔德,1872年10月以曼彻斯特区考试第一名的成绩进入曼彻斯特欧文斯学院学习,两年后又以优异成绩被伦敦大学录取。他热爱读书,具备较高的写作天赋和深厚的古典文化修养,原本可以接受良好的大学教育,成为一名学者或研究者,然而1876年因个人原因被学校开除。自此,他不得不写作谋生,度过数年穷困潦倒的生活。坎坷的人生经历促使他对城市教育、文明、工业化等问题不断反思和批判，这在作品中进一步得到展现。伦敦城的兰伯斯（Lambeth）、克拉肯威尔（Clerkenwell）、托特纳姆法院路（Tottenham Court Road）是小说中频繁出现的贫民窟的名字。吉辛是伦敦的观察者和忠实记录者。不同于查尔斯·狄更斯等其他维多利亚时期的作家，吉辛对社会边缘群体进行了独特描写，融入了强烈的自然主义风格以及叔本华的"悲观主义"哲学思想。在宏大的城市"进步"主流话语的笼罩下，平民的真实处境时常被遮蔽，在这个意义上吉辛对弱势群体和社会边缘者的书写构成了对官方权威叙述话语的消解与颠覆。这正是吉辛城市书写的意义所在，以社会边缘群体的视角审视城市的发展，揭露维多利亚转型期城市物质文明的发展与其主体精神文明发展之间的不平衡。吉辛的创作植根于英国19世纪末20世纪初由传统农业社会向现代工业社会过渡的转型时期，这一阶段英国在经济、政治制度、社会结构、价值观念等方面发生急剧变化，此时的城市也显现出繁华与衰落并存、进步与问题共生的矛盾特征。19世纪的工业城市是狄更斯《艰难时世》中提及的名副其实的"焦炭城"：城市居住条件恶化、环境问题加剧；大量城市移民带来骚乱和动荡，犯罪率上升，人口性别比例失调，大量女性面临择偶和生存困境，社会转型期的上述问题反映在这一时期的文学创作中，同样为吉辛的城市写作提供了思考和描绘的空间，反之吉辛的作品成为城市的真实写照，是英国转型时期城市面貌的文学性再现。

《威尔·沃伯顿：一部真实生活的传奇》（*Will Warburton: A Romance of Real Life*）出版于1905年。这部作品写于作家晚年，相比早期灰暗、绝望的自然主义风格，小说语言回归了平实、质朴和白描。小说聚焦中产阶级人士威尔·沃伯顿的人生浮沉，娓娓道出这一原本办公室体面的管理者如何被迫成为当时社会上身份卑微的杂货店店主，其社会阶层的变化和由此引发的人际关系、情感关系等的改变折射了20世纪初英国社会固化的阶级观念。受自由贸易政策影响而倒闭的艾利街制糖厂反映了英国推行自行贸易政策对国内中小企业的冲击和对普通中产阶层的影响，以及在此基础上的"体面"文化观的变迁。这部小说为我们窥探英国19世纪末、20世纪初的经济政策和中产阶层的文化观念变迁提供了富有价值的窗口。

·目 录·

第一章

海风拂过威尔·沃伯顿的发丝，对阿尔卑斯山皑皑白雪的新鲜记忆使他眼睛里闪烁着光亮。他跳下出租车，付给司机双倍的车费，把一个沉重的包猛地扛在肩上，然后大步流星地跑上两级台阶，来到位于切尔西桥附近一栋多租户建筑的第四层的公寓。伴随着脚步的"哒哒"声，他来到门前，一张削瘦的、黄色的脸透过窄小的门缝小心翼翼地探出来。

"先生，是您吗？"

"对呀，霍普太太！你好吗？——你好吗？"

他把包扔进走廊，热情地握住这位妇女的手。

"晚餐准备好了吗？饿得饥肠辘辘了。给我三分钟，准备用餐。"

在这段时间里，卧室里响起了"哗哗"的水声和"呼呼"的吹风声，然后沃伯顿面色红润地走了出来。他抓起放在写字台上的一小堆信件和包裹，拆开信封，去掉包装纸，时而高兴地读着，时而厌恶地咕哝着，时而又半吼半笑着。然后晚餐准备好了，对于一个食欲旺盛、消化良好的饥肠辘辘者，一个三十三四岁的男性，这简直是一顿盛宴。很快，不到一刻钟的时间，一块上等的牛排和它的配菜，一个金黄的苹果馅饼，一大片熟透的切达干酪，两瓶奶油巴斯就不见了。

"现在我可以交谈了！"威尔对他的仆人喊道，说着他躺到一张深陷下去的椅子里，开始点燃烟斗。"有什么消息吗？我似乎已经离开了三个月，而不是三周。"

"弗兰克斯先生昨天下午晚些时候来过电话，先生，当时我正在这里打扫卫生。听说您今天会回来，他非常高兴，说他今晚或许会来看看。"

"很好！还有什么？"

"我妹夫想见您,先生。他又有麻烦了:几天前丢了在博克森店铺的工作。我不知道确切是怎么回事,但他会解释一切的。他很不幸,先生,他就是那个阿勒钦。"

"告诉他如果可以的话,明天早上九点前过来。"

"好的,先生。我相信您是个心地善良的人,先生。"

"还有什么?"

"目前我能够想到的没有了,先生。"

沃伯顿从这位女士说话的方式知道,她脑子里仍然在想着什么;但他的烟斗已经点燃,一种惬意的倦意爬上心头,他只是点了点头。霍普太太收拾好桌子,退了出去。

窗外,切尔西医院(旧时的拉内拉格医院)的花园环绕四周,向西则是一条河,河那边坐落着巴特西公园,草坪葱茏,绿树成荫。七月的一束晚霞突然照进了房间。沃伯顿半眯着眼睛清楚地感受到了它。他想要起身向外张望,但四肢无力、烟雾缭绕,使他的思绪停留在山间。如果不是突然从屋内传来的响声惊醒了他,他可能已经打起瞌睡来了:那是餐具掉落时发出的清脆的响声。这让他笑了起来,一种幽默的嘲笑。过了一两分钟,他的房门被轻轻敲响,霍普太太露面了。

"又一个事故,先生,我很抱歉,"她支支吾吾地说。

"严重吗?"

"很抱歉,先生,是一个盘子和两个碟子。"

"哦,那没什么。"

"我会把它们处理好的,先生。"

"嗨,盘子难道不够用吗?"

"哦,足够用了——刚刚好呢,先生。"

沃伯顿忍住笑的冲动,友善地看着挤在门缝中的仆人——这是她在窘迫时的习惯。霍普太太已经在这里干了三年,他清楚她所有的缺点,但更看重她的优点,其中最主要的是诚实和适度的日常烹饪能力。只要在这个房间里转上一圈,任何来访者都会发现,霍普太太的清洁观念并不严格,她的主人在某种程度上要对这一缺陷负责;他不太在意灰尘,只要东西摆放整齐就好。霍普太太不是住家佣人,她在规定的时间来。她显然是个寡妇,拖着一个小小的、瘦弱的、松垮的身体,没有任何营养能使她变得丰满或结实。她总是习惯性地愁眉苦脸,但时不时又会咧开嘴,挤出滑稽古怪的笑容,显露出一些幽默。

"我的手指今天都麻木了,先生,"她继续说道,"我敢说是因为过去的这几晚我都没怎么睡觉。"

"怎么回事?"

"是我那可怜的妹妹,先生,我是说我妹妹莉莎,她得了最严重的头痛,我们都称它'尤其头痛'。这次症状已经持续三天多了。可怜的她一分钟都没休息过。"

沃伯顿非常同情她的遭遇,就像对待一位亲密的朋友一样询问她的情况。换换空气和注意休息是显而易见的良方;但同样明显的是,这些对于一个每周只靠几先令生活的工作着的女性来说,是不可能的。

"你知道任何她可以去的地方吗?"沃伯顿漫不经心地问,又补充道,"如果有条件的话。"

霍普太太比以往任何时候都更紧地把自己挤在门和门框之间。她羞愧地歪着头,当她说话时,声音粗哑,并且夹杂咯咯声,只能勉强听清楚。

"在苏森德有一家小旅馆,先生,我丈夫付得起钱的时候,我们常去那里。"

"好吧,那这样。听听医生的意见,看看苏森德是否可行,如果不行,哪个地方合适。然后尽管把她送走。不要担心钱的问题。"

经验使霍普太太能够理解这一建议。她结结巴巴地表示感谢。

"你的另一个妹妹——阿勒钦太太怎么样了?"沃伯顿亲切地问道。

"为什么会这样问,先生,她的健康状况很好,但她的孩子上周死了。希望您能原谅我,先生,在您刚度假回来的时候就告诉您这些坏消息。看得出来,您的心情也不是很好。"

威尔强忍住不笑。每当他度假归来,霍普太太总以为他会因为要重新开始日常工作而感到沮丧。他正要开始谈起阿勒钦太太的麻烦,外面的一层门就响起了长时间的敲门声,听起来有些急促。

"啊哈,那是弗兰克斯先生。"

霍普太太跑去接待来访者。

第二章

"沃伯顿！"一个高亢的声音从通道里传来。"你看《艺术世界》了吗？"

这时，一个二十五岁的年轻人，个头高高的，留着红棕色头发，急匆匆跑进了房间，他那愉悦的脸上闪着兴奋的光泽。他一只手抓住朋友，另一只手拿出一本刊物。

"你还没看到过呢！看这里！你觉得那是什么，震惊你！"

他打开杂志，展示了一幅题为《避难所》的插图，并称这是根据自己的一幅画创作的。

"难道不是很棒吗？是不是表现得很好？——见鬼了，你为什么不说话？"

"就照相凹版印刷而言，还不错，"沃伯顿说。在这位充满活力的年轻人面前，他展示出作为长者的严肃的神情。

"见鬼去吧！我们都知道这事。问题是现在它就在那儿，在你面前。难道你不感到惊讶吗？没有什么想说的吗？难道你没有看到这意味着什么吗，你这个老流浪汉[①]？"

"对于你那精明的交易商来说，不应该怀疑它意味着金钱领域。"

"对于我也是，伙计，我也是！当然了，不是因为这幅画。而是我已经到这儿了，我像骑士的长矛一样扫清所有障碍，前方路清晰可见！但你似乎不知道被《艺术世界》选中意味着什么。"

"我好像记得，"沃伯顿笑着说，"一两个月前，你对这本杂志和与之相关的东西还嗤之以鼻呢。"

---

① 二人是密友，这是密友之间戏谑的称呼，本书注释均为译者添加。

"别傻了！"另一个人喊道，他一直在小房间里转来转去，不停地比画着，"当一个人吃不饱饭又卖不出去一幅画的时候，当然会这样说话。我不会假装改变我对照相凹版画的看法。但是现在，这幅画本身呢？说实话，沃伯顿，它很糟糕吗？你能看一眼那幅画，就说它一文不值吗？"

"我从没说过这样的话。"

"当然没有，你太善良了。但我总能察觉到你在想什么。我看到当协会那帮人拒绝它时，你一点也不感到惊讶。"

"你错了，"沃伯顿喊道。"我真的很惊讶。"

"收敛起你的厚颜无耻！好吧，你爱怎么想就怎么想吧。我坚持认为这东西还不错。我越来越喜欢它了，发现它的优点越来越多。"

弗兰克斯举着画，目不转睛地盯着它。《避难所》画的是一座古老的乡村教堂的内部。一位年轻貌美的女子正斜靠着一根柱子，在地上蹲着，她的衣着和整体面容显现出流浪的凄凉。她已经疲惫不堪，以一种最优雅的姿态睡着了，冬天落日的余晖洒在她苍白的脸上。在她面前站着的是乡村牧师，他显然是刚进门就发现她在这里；他那白皙的头颅以牧师特有的仁慈姿态向下弯曲，脸上融合了一种绅士的好奇和一种怜悯的温柔。

"沃伯顿，如果这幅画被挂在伯灵顿府上，一定会成为年度最佳作品。"

"我认为很有可能。"

"好吧，我知道你的意思，你这个尖酸刻薄的老流氓，但还有另一种视角。绘画本身到底画得好不好？颜色用得好不好？当然，你对此一无所知，但我告诉你，我认为这是一幅非常巧妙的作品。主题保留下来了，这样做有什么不好呢？这件事是很有可能发生的。而且，这个女孩为什么不应该是相貌俊美的？"

"像天使般的！"

"对啊，为什么不呢？有些女孩长着天使般的面孔。我不就认识一个吗？"

一只腿搭在椅子扶手上坐着的沃伯顿突然改变了姿势。

"这倒提醒了我，"他说，"我在瑞士遇到了庞弗雷特一家。"

"在哪里？什么时候？"

"十天前在特里昂。我和他们一起待了三四天。埃尔文小姐没提到过吗？"

"我已经很久没有她的消息了，"弗兰克斯回答道。"嗯，有一个多星期了。你是偶然遇到他们的吗？"

"没错。我隐约觉得庞弗雷特夫妇和他们的侄女在瑞士的某个地方。"

"隐约觉得！"艺术家喊道，"我都告诉你了，有一天晚上我在这里咆哮了五六个小时，因为我不能和他们一起去。"

"你是这么说的，"沃伯顿说，"但恐怕我当时在想别的事，当我出发去阿尔卑斯山时，我真的把这件事忘得一干二净了。我是突然下定决心的，你知道。我们在艾利街遇到了麻烦，现在不度假就永远也去不了了。对了，我们得收工了。糖会毁了一切。我们必须趁现在还能全身而退摆脱掉它。"

"啊，真的吗？"弗兰克斯嘀咕道。"马上告诉我，我想听听罗莎蒙德的事。所以你自然和她见过很多面喽？"

"我从霞慕尼出发，走过巴尔梅山坳——那里可以看到勃朗峰的壮观景色！然后一路向下来到山谷中的特兰托。就是在那里，当我去酒店吃晚饭时，我发现了那三个人。老好人庞弗雷特要我多待一会儿，我很高兴有机会与他长谈。拉尔夫·庞弗雷特真是个怪老头。"

"是的，是的，他是这样的，"艺术家心不在焉地喃喃自语道。"但是罗莎蒙德呢，她玩得开心吗？"

"非常开心，我觉得。她看起来确实很不错。"

"和她聊得多吗？"弗兰克斯漫不经心地问道。

"当然了，我们讨论过你。我忘了我们的结论是褒义还是贬义了。"

艺术家笑起来，把双手插在口袋里，在房间里踱步。

"你知道吗？"他感叹道，似乎在仔细观察墙上的一幅画。"我要在年底前结婚。关于这一点，我已经下定决心了。我昨天去看了富勒姆的一栋房子——对了，是克罗斯太太的房子，它将要在米迦勒节出租，租金四十五英镑。我决定租下它。不会有风险的，我要赚钱了。我真是个蠢货，竟然接受了那个家伙对《避难所》的第一个开价！那是我的低潮期，我脾气很差。五十几尼！是你的错啊，很大程度上是你的错，你让我把它想得比它应得的还要糟糕。你等着看，布莱克斯塔夫会从中赚一笔小钱的，当然，他有所有的权利。我是个白痴！算了，现在再谈论也为时已晚。——我说，老头儿，别把我的咆哮当真。我的意思不是说你应当被责备。如果我有这种想法，我简直是个忘恩负义的家伙。"

"《贫民窟慈善家》完成得怎么样了？"沃伯顿充满幽默地问道。

"这个嘛，我想说的是，几周后我就会完成它。如果布莱克斯塔夫想要《贫民窟慈善家》，他就得付钱。当然，它必须归学院所有。除非布莱克斯塔夫开出非常优厚的条件，否则我理所当然会保留所有的版权。这幅画对我来说至少值五六百英镑。这样我们就可以开始准备结婚了。但即使只卖到一半的价钱我也不在乎，我还是会结婚的。罗莎蒙德是一个相当有勇气且主意坚定的人。我不能要求她依靠每周一英镑的收入生活——这是我过去两年的平均收入。但是，假设手头有两三百英镑，还有一个像克罗斯太太出租的那样的体面小房子，租金合理，那么，冒这个险是值得的。我等得不耐烦了，这对一个姑娘来说不公平，这是我的看法。已经两年了，订婚超过两年很可能不会有什么好结果。你会觉得我的行为很酷。但有一点我可没忘记，你这个老高利贷债主，我欠你的可不止一百英镑——"

"呸！"

"你尽管呸吧！但是如果没有你，我可能很多天都吃不上饭；如果没有你，我很可能不得不放弃绘画，转行做职员或码头工人。可是，老头，让我欠你的债务再晚一点还吧。我不能再推迟婚期了，而且一开始我就需要能凑齐的所有钱。"

这时，霍普太太提着一盏灯走了进来。谈话暂停了一下。弗兰克斯点燃了一支烟，试图坐着不动，但很快又在地板上踱来踱去。一杯威士忌和苏打水重新点燃了他即将泯灭的倾诉热情。

"不！"他大叫道。"我不会承认《避难所》是廉价的、情绪化的，以及所有其他评价。我越思考，越确信这没什么羞耻的。人们总是认为如果一个东西受欢迎，它就一定是糟糕的艺术。那都是胡言乱语。我打算支持流行作品。这样来看！假如这就是我的初衷呢？假如这是我能达到的最好的程度了呢？如果我不屑于通过我认为的好作品来赚钱，而宁愿饿着肚子去表现那些在我看来毫无价值的装腔作势的东西，岂不是大傻瓜？"

沃伯顿若有所思地说道，"我不应该质疑你是否正确。无论如何，我对艺术的了解就像我对微积分的了解一样多。只要不让穷人流血，赚钱是一件令人愉悦的好事。去做吧，我的孩子，祝你好运！"

"我还没找到适合做《贫民窟慈善家》头部画像的模特。她不能太像《避难所》中的姑娘，但同时又必须是受欢迎的那种美的类型。我一直在酒水吧和花店旁边转悠，发现了很多好素材，但总是找不到正好合适的。水晶宫里有个姑娘，但你肯定不会对这个感兴趣，你这个有厌女症的老家伙。"

"什么样的老家伙？"沃伯顿脸上写满真诚的惊讶，大叫起来。

"我是不是用词不当？我不是什么老派的——"

"这个词没问题。但这是你对我的看法，是吗？"

艺术家站在那里，表情古怪地盯着着他的朋友，好像一个笑话在他的嘴边刚要说出，但是被一个更严肃的想法打断了。

"难道不是真的吗？"

"也许是真的。我敢说，也许是真的吧，是的。"

接下来他立刻转向了另一个话题。

第三章

现在是 1886 年。

工作时，沃伯顿坐在一间高高的、光秃秃的房间里，房间俯瞰白教堂的小艾利街。空气中可以闻到并且品尝到一股强烈的糖精的味道。如果他的视线不经意停留在其中一面墙上，他会看到西印度群岛的地图；如果移到另一面墙上，他会看到圣基茨的地图；如果移到第三面墙上，他会看到那个小岛上一个蔗糖庄园的平面图。在这里，他每天都要坐上几个小时，向办事员发号施令，接待商务拜访者，研究各种语言的贸易期刊，经常阅读一些与制糖业没有明显关联的书籍。这并不是威尔理想中的生活，但他一直被环境所左右，他的沉思也暗示了，没有可行的办法能进入到一个更加怡人的世界。

父亲在他 16 岁时去世了，这给他留下了一定的自由空间来规划自己的职业生涯。摆在他面前确切无疑的是舍伍德兄弟公司在圣基茨产业的小额股份，这是该公司在伦敦的一小部分业务,除此以外还有一小笔现成的钱——这些东西在他成年后都将属于他。他的母亲和妹妹住在位于亨廷顿郡的一座小小的乡间房子里,生活虽然拮据,但还算踏实。在确定自己的人生道路之前,威尔本可以安安静静地继续完成学业。但这个少年刚刚摆脱父权的束缚,就开始变得焦躁不安;除了去外国冒险,没有什么能让他高兴。当他清楚自己在学校只是浪费时间时,沃伯顿夫人就让他去了西印度群岛,并在舍伍德兄弟的家里为他找到了一个住处。威尔在圣基茨一直待到 21 岁。在这之前,他早已经对工作产生了由衷的厌倦,对气候感到厌恶,又因思乡而郁郁寡欢,但由于自尊心作祟,除非他能够作为一个自由的男性独立起来,他不愿回去。

这段学徒生活教会了他一件事:他不是天生的从属者。他在给母亲的信中写道:"我不在乎我有多穷,但我要做自己的主人。听命于别人会暴露我所有的缺点,它会让我变得闷闷不乐、忍气吞声,随之带来各种丑陋的东西。我确定当真实的自我发挥作用的时候,我肯定不是这样的人。所以,你看,我必须找到一些独立的生活方式。如果我必须靠表演庞克和朱迪秀来维持生计,我宁愿从事这一行,也不要为了挣高额收入而去当别人的仆人。"

同时,不幸的是,对于这样一个性格的年轻人来说,他的前景变得不那么有把握了。制糖业出现了动荡;圣基茨和白教堂的收入明显减少,而且很有可能继续减少。威尔在伦敦住了大约半年,"四处考察",然后他宣布,他接受了来自戈弗雷·舍伍德,即舍伍德兄弟公司目前的唯一法人的积极邀请,成为公司在小艾利街业务的合伙人。他毫无热忱地开始了工作,六个月的考察使他明白,要想在不牺牲独立的情况下赚到钱并不是一件容易的事。他可能要等上很长时间,才能在制糖厂找到比目前这个更有吸引力的职位。

戈弗雷·舍伍德是他的校友,比他年长两三岁。他们之间感情很好,他们的品位和脾气虽然略有不同,却恰好有相似之处,而这正是维系友谊最可靠的纽带。从他的谈吐来看,舍伍德充满活力、能量和激情,另一方面,他的个人习惯却倾向于宁静和安逸。他是一个伟大的读者,喜欢浪漫和冒险文学,对马洛里和弗鲁瓦萨尔等作家了如指掌,书架上摆满了他能买到的所有旅行和冒险书籍。当他还是个小男孩的时候,他似乎下定决心要过一种除了单调乏味的商业之外的任何生活,因为他对商业充满蔑视和憎恶。顺理成章地,他自然要满足自己游览世界的愿望,过一种被他称作"男人的生活"。然而,当下他却在这里,每天待在白教堂的一家钱铺里。除了在欧洲大陆边上闲逛一番之外，他身后什么也没留下，当然也没有立刻远走高飞的打算。父亲的去世让他独自掌管了生意，这种情况下，他明智的选择应当是尽快从生意场上撤出，因为国外竞争者正在英国的贸易中崭露头角，许多比小艾利街公司更稳固的公司不是遗憾倒闭就是退出了艰难挣扎。但是，戈弗雷的惰性使他一直按部就班工作，日复一日地推迟做出实际决定。当沃伯顿从圣基茨回来，他们再续旧情时，戈弗雷的话题充分激发了他的想象力。是的，是的，制糖业现在正处于一个糟糕的关口，但这只是暂时的。那些能够再经受一两年风雨的公司将进入一个辉煌的繁荣时期。难道政府会仅仅因为对自由贸易的盲目推崇而眼睁睁看着一个伟大的产业走向消亡吗？掌握第一手信息的城里人宣称，"措施"已经准备就绪，英国贸易将以这样或那样的方式得到拯救，并战胜那些吃贸易红利的外国人。

"坚持下去？"舍伍德大喊道："我当然想要坚持下去。这样做既快乐又荣耀。我享受战斗。我一度想过加入议会，为糖业说话。但你知道，这可能会更糟。明年肯定会有一场议会解体。争取选区是一流的乐趣。但如果那样的话，我必须在这里找到搭档。这倒是个好主意。你觉得怎么样？为什么不加入我呢？"

事情就这样发生了。戈弗雷开出的条件非常慷慨，以至于威尔不得不在接受之前降低了一些。即便如此，他还是发现自己的收入几乎突然之间翻了一番。可以肯定的是，舍伍德没有参加议会竞选，他仍然坚信的糖业保护预算也没有任何明确的消息。小艾利街的生意逐渐萧条。

"这是英国的耻辱！"戈弗雷抱怨道。"扬言拯救我们最重要的产业之一，竟然连一根手指头都没抬过，这太可怕了。当然，你随时可以退出，威尔。就我而言，无论将会发生什么，我都会站在这里。如果是毁灭，那就让它来吧，我会战斗到最后一刻。有人还欠我一万英镑。等哪天生意景气些，我一定收回欠款，并且把每一便士都投资到生意中去。"

"一万英镑！"沃伯顿惊讶地大叫，"你是说贸易债务吗？"

"不，不。他是我的一个朋友，一个百万富翁的儿子。前段时间他遇到了困难，向我借钱渡过难关。利息很高，像公债一样安全。最多一年我就能拿回所有的钱，一分不少地投入生意中去。"

威尔对这件事有自己的观点。当他看到不可避免的厄运即将来临时，他时常感到巨大的不安。但是，现在撤出他的股份已经太迟了，那样做只不过是利用舍伍德的慷慨，况且，威尔本人也不乏骑士精神。用戈弗雷的话说，他们要继续"在船上搏斗"。如果不是今年春天自由党上台，让舍伍德深恶痛绝，以至于他变得绝望，甚至开始谈论向无望的环境投降，他们很可能会坚持到船沉没的那一刻。

"这一切都取决于我们，威尔。政府的魔咒毁灭了一切。如果我们陷入困境，这将成为它主要的荣耀之一。但是，上天保佑，他们不会得逞的。我们会带着尊严，安安静静、舒舒服服地直面苦难。我们会带着武器和行李离开战场。你知道，这还是有可能的。我们会把圣基茨的地产卖给德国人。我们可以找人买下这里，这地方适合酿酒师。然后——上天保佑！我们就可以做果酱了。"

"果酱？"

"这不是个好主意吗？廉价的蔗糖让精炼厂受损，却成为果酱贸易的福音。为什么不把我们能赚到的钱都投入果酱工厂里呢？我们去乡下，找个地价便宜的赏心悦目之地，开办个果园农场，经营一家厂房。你不心动吗，威尔？想想每天穿过头顶上开满果树花的小巷去做生意吧！总比白教堂的肮脏、恶臭、阴暗和喧闹要强吧？怎么样？我们或许可以为我们的工人建一个村庄：理想中的村子，完全健康，每间小屋都很漂亮。嗯？怎么样？你对这件事什么看法，威尔？"

"听起来很愉快。但是钱怎么办？"

"我们会有足够的钱开始的。我想我们会有的。如果没有，我们会找到一个富裕的人加入我们。"

"那借出去的一万英镑怎么办呢？"沃伯顿暗示道。

舍伍德摇了摇头。

"目前还要不回来。实话告诉你吧，这取决于他父亲的死活。但如果有必要，很容易就能找到人。这主意难道不是很棒吗？如果政府听说了，一定会大为光火！吼吼！"

戈弗雷这样讲话时，人们永远无法确定他到底多大程度上是严肃的，他的幽默的冲动与想象力的兴奋融为一体，以至于对他不太了解但听过他侃侃而谈的人都认为他神经出问题了。奇怪的是，尽管他有这么多怪癖，但他身上却具备许多稳健商人的特质。事实上，如果不是这样，制糖厂的资产负债表肯定早就显示出灾难性的赤字了。正如沃伯顿所了解的那样，他对诸事的处理不乏谨慎和睿智。但他不太清楚的是，舍伍德只是秉承了公司的传统，非常准确地遵循了他父亲和他叔叔（都是著名的商人）为他指明的道路。沃伯顿对戈弗雷的私人财产知之甚少，甚至一无所知。老舍伍德很可能留下了一笔可观的财产，他唯一的儿子肯定继承了这笔财产。威尔自言自语地说，毫无疑问，这笔巨额遗产解释了他的搭档为何如此有胆量。

于是，圣基茨庄园被卖掉了，政府盯上了他们已成事实。迫于这一事实的要求，他们带着刻意的尊严，着手结束了在白教堂的事务。7月，沃伯顿休了三周的假，因为他没有其他更好的事情可做了。回来后，他在书桌上的一堆信件中发现了一封来自舍伍德的信，信中只有这么两句话：

"大好机会就在眼前。我们的财富要诞生了！"

第四章

弗兰克斯走后，沃伯顿拿起朋友留下的《艺术世界》，再次瞥了一眼根据原画《避难所》创作的凹版印刷画。正如他自己所宣称的，他对艺术一无所知，他判断图片就像判断书籍一样，带有感性色彩。他倾向于所谓的现实主义观点，看到《避难所》他微笑了一下。但这是出于善意的，因为他喜欢诺伯特·弗兰克斯，并且相信他会创作出比这更好的作品。除非……？

正想着，一个不安的疑问打断了他的思绪。

他翻开介绍画家的几行文字。他读到，诺伯特·弗兰克斯仍然是一个非常年轻的小伙子，正在伯明翰展出的《避难所》是他的第一幅重要作品；迄今为止，他主要从事黑白画创作。接下来是一些批评性的评论，以及对未来成就的预言。

是的。但紧接着又是令人不安的疑问。

他们相识于沃伯顿从圣基茨返回的第二年。那时，威尔刚刚在切尔西桥附近的公寓安顿下来，他很高兴成为一名伦敦人，并把大部分闲暇时间都花在了探索伦敦的广阔天地上。他认为自己早年的时光因为没有在泰晤士河畔的这座城市度过，都被浪费了。伦敦的历史、展现在他面前的丰富多彩的生活以及带着奇妙和神秘的大街小巷，占据了他的思想，激发了他的想象力。他健步如飞，对其他任何形式的锻炼都不屑一顾，利用闲暇时光，走遍了大部分人行街道。在一个晴朗的夏日清晨，卖牛奶的小推车还没开始在街上吱吱作响，他就已经出发了。有一次在远足时，他轻快地穿过小河以南的一个贫穷的地方，惊讶地看到一位画家正在认真地作画，他的画架就躺在干涸的水沟里。他放慢脚步，想看一眼画布，这时画家转过身来问他是否有火柴，他发现这是个年轻的小伙子，长得很讨人喜欢。沃伯顿满足了他的要求，在他重新点燃烟斗的时候，与他聊了起来。他说，看到画家全神贯注于这样一个主题，"肮脏的伦敦中无穷诗情画意的一隅"，他非常高兴。

第二天早上，沃伯顿又沿着同样的路线徒步，再次发现画家正在工作。他们自由交谈，都向对方提出登门拜访的邀请。当天晚上，诺伯特·弗兰克斯爬上楼梯，来到威尔的公寓，在俯瞰拉内拉格医院的舒适房间里抽了他的第一支烟斗，喝了他的第一杯威士忌加苏打水。他自己的住处位于巴特西的皇后路，相距并不远。两个年轻人很快就经常见面。当他们的友谊经过十二个月逐渐升温后，一向不善言辞的弗兰克斯兴高采烈地借了一张五英镑的纸币，没过多久，他又饶有兴致地把他的债务翻了一番。这渐渐成了他的一个习惯。

"你是个资本家，沃伯顿，"有一天他评论道，"也是个慷慨的人。我卖出一幅大作后，一定会还清欠你的钱。在此期间，你可以心满意足地支持一个具有天赋的人，而不会给自己带来任何不便。你建立友谊的想法简直太棒了，不是吗？"

利益是互惠的。沃伯顿并不乐意轻易与人建立亲密关系，事实上，戈弗雷·舍伍德到目前为止几乎是他唯一称得上朋友的人。脾气的怪癖使他面临过于孤独的风险。虽然威尔既不傲慢也不怀有嫉妒心，但在那些无论在哪方面都明显高于他的人的社交圈中，他无法发现乐趣；就像他无法屈从于赚钱的关系，在高于他的社会地位或智力水平的同伴中，他也会变得非常不自在，失去所有的自主性。这样一个人面临的危险显而易见。因为缺乏志同道合的伙伴，他可能会在比自己地位低的人面前放低姿态；更何况，柔软的心肠、细腻的人性总是让他对穷人、落魄者以及不幸者充满感情，并表现出特别的善意。戈弗雷·舍伍德的熟人对他没有什么吸引力，他们大多是生活奢侈、喜欢运动、谈论金融市场的人，但所有这些事情都让戈弗雷着迷，尽管事实上他天生就不属于那个特殊的世界。和弗兰克斯相处时，威尔可以完全放开地做自己，享受自身的财富带来的微妙好处，扩展知识面而不用承担不必要的义务，同时，他善意的情感的实践为他带来一个男性可以获得的所有好处。

诺伯特·弗兰克斯并没有那么平易近人，因为他更专注于自己的事情。与他的新朋友相似，他不喜欢世俗的社交乐趣，更享受生活中的亲密关系。在这个世界上他大部分情况下是非常孤独的。自从 18 岁开始，他就想方设法养活自己，收入主要来自绘制报纸的插图。他的父亲出生于所谓的上等家庭，起初生活条件优越，作为资深艺术鉴赏家享有一定的声誉。然而由于轻率的决定和生活中的不幸，他不得不卖掉自己的藏品，开始购买画作和小古董玩意儿谋利，在他生命的最后十年里，他一直以这种身份与伦敦的一家公司合作。诺伯特自幼丧母，是家中独子，早年在昂贵的学校接受教育，然而由于学习上能力较弱，运用画笔的才能突出，他 12 岁时被父亲带到巴黎，在一位优秀的美术老师指导下开始学习绘画。16 岁时，他前往意大利待了几年。后来，年迈的弗兰克斯在一次去东方的旅途中去世了。诺伯特回到英国，得知他的遗产只有五十英镑，便毅然决然地开始了维持生计的工作。此时，他从国外搜集的素描书开始发挥作用了，但在体面地安顿下来并正式开始作为画家工作之前，他经过了漫长而艰苦的时光。后来他常说，这种穷困对他来说是能发生的最好的事情，因为他刚刚开始想要"沉溺"，强制性的节欲就来得正是时候。他用"沉溺"一词来形容任何形式的过度行为，而"沉溺"无疑是诺伯特的脾气秉性极易使他陷入的一种危险。正如许多其他的年轻人一样，贫穷使他无论发生什么事情都保持清醒和贞洁。当他开始稍微抬起头来，大概二十三岁时，他挣到了对他来说第一次可以称之为奢侈的收入：每周大约一英镑。总之，当"沉溺"的倾向可能再次占据他的心时，他认认真真、满怀希望地坠入爱河的机会来了，为了好的结果，他性格中所有好的特征都被激发、凸显出来，而且似乎占据了上风。

与沃伯顿初次见面后不久，有一天他通过自己配插画的书的出版商，收到了一封署名为"拉尔夫·庞弗雷特"的信,信中作者询问,"诺伯特·弗兰克斯"是不是他多年未见的一位老朋友的儿子。作为回应,弗兰克斯拜访了住在萨里郡阿什泰德一栋舒适小房子里的来信人。他发现这个男人不到六十岁,想法和行为有些古怪,但他受到了热情款待,并被邀请随时过去。没过多久,弗兰克斯就请求庞弗雷特家允许引荐他的好友沃伯顿,事实证明这一步完全合理。这两个年轻人经常同时或分别出现在阿什泰德,就算不是被拉尔夫·庞弗雷特亲切且有趣的谈吐所吸引,他们至少也为房子女主人的优雅、甜美和富有同情心的智识着迷,两人都对女主人充满尊重和钦佩。

一个星期天的下午,沃伯顿像往常一样,想要在那个令人愉悦的小花园里喝茶聊天,就出门去了阿什泰德。当他推开大门时,看到了陌生人,不禁感到困惑和烦恼。房子前站着一位中年绅士和一位年轻姑娘,正在和庞弗雷特夫人聊天。他本想转过身去,失望地离开,但大门的叮当声引起了人们的注意,他只好向前走去。原来,这对陌生人是庞弗雷特夫人的弟弟和他的女儿,他们在法国南部住了半年,来这里停留一两天就回巴斯的家了。恢复平静后,沃伯顿意识到这位年轻的女士长得很清秀。她二十二岁左右,个头不高,带着一种与生俱来的自觉的尊严与高贵;身体非常健康,一种温暖的肤色,富有光泽的秀发,眼里闪烁着愉悦和善意。罗莎蒙德·埃尔文仿佛一幅活生生的画,威尔·沃伯顿不常见到的那种画。他在她面前有些羞涩,那天下午也没有表现出应有的风度。他低垂的眼睛很快注意到,她穿着一双特别的鞋子——白色帆布鞋,鞋底是编织绳。在交谈中,他得知这是巴斯克地区的纪念品,埃尔文小姐谈起这件事时非常热情。威尔最终还是带着略有些失落的心情离开了。对他来说,女孩只是他内心不安的根源。"如果她不适合我……",他通常这样想。他从未成功地说服过自己相信一点,那就是,任何一个姑娘,无论她是否漂亮,都愿意全心全意为他的幸福付出。在这件事上,过分的谦虚盘踞他的脑海。这和他与通常的社会格格不入多少有关系。

第二天傍晚,沃伯顿的公寓响起了雷鸣般的敲门声,弗兰克斯急匆匆地跑了进来。

"你昨天在阿什泰德,"他喊道。

"我在,怎么了?"

"你居然没有来告诉我关于埃尔文家的事!"

"我猜你想说的是关于埃尔文小姐吧？"威尔说。

"是啊，的确，确实是。今天下午我偶然去了那里。两位男士在别处，我发现庞弗雷特夫人和那个女孩单独在一起。我一生中从未有过如此愉悦的时光！沃伯顿，我说，我们必须互相理解。你是不是，你有没有，我意思是，她难道没有给你留下尤其特别的印象吗？"

威尔仰头大笑。

"你是认真的吗？"对方高兴地喊道。"你真的不在乎，对你来说不算什么？"

"为什么这样问，对你有什么特别的意义吗？"

"有什么特别的？罗莎蒙德·埃尔文简直是我见过的最漂亮的女孩，而且是最甜美、最耀眼、最让人为之倾倒的！天地做证，我决心娶她为妻！"

第五章

沃伯顿正坐着沉思，手里还拿着《艺术世界》，耳边仍然能听到朋友大声宣告出那莽撞的誓言。他还记得自己听到这句话时那种奇怪的悸动，那是一种半痉挛的感觉混合着荒谬的嫉妒。当然这种感受没有持续下去。不管是当他听说弗兰克斯在埃尔文小姐离开阿什泰德之前又见到了她时，还是在得知这位艺术家已经在巴斯住了一两天时，他都没有产生同样的感觉。距离他们第一次见面不到一个月，弗兰克斯就向罗莎蒙德求婚，获得了她的同意，他欣喜若狂。一天晚上十点，他带着这个消息来到沃伯顿的房间，疯狂地大喊大叫，直到凌晨两点才离开。他的情况就是这样，他还不能指望结婚，他必须一边工作一边等待。没关系，看他能创造出什么作品来！然而，在他的朋友看来，在接下来的十二个月里,他只是在虚度光阴,他完成的作品的价值微乎其微。他不停地说啊说,一会儿谈到罗莎蒙德,一会儿谈到他打算做的事情,直到沃伯顿失去耐心,打断他的话说,"哦,去巴斯吧!"——这本来是一句老掉牙的口头禅,用在这里正好一举两得。[①] 弗兰克斯去巴斯的次数远远超过了他的经济承受能力,旅费一般都是向他这位有耐性的老朋友借的。

罗莎蒙德自己一无所有,如果父亲去世,她也只能抱着微薄的期望继承遗产。两年前,她突然想到自己应该学习艺术,也许能从中找到自食其力的途径。她获准去南肯辛顿上课,但除了和一个名叫贝莎·克罗斯的同龄女孩建立了深厚的友谊外,收获甚微,而后者却是带着更严肃的目的来上艺术课的。订婚一年后,罗莎蒙德恰巧在伦敦的朋友家度过了一个星期,由此弗兰克斯和克罗斯家变得熟悉起来。有一段时间,沃伯顿很少见到这位艺术家,或者听到他的消息,这位艺术家与克罗斯太太和她的女儿成了知己,并和她们一起度过了许多夜晚,一直聊啊聊,聊罗莎蒙德。然而这种亲密关系并没有持续太久,原来克罗斯太太是一个有明显怪癖的人,这最终使诺伯特难以忍受。只有在切尔西桥边的第四层的公寓里,这个情人才能找到他真正需要的那种慰藉而又滋补的同情。然而对于沃伯顿来说,他本来可以投入得更少一些。在威尔看来,虽然这位艺术家在其他各方面都比以前更好了,但他对艺术的热忱却明显下降了,效率也降低了不少,这似乎是幸运的爱情带来的奇怪的结果。罗莎蒙德·埃尔文对她的爱人产生了恰当的影响吗?尽管诺伯特抒情地称颂了她,她是否仅仅扰乱了他的目标,或许甚至把他降到更低的思想水平上去了?

他的画作《避难所》就在那儿。在认识罗莎蒙德之前,弗兰克斯会对这样的主题嗤之以鼻,会对这样的处理方式不满地大喊大叫。这幅画与四年前诺伯特迎着那个夏天的日出,用他在水沟里的便携画架作出的画有明显区别。埃尔文小姐很欣赏《避难所》——至少弗兰克斯是这样说的。的确,她也很欣赏那幅《当铺和公馆》,威尔曾亲耳听她赞不绝口地谈论起这幅画,并对找不到买主提出不耐烦的质疑。她很可能赞同诺伯特所做的一切,并没有什么更严肃的标

---

① "go to Bath"是一句口语化的表达,本义是"去洗澡吧",引申为"滚蛋吧"。在这里有双层含义:沃伯顿一方面在表达对弗兰克斯喋喋不休的不满,另一方面也在讽刺他经常去巴斯(Bath)与罗莎蒙德会面。

准。除非，她对艺术价值的私人衡量标准就是经济效益。

沃伯顿并不完全相信这一点。现在因为对艺术家的不耐烦，他往往对罗莎蒙德产生轻视的想法，不过，总的来说他并没有贬低她。在他看来，她的不足之处恰恰是过于出众的美丽。他不禁担心，如此的美貌一定无法与好妻子应当具备的优秀品质相符。

威尔的视线停留在舍伍德的字条上。他上床休息时还在思考，是什么项目能让他们大赚一笔呢？

第六章

他吃过早饭，一边抽烟斗一边写信，这时霍普太太来请示，说她的妹夫阿勒钦来访。进来的是一个矮小、壮实、红头发的年轻人，穿着一套体面的旧款式的星期日西装。他举止有些粗犷，面容憨厚，但表情中流露出某种智慧，对沃伯顿直率的问候报以友善的微笑。阿勒钦原本是杂货店的助手，但他令人讨厌的脾气不止一次地让他被排斥在外，成为杂货业的另类，只能靠自己强壮的肌肉尽力谋生。正是在这样的一个间歇期，沃伯顿的工厂需要一个搬运工，在霍普太太的请求下，他便雇用了他。一个月左右的工作都无可指责，然后阿勒钦和工头打了一架，于是离开了。同一周，阿勒钦太太为他生下了他们的第一个孩子，一家人陷入了贫困。霍普太太（挤在门板和门框之间的那位）恳求她的主人同情这家悲惨的情况，于是他伸出了援手。幸运的是，阿勒钦重新开始了他的职业生涯，他在富勒姆路的一家杂货店找到了一个岗位。几周后，他带着半克朗钱来到了他的恩人面前，作为还清债务的第一笔分期付款，因为只有在这种情况下，他才会接受这笔钱。半年过去了，任何麻烦事都没有发生，这个男人定期小额还款。紧接着,霍普太太昨天宣布的灾难降临了。

"所以,阿勒钦,"沃伯顿喊道,"最近状况如何?"

在说话之前,对方紧紧地抿着嘴唇,鼓起腮帮,似乎要费很大的力气才能把话带到嘴边。他突然爆发式地答道:

"我在博克森的工作丢了,先生。"

"那是怎么回事?"

"事情发生在上周六,先生。我不想听起来好像我一点儿责任都没有。我和大家一样清楚,我很有自己的想法。也许你也知道,先生,我们周六晚上营业到很晚,博克森先生,嗯,这是事实,他十点钟以后就有点不正常了。我从早上八点一直工作到午夜十二点多,当然我并不觉得有什么,因为这是这一行的规矩。但是来了一个顾客,先生,一个女人,不清楚要买什么,于是她什么也没买就离开了。博克森先生看见了,走到我跟前,用他能说出的最难听的字眼,叫我最肮脏的名字。于是——嗯,先生,不愉快就这样发生了,就像他们说的那样——"

他犹豫了一下。沃伯顿盯着他,眼神中流露出不经意的嘲笑。

"事实上只是争吵,是吗?"

"经过就是这样的,先生!"

"当然,你的脾气失控了。"

"这就是所有的事实,先生。"

"所以博克森把你赶出去了?"

阿勒钦看起来像受伤了一样。

"嗯,先生,我毫不怀疑他很想这么做,但是我比他动作快了一步。我最后一次见他时,他正坐在人行道上揉自己的头,先生。"

威尔遏制住想要笑的冲动,竭力保持严肃的神情。

"恐怕这样下去不行,阿勒钦。总有一天你会惹上大麻烦的。"

"我妻子也是这么说的,先生。我很清楚她过得很艰难,尤其这件事又刚好发生在我们失去孩子之后。或许,霍普太太已经跟您提过了,先生。"

"听到这个消息我很遗憾,阿勒钦。"

"谢谢您,先生。您总是说一些善解人意的话。我还没有那么苦恼,因为我的债务偿还得还可以。但是先生,博克森先生有很多次让我很愤怒,我跑到后院去踢墙，踢得脚趾头都疼了，就为了缓解一下我的情绪。说实话，先生，我觉得他从来没清醒过，我也听别人这么说过。他的生意正在一落千丈，真是令人震惊。顾客不喜欢被侮辱，这很正常。他总是去坎普顿公园或者埃普森之类的地方。据说他上周在坎普顿公园输了几百英镑。在我看来，这店撑不了多久了。好啦，先生，我想我应该来告诉您事情的真相，我不会再打扰了。我会尽力再找一份工作。"

沃伯顿一时冲动，差点提起在小艾利街的一个临时岗位，但他意识到公司现在已经无力增加开销，而且制糖厂随时都有可能关闭。

"好的，"他高兴地回答，"让我知道你的进展。"

当阿勒钦沉重的脚步声回荡在楼梯上时，霍普太太应召唤回来见她的主人。

"我想他们应该有点钱能撑下去吧？"沃伯顿询问道。"我是说，够用大概一个星期的吧。"

"是的，我觉着这点他们还是有的，先生。但我想到将会发生什么了。我可怜的妹妹会在劳碌中死去，阿勒钦永远也保不住他的工作。我倒不怪他在博克森那儿丢了工作，因为大家都说他是个畜生。"

"这样，如果他们又有需要的话，告诉我一声。当然阿勒钦随时都能找到搬运工的工作，但如果他不想永远失业的话，就得学会收敛自己的拳头。"

"我就是这么跟他说的，先生。而我可怜的妹妹，先生，自从那件事发生后，她一直在他面前喋喋不休，可以说不管是白天黑夜——"

"愿上帝仁慈！"沃伯顿自言自语地叹道。

第七章

九点半,他到达了小艾利街。

"我猜舍伍德先生应该还没来吧?"威尔问道。

"哦,不是的,先生,"经理回答道,"他已经到这儿半个小时了。"

沃伯顿来到高级合伙人的房间。戈弗雷·舍伍德正坐在那里埋头看书,从他脸上的笑容可以判断,这本书与制糖问题毫无关系。

"你过得怎么样,威尔?"他用比平时更欢快的声调喊道,"你读《小儿子历险记》了吗?哦,你一定要读。听我说,他描述了自己如何痛打学校里的一个助教。他说,痛打他,直到'汗水像猪圈屋檐上的雨滴一样从他的眉毛上落下来!'啧啧啧,你觉得这个比喻怎么样?是不是很强烈?天哪!一本令人振奋的书!特里劳尼,你知道的,他是拜伦的朋友。这是一本轻松的书,它对人有好处。"

就相貌而言,戈弗雷·舍伍德是个平平无奇的年轻人,但他的笑容却透露出无尽的善意。他的声音虽然时常充满活力或热情,但却有一种天然的柔和音调,让人联想到他除了务实和精力旺盛之外的其他品质。

"旅行过得愉快吗?"他站起身,伸了个懒腰,递上一盒香烟。"你看起来不错。登顶了吗?等一切安排有序,我自己也要去某个地方。我想应该是往北走。我想去感受一下寒冷。我想去看看冰岛。你知道冰岛传奇吗?非常壮观!还有强者格雷特尔的传奇,天哪!算了,这不是正事。我有个消息要告诉你,真正的、实质的、充满希望的消息。"

他们在圆背椅上坐下,威尔点燃了一支香烟。

"你知道我一直在思考果酱。果酱是我们的救星,这一点我早就深信不疑。

21

我四处寻找、多方打听，幸运的是，就在你去度假后不久，我就遇到了想找的人。你听说过阿普列加斯的果酱吗？"

威尔说他看到过广告。

"我遇到了阿普列加斯本人。我正在和林克莱特交谈，果酱就这样进入了话题。他说，'你应该见见我的朋友阿普列加斯'，于是他安排我们见了面。阿普列加斯正好在城里，但他住在萨默塞特，他的工厂在布里斯托尔。我们一起在小卡尔顿吃饭，阿普列加斯和我相处得很愉快，他邀请我去他家做客。兄弟，他是牛津大学毕业的，十分聪明，是个出色的音乐家，还是个天文学家。他自己建了一个小天文台，有一架巨大的望远镜。天哪，你真该听听他拉小提琴。令人震惊的家伙！他不爱说话，举止干巴巴的，但精力充沛、充满活力。他一开始是个大律师，但做不下去了，眼看自己的资本就要化为乌有。'该死！'他说，'我必须利用我现有的钱'，于是他想到了果酱。多么机智的想法！他在布里斯托尔以非常简陋的方式起步，只做当地的生意，但他的果酱很好吃，需求量越来越大，于是他建了一家工厂，利润变得可观。现在，他想退出活跃的市场，但仍保持着兴趣。他想找个人来经营和扩大企业：投入一笔合理的资金，让他安安静静地赚取收入。你看呢？"

沃伯顿说："似乎是个好机会。"

"好机会？简直棒极了。他带我参观了工作环境——真是美不胜收的景象，一切都安排得如此完美。然后我们又私下谈了谈。当然，我谈到了你，说在我们一起商量之前，我什么也不能做。我没有表现得太急切，这不是好的策略。但我们有一些联系，你会看到那些信的。"

他把这些信交给了他的合伙人。沃伯顿一看，这件事牵扯到好几千英镑的钱。

"当然，"他补充道，"我只能代表其中非常小的一部分。"

"好吧，我们必须谈谈这个问题。实话告诉你吧，威尔，"舍伍德继续说道，他跷起二郎腿，双手放在后脑勺，"我不知道该如何找到全部资金，但我不想引进一个陌生人。阿普列加斯随时都可能把工厂卖给一家公司，但这不是他的目的。他想让企业掌握在尽可能少的人手中。他有一个一流的经理，单纯的果酱制作根本不用我们操心。办公室的工作主要是例行公事。你愿意花时间考虑一下吗？"

沃伯顿面前的这些数字确实令人振奋,它们与他最近不得不处理的资产负债表形成了令人愉快的对比。他大致知道自己有多少钱可以用于投资,这里的业务随时可以结束,不会有任何意外风险。但是,他突然想到了一个问题,这个问题让他静静地思考了几分钟。

"我猜,"过了一会儿他说道,"这件事和其他任何可以投资的项目风险一样小吧?"

"应当说,"戈弗雷以生意人的口吻回答,"风险因素是不存在的。还有什么比果酱更稳妥的呢?竞争当然会存在,但阿普列加斯在全英格兰已经打下了好名声,在西部,他们甚至以这个名字起誓。在布里斯托尔、埃克塞特、多尔切斯特等所有这些地方,阿普列加斯都占有一席之地。非常认真地说,我认为这个建议只会带来确切的、渐增的收益。"

"你和我一样清楚,"威尔接着说,"我的处境如何。除了你所知道的,我没有自己的资源。但我一直在想……"

他断断续续地说着,盯着窗户,手在椅子扶手上敲打着。舍伍德耐心地微笑着等待。

"我想到的是我的母亲和妹妹,"威尔接着说,"她们的那处房产。它每年能给她们带来一百五十英镑的现金收入,以及三倍于此的担忧。她们随时都有可能卖掉房子,圣尼茨有个人出价四千英镑。如果邀请她们的律师特恩布尔出面,我想可能会卖得更多。试想我建议她们卖掉,把钱投资在阿普列加斯怎么样?"

"天哪!"舍伍德喊道。"还有比这更好的吗?这主意棒极了!"

"是的,前提是一切顺利的话。另外请记住,一旦她们失去了这笔钱,她们将无处可依、无缘体面。她们每年从另一个渠道获得大约五十英镑,此外还有一间自己的房子,就剩这些了。到时我应该承担这个责任吗?"

"我敢毫不犹豫地保证,"舍伍德神情郑重地说,"两年后,她们那四千英镑的收入将比现在翻两番。想想吧,我亲爱的朋友!果酱——想想它意味着什么!"

戈弗雷就这一话题侃侃而谈了十分钟。他的能说会道使沃伯顿动心了。

"我要去一趟圣尼茨,"威尔最后说。

"对。然后我们一起去布里斯托尔。我相信你会喜欢阿普列加斯的。对了,你没研究过天文学吧？我为自己的无知感到羞愧。怎么说呢，天文学是一个人可以研究的最有趣的学科之一，我要尝试一下，可以建一个属于自己的小天文台。你对布里斯托尔了解多少？这小镇是个糟糕的地方，但它附近的乡村却非常宜人。阿普列加斯住在一个绝佳的地方，你看了就知道了。"

这时敲门声响起，经理走了进来。他们的注意力转移到了其他事物上。

第八章

沃伯顿经常步行从白教堂返回至切尔西，他很享受在办公室工作一天后的长途远足。这天傍晚，天空乌云密布，风在低吼，眼看马上就要下雨了，但他仍然朝着熟悉的方向动身了，那是一条横穿伦敦南部的直线。他打算通过散步进行一场认真的思索，在疾速行走的时候，他根本没法做到这点。

在肯宁顿巷的下半段，他习惯性地在一家小文具店旁停了下来，这家店的店名是"波茨"。在西印度群岛的最后一年里，他结识了一个受气候影响健康受损的英国小伙子，并最终支付了他前往美国的旅费，这位年轻的冒险家希望前往美国寻找财富。不久后，他收到了小伙子父亲的感谢信。一到伦敦，他便找到了波茨先生，后者的感激之情和古朴的表达方式让他心情愉悦。他们一直保持往来，无论何时沃伯顿经过波茨先生的商店，他都要进去买些东西——一般都是他丝毫不想要的东西。波茨具有威尔感兴趣的所有性格特征，并触发他的同情心：他贫穷，身体虚弱，为人谦逊，心地诚实淳朴。当威尔进门向店主伸出手时，他的举止再自然、真挚不过。"生意怎么样？最近有杰克的消息吗？看来杰克在匹兹堡干得不错。""沃伯顿先生愿意读读他一周前寄来的一封长信吗？"威尔满意地发现，信里附了一小笔钱，是杰克给他父亲波茨先生的生日礼物。威尔像往常一样，拿了一大堆报纸、期刊和便条纸就走了。

在天气灰暗的沃克斯豪尔，他穿过小河，沿着格罗夫纳路继续前行。雨开始落下了，风吹得他不得不撑着伞，挡住脸往前走。在离家不远的地方，他恰好瞥了一眼前方，结果在二十步左右的距离处看到了一个人，他以为是诺伯特·弗兰克斯。这位艺术家原本正朝着他走来，但突然转过身，迅速走开了，一会儿就消失在一条小街上。这肯定是弗兰克斯，他的身形、步态都不可能认错。沃伯顿确信，他突然改变方向是因为他的朋友想避开他。他站在小路的尽头张望，看到了那个熟悉的身影，正迈着急促的步伐向雨中的远方走去。真是奇怪！但也许这仅仅意味着弗兰克斯没有看到他。

他回到家，写了几封信，准备第二天一早乘火车离开小镇。用晚餐时，他和以前一样有胃口。饭后，他一边抽着烟斗，一边又回忆起在格罗夫纳路发生的那件奇怪的小事，突然决定要去看看弗兰克斯。雨还在下，他搭上一辆路过的马车，几分钟后就到达了巴特西公园南边的艺术家的住处。房东太太为他打开了房门，她微笑着认出了他。

"哦，先生，弗兰克斯先生不在家，从今天早饭后就没回来过。我搞不懂，因为他昨晚告诉我他要工作一整天，我要像往常一样给他准备晚饭。结果十点钟的时候，那个模特来了，你知道的，先生，就是他要放进新画里的那个粗犷的男人。他等了一个多小时，我不得不先请他离开了。"

沃伯顿百思不得其解。

"现在轮到我等了，"他说。"你能帮我把画室的煤气打开吗？"

如果把这儿当成旅馆的话，画室只是一楼的前厅，一个有两扇窗户的房间，优点是能够采到北面的光线。墙上挂着几幅装裱好的画作、几幅未装裱和未完成的画，还有水彩素描、蜡笔画、照片等等。中间放着画架，架子上支着一块大画布，画布上画家的作品处在一种充满希望的进展状态中。《贫民窟慈善家》是他为这幅画临时起的名字，他还没有想出一个更适合艺术学院目录的体面的名字。沃伯顿一眼就看到了主题。在一个典型的伦敦贫民窟里，矮小简陋的屋子坐落在一条狭窄的小路两旁，群屋中间站着一位个头高挑、体态优雅、衣着华丽的年轻女子，她显然是从其他地方来的访客。她一只手拿着一本书，另一只手牵着一个衣衫褴褛的瘸腿孩子，孩子用天真的崇拜的神情仰望着她。她旁边站着一个可怜的人，怀里抱着一个婴儿，也在羡慕地望着这个健康、财富和慈善的代表。身后是一个失业的小贩，他趴在路边的石板上，注视着入侵者，眼神充满怨恨,嘴唇嚅动,暗示着一些难以入耳的话。在核心角色的脸部本应突出的地方,画布上仍然一片空白。

"恐怕他正是因为这个感到焦虑,"女房东点燃煤气后说道,然后她和沃伯顿站在一起打量着这幅画。"他找不到足够漂亮的模特。我对弗兰克斯先生说,为什么不把它画成他自己的年轻女士的肖像呢？我相信她长得足够好看,而且……"

说话的同时,这位女士转过身去看墙上的一幅画。她话到嘴边又咽了回去,脸上露出惊愕的神情,伸出手指愣在那里。沃伯顿瞥了一眼他惯常看到的罗莎蒙德·埃尔文的画像,也被吓了一跳,因为他看到的不是那张本该对他微笑的脸,而是画上一个丑陋的洞,可以看出画布被暴力地割破了,或者说被击破了。

"上帝！他到底一直在干什么？"

"呃,我从来没做过！"女房东惊呼道。"一定是他自己干的！我好奇这意味着什么。"

沃伯顿非常不安。他不再怀疑弗兰克斯今天下午就是故意避开他的。

"我敢说,"他装作漫不经心地补充道,"这幅肖像画已经开始让他恼怒了。他经常不满地提起这幅画,还说要再画一幅。这不是好的迹象。"

房东太太接受了,或者说,似乎接受了这个解释,她退出画室,留下威尔在地板上若有所思地踱步。他又回想起瑞士,回到了通往特里昂冰川的山谷。拉尔夫·庞弗雷特和他的妻子在他面前漫步,他身旁是罗莎蒙德·埃尔文,她极力装作饶有兴致地倾听他说的每句话,但自己却很少说话,似乎大部分时间都被某种不安笼罩着。他谈起诺伯特·弗兰克斯,埃尔文小姐机械地回应了下,便马上开始评论起风景来。当时他对这件事并没有多想,现在它重新浮现在他的记忆中,让他感到心神不宁。

一个小时过去了。他的耐心几乎到了极限。他又等了十分钟,然后离开了房间,打铃通知房东太太说他要走了,于是离开了。

他刚走了几步,就与弗兰克斯碰了个面对面。

"啊！你在这里！我等你等得——"

"我和你一起走一会儿,"艺术家说着,转了个圈。

他握了握手,但有点虚弱。他的目光避开沃伯顿。他的言语平淡而疲惫。

"出什么事了，弗兰克斯？"

"既然你来过工作室，我敢说你已经知道了。"

"我确实看到了让我吃惊的一幕。"

诺伯特以半惴半怒的口吻问道："它让你震惊了吗？"

"你这是什么意思？"威尔强压住怨恨说道。

雨已经停了，当他们走在几乎无人的街道上时，一阵大风扑面而来。因为必须紧紧抓住帽子，诺伯特沉默了片刻。他没有说话，继续大步向前走去。

"当然，如果你不愿意说的话，"威尔说，暂时停了下来。

"我走了一整天，"弗兰克斯答道，"我心里很难受，说实话，我宁愿今晚没有遇到你。但我不能一个简单的问题也不问就让你走。看到那幅肖像被砸碎，你感到惊讶吗？"

"非常惊讶。你在隐藏什么？"

"今早我收到了罗莎蒙德的来信，她说她不能嫁给我，我们之间必须结束。这让你吃惊吗？"

"是啊，的确让我吃惊。我从未想过这事可能发生。"

在风刚刚咆哮的地方，一个不被保护的小角落里，弗兰克斯止住自己的脚步。

"我别无选择，只能相信你，"他不耐烦地说。"毫无疑问，我在自取其辱。这就是我今天下午躲着你的原因。我想等我平静下来再说。今天先这样，晚安吧。"

"你累坏了，"沃伯顿说。"别再往这边走了，让我陪你走回去吧，我不会进去的。你现在这样的状态我不能留下你一个人。当然我开始明白你的意思了，一个人的脑袋里从来没有过这么疯狂的想法。不管你对发生的事情如何解释，我与这一切都无关。"

"你都这样说了，我相信你。"

"也就是说，你并不相信。我不会粗暴地解决，你现在丧失了理智，我全部包容你。你好好想想我说的话，然后来找我再谈谈。明天不行，我得去圣尼茨。后天吧，后天傍晚。"

"好。那晚安。"

这一次他们没有握手。弗兰克斯突然转过身来，挥了挥手臂，像喝醉了酒一样摇摇晃晃地走了。看到这一幕，沃伯顿自言自语地说，这位艺术家可能是想借酒淹没痛苦，所以才产生了奇怪的幻想。然而，这个解释并没有让威尔安心。他阴沉着脸，穿过风仍然在咆哮的夜晚，朝回家的方向走去。

第九章

第二天上午十点，他在圣尼茨下了火车。他拍电报叫来的一辆车在车站等着他，司机是个和他年纪相仿的年轻人（他们从孩提时代就认识了）。当他在站台上跑向威尔时，露出了最灿烂的笑容，并替他把包解下来自己背上。

"你好啊，山姆，怎么样？每个人都过得还不错吧？先开车去特恩布尔先生的办公室。"

特恩布尔先生年近六十，头发灰白，由于饱受腰痛的困扰，他走起路来有些佝偻。他的面容异常庄重，似乎看待每个人，无论这个人多么富裕或者快乐，都带着急切的怜悯。他看到威尔后努力露出微笑，他的握手虽然是最随意的，但却是对年轻人真心的诚挚回应。

"我正要去霍斯，特恩布尔先生，我想问您，今晚能过来坐坐，看看我们吗？"

"哦，乐意之至，"律师回答道，语气就像受邀参加葬礼一样隆重。"你可以信任我。"

"我们舍伍德公司要清算业务了。我不是说破产，但如果我们继续下去，那距离破产也不远了。"

"啊！我完全能够理解，"特恩布尔先生带着一丝满意说道。虽然特恩布尔先生是个非常善良的人，但听到不幸的消息总是会让他眼前一亮，尤其是他自己预料到的不幸。他对威尔在小艾利街的前景一直抱着最悲观的看法。

"我有个计划想和你商议一下……"

"啊,是吗?"律师急促地问。

"因为这关系到我母亲和简……"

"这样吗?"特恩布尔先生深感沮丧地说。

"那我们就等你来了。你觉得会下雨吗?"

"恐怕会的。玻璃的温度确实很低。就算整个八月都下雨,我也不会惊讶的。"

"天哪!我希望不要,"威尔大笑着答道。

他再次驶出小镇,朝另一个方向行驶了大约一英里。一座朴素、坚固的小房子矗立在地势较高的地方,俯瞰乌斯河的绿色河谷。在朝阴的一面,房子被一排几乎与烟囱顶一样高的茂密的山楂树遮挡着,它前面则是一个鲜艳的小花圃,两旁沿着路边种满了像石墙一样坚不可摧的冬青树。霍斯庄园最初是为一个庄园的法警建造的,距今已有近一个世纪的历史,很早之前就被破坏了。威尔的父亲一开始出生在这里,经过辗转流浪,最终又在这里度过了婚姻生活的大部分幸福时光。

"山姆,"当他们停在门口时,威尔说,"我想我不应该支付这次路费。你比我富有多了。"

"那好吧,先生,"山姆笑呵呵地回答,因为他知道他总是会期待年轻的沃伯顿先生开这样的玩笑。"您随意,先生。"

"你连半克朗都不能借给我吗,山姆?"

"如果您真的需要的话,我敢说我可以,先生。"

"那就这么定了。"

威尔把半克朗揣进口袋,跳下车,拿起他的包。

"好吧,山姆,也许我最好还是付钱,否则你妻子可能会抱怨你的。这里,给你。"

他递过来两先令六便士的零钱,山姆接过仔细一看,露出一丝疑惑的微笑。

"喏,怎么了?你现在不应该说谢谢吗?"

"哦,对,先生,谢谢您,先生。这些足够了,威尔先生。"

"我想也是。明天早上到这里,我要赶早上六点半的火车,山姆。"

威尔走进花园时，迎面走来一个二十多岁的女孩，个子矮矮的，肩膀挺得很直，走得很稳，但速度很快。她的脸上除了一丝庄重的神情，没有什么突出的特征。她戴着一顶宽边草帽，园艺手套表明她正忙碌着。兄妹俩相互打招呼时显得有些局促。

"所以，你今天早上收到我的信了吗？"威尔说。

"收到了。"

"特恩布尔先生今晚会过来拜访。"

"听到这个我很高兴。"简若有所思地说。她把两只手套放到一起揉搓，以抖掉潮湿的泥土。

"他肯定会预言灾难，让你们俩陷入失望的深渊，但我不介意。我自己很有信心，我希望有人能站在不同的立场说话。当然了，他必须得探听一番。——母亲呢？"

这时沃伯顿太太本人答应了一声，从屋里走了出来。她身材高挑，举止优雅，但过早地花白了头发，健康欠佳，显得虚弱。她和简在五官上几乎没有相似之处，但威尔却遗传了她的鹅蛋脸、弯弯的眉毛和性感的嘴唇。情绪的波动使她的脸颊焕发出微弱的光彩，但平日里她的脸却像手一样苍白。然而，她的语调或话语中却没有任何无聊的痕迹，她的声音轻柔而富有音乐感，仿佛出自一位年轻女子，其充满活力的程度仅次于她儿子说话时的高昂腔调。

"快过来，看看这些橙色百合花，"这是她打完招呼后说的第一句话。"它们从来没开得这么好过。"

"但先要留意庞培，"简说。"他马上就会发觉被冒犯了。"

一只圣伯纳犬已经在它的尊严允许的情况下做出了一些举动。它紧挨着威尔站立，眼睛紧紧盯着他，发出严肃而惊讶的呵斥声。这只狗的名字暗示了简童年时的一种历史偏好，她一直支持庞培，反对凯撒，这也是出于她哥哥的引导。

"你好啊，老马格纳斯！"来访者喊道，用热情弥补他的怠慢。"跟我们一起去看百合花吧。"

沃伯顿太太带着威尔这里转转，那里看看，忘记了自己身体的虚弱，直到小花园里的所有景致都参观完了，他们才开始讨论起此次见面的正事。其实也不算作是讨论，因为母亲和妹妹听威尔谈论时感觉心满意足，愿意接受他对事物的观点。虽然她们的收入微薄,但她们从不将自己视为穷人。家中有一个女仆,还有一个偶尔帮忙的园丁,她们已经获得了所希冀的一切舒适,还能把多余的蔬菜和鲜花赠送给不那么幸运的熟人。直到一两年前,沃伯顿太太一直过着无休止的劳动的生活,室内室外地忙碌,这也是她女儿的习惯。她身体健康、精力旺盛,不喜欢久坐和休闲。近来,他们的财产、土地和附近的小屋给他们添了不少麻烦,出售的提议也不止一次地被考虑过,但特恩布尔先生,最小心谨慎的法律顾问,却坚持推迟。现在,好不容易盼来的投资良机似乎出现了,威尔乐观地讲述了他从舍伍德那里了解到的情况,大家欣然接受。

"这对你来说也是件好事,"简说。

"是的,出现得正是时候。舍伍德知道自己在做什么,有时我觉得他冒的风险太大了,但他是个头脑清醒的人。他能把艾利街的生意维持这么久,真是了不起。"

"我相信也有你的功劳,威尔,"沃伯顿太太说。

"很小的功劳。我的工作从来都是例行公事。我从不假装是个生意人。如果依赖我,这家公司早在几年前就会像许多其他公司一样分崩离析了。一户又一户家庭开始走下坡路,很快就会轮到我们。既然如此,我们就应该还账清仓,光荣地重新开始。顺便说一句,以后除了阿普列加斯的果酱,别再买其他的了。"

"那要看,"简大笑着说道,"我们是否喜欢它们。"

沃伯顿一家遵循简单而健康的生活方式,所以他们当然会在中午用餐。威尔很少会觉得没有胃口,这次他又超越了自己。对他来说,没有任何地方的食物能像在这个屋檐下一样美味。他总是不厌其烦地称赞自制的面包和自家种植的蔬菜。他大声宣称说,在英国找不到其他地方可以尝到这么芳香、这么美味的面包。他开始谈起他在国外的假期,突然,他的脸色一沉,双唇紧闭。在"居家"的愉悦中,他竟然把诺伯特·弗兰克斯忘得一干二净,对特里昂的时光的回忆引起的相关思绪令人不悦。

"怎么了?"简注意到他神情的变化,问道。

"哦,没什么,一件蠢事。我写信告诉过你关于庞弗雷特夫妇和他们侄女的事情。恐怕那个女孩是个傻瓜。我发现她自己没有出面,就和弗兰克斯决裂了。不管怎么样,没有找任何借口,只是打发他去忙他的正事。"

"哦，天哪！"两位女士都惊呼道。她们对这位艺术家的爱情故事一直很感兴趣，威尔曾在不同场合向她们讲述过这个故事，但讲得相当糟糕。

"当然，我知道得不多，但看起来很糟糕。也许这对弗兰克斯来说是最好的结果，因为这可能意味着他赚钱的速度还不够快，不足以取悦她。"

"但是你让我们觉得埃尔文小姐不是这样的人啊，"他的母亲说。

"是的，我承认的确是。但谁知道呢？我不会假装好像很了解这些事情。"

日落前不久，特恩布尔先生来了，他在霍斯吃了晚饭，十点钟就被马车夫接走了。在威尔眼中，这位老朋友比他在孩童时期与之初相识时没有老去多少。他们畅谈了阿普列加斯的生意，特恩布尔先生承诺马上去打听清楚。当然，他对果酱的看法很不乐观。他倾向于认为，果酱已经卖得太多了，毕竟即使是最健康的蜜饯，全国的消费数量也是有限的，果酱过剩已经威胁到了市场。阿普列加斯？对了，他难道会忘掉与这个不同寻常的名字有关的破产诉讼吗？他必须调查清楚。说到破产——哦！他的腰今晚痛得真厉害！——可怜的托马斯·哈特，他的三灰农场马上要被卖掉了。天哪，天哪！向四面八方放眼望去，只有衰败和灾难。英格兰会变成什么样子？他日复一日地期待着看到舍伍德兄弟公司的失败。他们是如何逃过制糖业的共同厄运的呢？自由贸易，自由贸易；理论上都很好，但看看它对玉米和蔗糖造成的影响吧。就他本人而言，他倾向赞成适度的保护政策。

这一切并没有超出威尔的预料。如果特恩布尔先生最终对他的提议持反对意见，那将是一件令人讨厌的事。在这种情况下，虽然他的母亲有权自主管理她的财产，但威尔觉得他不应大胆地违背律师的建议，竭力主张他的计划，这样必须从其他地方寻求资金。再过几天就能决定这件事了。上楼睡觉时，他把心中的忧虑抛到了九霄云外。

昔日的宁静，家中熟悉的舒适。寂静的夜里，只能听到淅淅沥沥的雨声。和往常一样，房间里弥漫着薰衣草的香味，混合着乡村老宅因极度洁净散发出的难以描述的芬芳。除了墙纸和地毯变了以外，一切都和威尔记忆中的一样，从他记事起就没有变过；同样简单的家具，同样的白色窗帘，同样的画，同样的小悬挂架，上面挂着儿时别人送给他的书。他想起了死在学校的哥哥，他就躺在远处的小教堂墓地里。他人生中唯一的黑暗记忆，就是这个可怜的孩子在短短的病痛之后就死去了，这甚至发生在他的另一场丧父的重击之前。

对早些年的回想是一种从未间断过的幸福，因为在包裹着那些遥远岁月的平静和爱意的当下中，所有的童年忧伤都消失不见了。他父母的生活，正如他当时所看到的，也正如他现在回忆所看到的，仍然是一种理想生活。他不屑于希冀或想象任何其他的家庭美满模式。孩提时代，他就认为父亲和母亲之间哪怕一刻的不容都是无法想象的，而作为成人的回忆也证实了他的这一观点。

心灵和思想契合的人获得彼此的忠诚——这就是生活所能给予的最好的东西。威尔的思绪再次转向诺伯特·弗兰克斯：他，可怜的家伙，毫无疑问现在正对使他的天空布满阴云的失信行为愤怒不已。在这感觉舒缓、清醒冷静的时刻，沃伯顿对罗莎蒙德的做法有了新的认识。或许她根本不该受责备，反而值得称赞，因为如果她已经确切无疑地知道，她并不像自己想象得那样爱诺伯特·弗兰克斯，那么解除婚约就是她应尽的直接义务，而她迈出这一步的勇气也要归功于她自己。弗兰克斯本人自然还需要一段时间才能接受这种观点。第三个人，如果不考虑虚荣心，可能会这样道德说教。

一个令人不快的想法钻进了威尔的脑海。难道他的虚荣心在这个故事里真的毫不相干吗？那么，为什么昨晚在街上交谈时，他意识到了一种与他愤慨的同情相矛盾的、无法言说的隐藏情绪呢？如果情人的妒忌真像他假装认为的那样可笑，那么当弗兰克斯似乎指责他参与了女孩的不忠时，他为什么会感到一种他现在才可以向自己坦诚的不值得的快意呢？当然是虚荣心在作祟，而且是一种非常虚弱、徒劳无益的虚荣心。他要把这种虚荣心的最后踪迹从他的存在中抹去。幸运的是，这只是虚荣，并没有更深的感情。他平静地叹了一口气，对此表示确定。他把头放在枕头上，沉沉睡去。

一觉睡到太阳升起来了。当他恢复清醒时，透过百叶窗洒下的一道金色微光告诉他，雨过天晴了。他忍不住朝前方望去。他所看到的是真真切切的，在这样的天空下，夏日的世界熠熠生辉，谁还会躺在床上呢？威尔总是急急忙忙地穿好衣服，几秒钟的时间就够他处理一些盥洗的细节。如果他花几分钟来处理，他的神经一定会烦躁得难以忍受。他淋浴的时候，水花四溅，连天花板都被溅湿了；接下来他穿好衣服的一系列动作迅疾而猛烈。他刮胡子的时候，动作如此迅速和娴熟，以至于会引起人群聚集观看这一景象，并且送上热烈的掌声。他悄悄地走下楼梯，发现房门已经打开。这可能意味着仆人已经起床了，但他怀疑早起的是简。事实确实如此，他向厨房的花园走去，他的妹妹站在那里，阳光使她的脸变得红润。

"快来帮忙采摘火豆①"，当他走近时，她招呼道。"是不是很壮观？"

她指着挂在树叶和绯红花朵中的一簇簇沉甸甸的墨绿色豆荚，眼中闪烁着喜悦的光芒。

"神奇的农作物！"威尔热情洋溢地赞叹道。

"这气味是不是对人很好？"妹妹接着说。"当我在这样的早晨来到花园里，我有一种感觉——哦，我无法向你描述这种感觉——也许你不会懂的——"

"我懂，"威尔点头说道。

"大自然就像朋友一样在呼唤我，让我来欣赏和享受她所创造的一切。我对大地赐予我的一切心存感激。"

简平时说话并不这样，通常情况下她不会这样热情洋溢、充满诗意。但今天早上，一种奇特的活力在她的神情和声音中闪耀着。很快，原因就揭晓了。她开始谈论起阿普列加斯的生意，并表示非常满意。

"妈妈的担忧就要结束了，"她说，"我说不出我会多么高兴。在我看来，女人不应该只能思考钱的问题，况且妈妈讨厌提到钱这个字眼，她一直都是这样。哦，如果它不掌握在我们手中，该是多大的庆幸啊！即使新的安排给我们带来的钱变少了，我们也不应当放在心上。"

"它肯定会给你带来更多，"威尔说，"或许会多得多。"

"好吧，我不该反对。钱有很多用处，但这不重要。"

简的真诚显而易见。她不再谈论这件事。她往篮子里装满了豆子，又抓起叉子开始挖土豆。

"来，让我来吧，"威尔打断道。

"你确定？那么我就不客气了，乐意之至。"

"我当然是认真的。能翻出土豆真是太了不起了。这些是什么玩意？"

"粉色眼睛的吸虫②，"简回答道，饶有兴趣地看着他。"我们可不敢碰它

---

① 英文原文是"scarlet runners"，一种猩红色的匍茎豆科植物，又名火豆、猛犸象、红巨人。它是一种生命力旺盛的攀缘性一年生藤本植物，叶子呈大片绿色，开红花，黑色或紫色的豆子长在扁平的绿色豆荚里。

② 一种寄生虫，一般呈叶片或长椭圆形。

们。"

"肉肉的,是不是？"

"像面粉球！"

当叉子挖出比他们预想得还要粗壮的根时,他们的声音汇成了一片欢呼声。挖够了之后,他们四处闲逛,看看其他蔬菜。简指着一些萨瓦菜苗说,她打算今天就种上。这时,一阵欢快的叫声传来,庞培跳跃着向他们跑来。

"这说明送牛奶的男孩来了,"简说。"庞培总是早上去迎接他。来喝一杯吧——热乎的。"

第十章

回到切尔西后,威尔给诺伯特·弗兰克斯写了一张纸条请他来谈谈,只写了一两行字,没有提及已经发生的事情。三天过去了,没有回音。威尔开始变得不安,因为在这样一个激情受挫的人身上可能潜藏着危险,尽管这位艺术家的沉默也许只是意味着闷闷不乐。第四天傍晚,就在他决定步行前往皇后大道时,熟悉的敲门声响起。霍普太太已经离开了,威尔走到门前,像往常一样与来访者打招呼,但弗兰克斯一言不发就进来了。台灯的光线将他可怜的变化映照了出来:面色蜡黄、眼睛翻白、胡子拉碴、衣冠不整;事实上,他作为绝望的情人的戏份太多了,以至于沃伯顿怀疑他是不是有点戏剧化。

"如果你今晚没来,"威尔说,"我会去找你。"

弗兰克斯瘫软地躺在扶手椅上,目光呆滞无神。

"我之前应该过来的,"他用低沉、平淡的声音回答道。"遇见你的那个晚上我出尽了洋相。有一点是,我喝醉了,从那以后我就一直醉着。"

"啊哈,这解释了你衣领为什么那么脏,"威尔干巴巴地评论道。

"它脏吗？"对方用手指绕着他的脖子说。"又有什么关系呢？在这个充满污垢的世界里，或多或少都有些肮脏——"

沃伯顿无法控制自己，不停地大笑。他的笑声很有感染力，弗兰克斯也笑了，笑得不情愿，有些凄凉。

"你的同情心没有随意挥霍，"艺术家焦虑不安地来回走动。

"如果我随意挥霍，对你能有什么好处吗，老伙计？所以现在，我们到底要不要谈论这件事？随你的心意。就我而言，我宁愿聊聊《贫民窟慈善家》。前几天我看到了。不同寻常地好。路边石板上的浑蛋，你抓住了精髓。"

"你这么认为？"弗兰克斯坐直了一点，但眼神依然空洞。"是，我觉得还不错。但谁知道我能不能完成这幅作品呢。"

"如果你完不成，"他的朋友用理所当然的语气回答道，"你就去做更好的事情。但如果我是你，我会完成它。如果你有勇气画上那个合适的面孔，你知道的，那个女孩的面孔。"

"那么应该是什么样的面孔呢？"

"尖鼻子，薄嘴唇，相当虚弱，眼神中充满了自负的表情。"

"他们不会想挂这样一幅画，也没人会买的。再说，沃伯顿，如果你认为贫民窟慈善家都是那种人，那你就错了。尽管如此，我还是不能肯定我不会这么做，因为我不甘心。还有一个原因，我讨厌漂亮的女人，我想我再也没有能力画出另一个漂亮的女人了。"

他猛地站起来，像往常一样在房间里踱来踱去。威尔故意保持沉默。

"我承认，"弗兰克斯费了好大劲才又说，"那天晚上我出丑了。但我希望你能告诉我一些你在特里昂的时光。你没有留意到什么吗？没有任何事情让你怀疑她打算做什么吗？"

"我一刻也没有预见到，"威尔毫不掩饰真诚地回答道。

"但，她一定是你在那儿的时候下定了决心。她令人震惊的虚伪！几天前我收到一封信，还是老样子……"

"完全一样吗？"

"肯定啊！反正我没觉得有什么不同。然后她突然宣称说，几个月来，她一直觉得自己的处境不适且痛苦。真是天大的怪事！为什么她要继续装下去，演一场闹剧？我本来可以笃定，没有一个女孩在言行和思想上比她更诚实。但想想一个人是如何被欺骗的，真是可怕。我现在理解了小说中关于妻子不忠之类的情节。我总是对自己说，'呸，好像一个人不知道他的妻子是否在欺骗他似的！'天哪，这让我对结婚的想法产生了恐惧。我再也不会信任女人了。"

沃伯顿坐着不动，边微笑边沉思。

"当然，她羞于面对我。她写信说他们刚刚离开了特里昂，去了另一个地方，但没提是哪里，恐怕我会继续追求她。如果我要写信，寄到巴斯，信会被转交。我写了——当然是一封愚蠢的信，我只希望我从未寄出过它。有时我想，我再也不要试图见到她了；有时我想，我要让她看到我，告诉她关于她本人的真相。唯一的问题是——我有些害怕——我经历的折磨已经够多了，我不想再重新开始。然而如果让我见到她……"

他又在房间里转了一圈，然后在沃伯顿面前停了下来。

"老实告诉我你的想法。我需要建议。你对她怎么想的？"

"我没有任何意见。我不能假装对她很了解的样子。"

"好吧，但是，"弗兰克斯坚持说，"你的印象，你的感觉。这件事给你的印象如何？"

"为什么这样问，相当不愉快，那是肯定的。"

"你不原谅她吗？"诺伯特问道，眼睛紧盯着对方。

"我可以想象出理由……"

"什么？一个蓄意背信弃义的伪君子还能找什么借口？"

"如果是故意的，"沃伯顿答道，"那就没什么好说的了。在你这种情况下，既然你要征求我的意见，我就会尽量认为这不是故意的，那个女孩只是改变了心意，不断纠结，自我挣扎，直到无法忍受为止。我对情节剧没什么兴趣，安静的喜剧更符合我的口味——以相互的宽容和原谅为结局的喜剧。当然，如果你觉得你的生活里不能没有她，如果你决心为她而战……"

"为谁而战？"弗兰克斯大声喊叫道。

"和她在一起，读勃朗宁的书，尽情享受。这或许是最好的结果，谁又说得准呢？只是在这一点上我很清楚，不要自欺欺人！不要因为看起来不错，就去盲目崇拜英雄。她对你来说是否不可或缺，你自己要搞清楚。不可或缺的？又何必呢，没有女性对男性来说能到这种程度，迟早都会变得冷漠。与自己心平气和谈一谈，如果你觉得最糟糕的已经过去了，一切都不像你想得那么重要了，那就回去画画吧。如果你只能画相貌丑陋的女人，那就更好了，我毫不怀疑这点。"

弗兰克斯站着陷入沉思。然后他点了点头。

"这一切都很明智。但是如果我放弃她，我要马上和别人结婚。"

然后，他突然道了晚安，让沃伯顿对他充满希望。笼罩在他们相互理解的友好关系上方的阴影消散了，沃伯顿倍感欣慰。

第十一章

克罗斯母女住在沃勒姆格林。这所房子不如克罗斯太太在普特尼拥有的另一所房子舒适，但租金较低，贫穷迫使她们不得不考虑这一点。在普特尼的房子空置半年后，克罗斯太太对生活的习惯性抱怨变成了尖酸刻薄，这让她的女儿贝莎感到非常痛苦。她们母女俩无论在身体上还是精神上都没有什么相似之处。贝莎·克罗斯是一个敏感的、细心体贴的女孩，充满了善良的情感，而且天生富有幽默感，这使她能够看到自己拮据生活中有趣的而不是令人沮丧的一面。她的这些优点遗传自父亲。可怜的克罗斯，靠偶尔写作喜剧新闻来补充办公室日常工作的微薄收入，甚至还写过一出闹剧（给一位剧院经理带来了收入），这使他在临终前开了一个典型的玩笑。他刚刚签署了自己的遗嘱，当时妻子单独与他留在一起。"我确信，我一直希望能让你生活得幸福，"这位饱受折磨的女人拼尽全力说道。"我也希望你幸福，"他虚弱地回答道。他指向遗嘱文件，带着悲伤而慈祥的微笑补充道，"把这遗嘱当作契约吧。"

两个儿子移民到了不列颠哥伦比亚省，如果能到那里加入哥哥们，贝莎不会后悔。因为对她来说，在农场里从事劳动既宁静又健康，比她要艰难支撑的准体面生活似乎要强得多。她从未梦想过要成为一名艺术家,但由于在使用画笔上表现出一定的天赋,被父亲送到了南肯辛顿,在那里她结识了罗莎蒙德·埃尔文,并与她成为朋友。贝莎对维持生计的需求比罗莎蒙德更强烈,她的实践能力也更强,不久就成功地赚得了一点钱。如果没有这些补贴,在家生活对她来说几乎是不可能的。当然,既然有闲置的房间,她们本可以找一个租客,但克罗斯太太不能接受这一可能性,除非被接待的客人足够"体面",可以被称为付费的客人,但这样的人没有出现过。于是,就像无数"体面"的家庭一样,她们过上了一种俭朴隐居的生活。有时为了在国外能穿上得体的衣服,她们就饿着肚子出去;她们永远买不起一本书,听不起一场音乐会,只能通过痛苦的牺牲来宴请朋友。某一次,埃尔文小姐在她们家住了一个星期(克罗斯太太赞成这种友谊,并希望这会是找到能付费的客人的一种办法),但这对她们来说意味着在接下来的一个月里几乎要挨饿了。

多亏了一项消遣活动,时间才没有给克罗斯太太带来沉重的负担,因为她的消遣是长年不断的,永远新鲜,永远充满惊喜和刺激。尽管她很穷,但她还是想办法雇了一个家庭佣人。说她"养"了一个佣人有些牵强,因为没有任何一个仆人在这家待的时间超过几个月,甚至有时半年的时间里会接连换上六七个"将军"①。这些人(年龄从十四岁到四十岁不等)的报酬低、伙食差,当然也会干得不称职、粗心、反叛,结果克罗斯太太在与她们的战争中找到了生活中唯一的真正的乐趣。她没有合理的消磨时间的方式,这下她有了一项可做的职业;她脾气暴躁,所以她有了可以无所顾忌地发泄情绪的对象;她性情刻薄,因此她认为把仆人的配给减少到最低限度,既能获利,又能消遣;最后,她喜欢最琐碎的闲话,因此她和那些能忍受她的女士们有了永远讨论不完的话题。

贝莎对这种家庭纷争已经习以为常,大部分时候都不以为意。她知道,如果由她而不是母亲来管理这个家,事情会顺利得多,但仅仅是提出这样一个改变的建议(有一次是在危急关头冒险提出的),就已经让克罗斯太太大吃一惊、气急败坏了,以至于贝莎再也没有往这方面想。然而,有时候出于常识的反叛,她不得不辩解,为了避免争吵,唯一可行的办法就是以幽默的口吻开始她的反

---

① 这里表达出作者的一种讽刺意味,像军队频繁更换将军一样,克罗斯太太频繁更换家庭佣人,永远不满意。

抗。听母亲为一个叫艾玛的人的错误行为抱怨和哀叹了半个小时后，她精疲力竭，非但没有强烈反对，冲出家门，反而开始自嘲地大笑起来。克罗斯太太开始气愤地请求贝莎告诉她，这种肯定会把她送进坟墓的事情有什么好笑的。

"如果你能看到它有趣的一面就好了，妈妈，"贝莎回答道。"你知道的，它确实有喜剧的一面。艾玛是个好脾气的人，只要你对她耐心点，她会说出最搞笑的话来。今天早上我问她，是不是没办法记得把盐放在桌子上。她非常严肃地看着我说，"我有办法，小姐。我会把它加到我的祷告词里，就在'我们的每日面包'后面。"

克罗斯太太只看到了亵渎。她把攻击的矛头转向了贝莎，她说，贝莎说话的温柔方式简直是在怂恿仆人们疏忽和无礼。

"妈妈，你这样想，"女孩回答道，一开口说话她就感觉到痛苦了，"被人伺候得不好本身就够糟糕的了，为什么还要不停地谈论这件事，让它变得更糟心，而且让我们自己一刻也不得安宁呢？我确信，我宁愿每顿饭都亲手把盐放在桌子上，也不要再去想这件事，一顿又一顿地，为了没拿上桌的盐罐不停地烦躁、烦躁、烦躁。亲爱的妈妈，难道你不觉得这是对生命惊人的浪费吗？"

"孩子，你在胡说什么呢！难道我们要生活在肮脏和混乱之中吗？难道我从来没有纠正过仆人，或者教她履行责任吗？当然了，我所做的一切都是错的。你理所当然能把一切做得好得多。这就是现在的孩子的德行。"

在克罗斯太太喋喋不休的时候，贝莎用一双充满幽默感的悲伤的眼睛看着她。女孩常常觉得，不能够尊重，也不能够对她的母亲有太多的爱，是一件心累的事情。每当这时，她就会想象出另一对父母，不管和其中的哪一个人，他或者她，都可以在双方的智慧和彼此的爱意中生活得如此幸福。她叹了口气，走开了。

房子一直未出租，事关重大。有一天，诺伯特·弗兰克斯来访时谈起这件事，说他很快会需要一套房子，并觉得克罗斯太太的这套房子可能会适合他。贝莎的喜悦丝毫不亚于她的母亲。艺术家宣布了这一消息后，她给朋友罗莎蒙德写了一封信，信中说听到她马上要结婚了，她很高兴，然而回信让她大吃一惊。在过去的几个月里，罗莎蒙德一直疏于通信，虽然她那几封简短的信一如既往地充满深情，却对以前谈论不休的话题，弗兰克斯的才华、善良和美好的希望只字不提。现在她的信读起来仿佛陷入了完全的心灰意冷之中，文体混乱、表达含糊,以至于贝莎几乎从中看不出什么蛛丝马迹,除了严重怀疑弗兰克斯的婚事是否像他想象得那样近在咫尺。一两个星期过去了,罗莎蒙德再次写来了信,这次是从瑞士寄来的,信中又是令人费解的迷宫般的沉闷话语,满篇是纯粹的呻吟和叹息,这让贝莎既困惑又失落。罗莎蒙德给这位挚友写信时,总是用一种抒情的笔调,如果不是字里行间流露出的真诚,这种情绪时不时会让富有幽默感的贝莎烦恼。然而到目前为止,她的表达一直非常淡漠,这种突然的变化似乎预示着什么可怕的不详的事情。正当贝莎焦急地想知道到底发生了什么事时——当然如果需要怪罪的话,肯定倾向于怪罪艺术家而不是他的未婚妻——一个陌生人来询问房子的出租情况。因此,贝莎必须马上确定弗兰克斯先生是否还打算成为他们的房客。克罗斯夫人给他写了一封信,收到了可能收到的最简短的回复,大意是他的计划改变了。

"多么令人恼火!"克罗斯太太呼喊道。"我宁愿房子已经租给了我们认识的人! 我猜他已经找到更适合他的房子了。"

"我想还有一个原因,"贝莎凝视着那张潦草、漫不经心的便条一两分钟后,说道,"婚期推迟了。"

"而且你一直都知道,"她母亲大叫着说,"一直以来都知道,却没告诉我!我可能已经错过了 20 次租赁的机会。真的,贝莎,我从没见过像你这样的人。那房子一个月又一个月地空着,我们几乎不知道该去哪里赚钱,而你明明知道弗兰克斯先生不会租的,却一个字也不说! 你的行为怎么能如此反常?我觉得,让我担心真的使你找到了乐子。任何人都会觉得你就是想看我进坟墓。想想吧,你竟然一直都知道! "

第十二章

　　两个星期过去了，贝莎再也没有听到有关埃尔文小姐的任何消息，直到有一天早上，信封里夹着一封信，信的背面附着在泰丁顿的一个地址。罗莎蒙德在信中说，她刚从瑞士回来，要和朋友在一起待几天，询问贝莎能否在当天下午到泰丁顿来，和她聊一两个小时。写信者有很多话想说，却无法在信中表达，她最渴望见到贝莎，这个在人生的紧要关头她唯一可以敞开心胸倾诉的人。"就我们两个人，卡普伦先生和夫人午饭后马上要去镇上。这是个宜人的地方，整个下午完全归我们享受。所以别害怕——我知道你讨厌陌生人——但是过来吧，来吧，来吧！"

　　贝莎下午早早就乘上了火车。穿过一条榆树林荫道，她进入一个美丽的大花园，然后来到一个气派的前门。她被带进客厅里，刚有时间松口气，打算仔细看看她从未见过的华丽景象，这时，一个身材苗条、衣着靓丽的女孩悄无声息地进来了，一路跑向她，抓住她的手，优雅温柔地吻了她。

　　"我亲爱的，亲爱的老朋友贝莎！再次见到你真是太高兴了！你能来太好了！这地方很漂亮吧？这里的人简直再好不过了。你听我说起过巴斯的安德顿小姐吧，她就是卡普伦太太，半年前结婚了。他们要去埃及待一年，而且——嗯，你觉得呢？——我打算和他们一起去。"

　　罗莎蒙德的声音很低，还有些犹豫。她握着贝莎的双手站在那里，瞪着大大的眼睛盯着她的脸，似乎在苦苦哀求。

　　"去埃及？"

　　"是的，这是我在瑞士时决定的。卡普伦夫人想找一个朋友陪她，一个能在水彩画上帮到她的朋友。当然她以为我不能去呢。她写信给我，希望我有可能去。我抓住了这个机会！对,抓住了它！"

贝莎说:"这就是我不理解的地方。"

"我想解释这一切。到这个舒适的角落来。除非有人送茶来,我们不会被打扰的。——你知道利德的那幅画吗?是不是很精美！——你累了吗,贝莎?你看起来有点累,恐怕你是从车站走过来的,今天天气又这么热。不过,哦,这里的树真可爱！你还记得我们第一次一起散步吗?你有些害羞,身体僵硬,不确定自己是否喜欢我。当时我觉得你,嗯,有一点点挑剔。但在我们回来之前,我认为我们已经开始互相理解了。我想知道你现在会不会理解我。如果我觉得你不支持我,将会是一件糟糕的事。当然如果你真的不赞成,我更希望你能说出来。你会的,对不对?"

她再次睁大眼睛,用富有感染力的眼神注视着贝莎。

"不管我说不说,"对方回答道,"你都会知道我怎么想的。这一点我总是控制不住自己。"

"这就是我喜爱你的地方！这也是这几周痛苦的时光以来,我一直想念的——你的毫无保留的真诚。我一直在问自己,有没有可能你会发现自己身处我这样的境地,如果是你的话,你会怎么做,怎么说。贝莎,你是真诚和正直的理想的代表,我一直这样和你说。"

贝莎不自在地动了动,眼睛看向别的方向。

"要不你还是告诉我发生了什么吧,"她小声地补充了一句。

"好的,我会的。我希望你没有一直想着,这是他的错吧?"

"我忍不住这么想。"

"哦！立刻把这事儿忘了吧。这完全是我的错。他什么也没做,他善良、诚实,拥有一个男人应有的所有品质。是我处理得很差,太差了,以至于我现在来告诉你时,都因羞愧难当觉得脸颊发热。我已经和他分手了。我已经告诉他我不能嫁给他了。"

她们的目光瞬间交汇在一起。贝莎看起来相当严肃,但脸上还是露出往日的善意表情。罗莎蒙德失落地皱紧眉头,嘴唇在颤抖。

"从去年圣诞节开始,我就有所预感了,"她用急切的、颤抖的声调继续说道。"你知道的,他来巴斯了,那是我们最后一次见面,我觉得有些地方不对劲。啊,了解一个人真是不容易！我想和你聊聊这件事,但当时我又对自己说,除了让我更加看清自己的想法，贝莎又能做什么呢？而这正是我不能够做到的——清楚我自己的感受。我知道我在发生变化。一天又一天过去了，我害怕看清自己的想法。更严重的是，我害怕坐下来，给他写信。哦，那些信件中令人厌恶的虚伪！然而，我又能做什么呢，我能做什么呢？我有种感觉，任何其他事情都根本不可能发生了，否则我也没有权利带给他这样的打击。"

"所以最后你真的感觉到了吗？"

"在瑞士。是的。它来得就像一道闪电。我正沿着那壮观的山谷走——你还记得我的描述吧——朝向冰川的方向走去。那天早上，我收到一封信，信中定下了我们婚礼的确切日期，还提到了那栋房子——你在普特尼的房子——他想要租下来。我对自己说：'只能就这样了，我什么也做不了。我没有勇气。'然后，我走着走着，一种恐怖的感觉袭上心头，让我浑身发抖。当这种感觉过去之后，我明白了，不是因为没有勇气放弃，而是我永远不会有胆量熬过去。所以我回到旅馆，坐下来开始写作，没有片刻的思考或犹豫。"

"你还能做什么呢？"贝莎叹了一口气说道。"既然都恐怖和颤抖了！"

她的眼睛里有一道光闪过，似乎是微笑的前兆，但是她的声音不乏同情。罗莎蒙德知道，贝莎·克罗斯的微笑是表达友情的方式，远比一个人的悲伤情绪更珍贵。

"请耐心听我说，"她继续说道，"我试着解释这一切。我的处境最糟糕的是，那么多人知道我做了什么，却很少有人，几乎没有一个，能够理解为什么。这样的事是没法跟别人谈论的，即使是温妮和父亲也不例外——我敢保证他们也不太懂得——不过恐怕他们都很高兴。被人误解是件多么可悲的事啊。我觉得，贝莎，正是这种事情让一个女人坐下来写小说。在小说里，她可以乔装打扮，侃侃而谈，公平公正地对待自己。你不这么认为吗？"

"我不感到奇怪，"听者若有所思地回答道。"但这真的重要吗？只要你知道你只是在做你必须做的事情，不就可以了吗？"

"但这只是在我看来。如果换一个人站在我的位置上，很可能会看到另一面。当然，它是尤其复杂的一件事——像这样的一个情况。我对一个人应当如何被引导毫无头绪。人们可以为此争吵和辩论一整天——就像过去几周我对自己所做的那样。"

"试着告诉我一个对你来说最有利的理由，"贝莎说。

"很简单。我以为我爱他，但我发现事实上不是。"

"没错。但我很难理解这种变化是如何产生的。"

"我会试着告诉你的，"罗莎蒙德回答道。"是从那幅画，《避难所》开始的。当我第一次看到它时，我被震撼了。你知道我一直是怎么看他的——一个为自己的艺术理念而活的艺术家，随心所欲地画他喜欢的、让他愉悦的画，而不在乎公众的口味。我顿时充满热情。当我看到他似乎很在意我的意见和赞美时，接下来当然就更赞不绝口了。他向我讲述了他作为一名艺术学生的生涯，在巴黎、罗马等所有的一切，那就是我理想中的浪漫啊。他很穷，有时穷得几乎都吃不饱，这让我为他感到骄傲，因为我觉得如果他肯屈尊去做低等的工作，肯定能挣到钱。当然，由于我也很穷，在他的境况改善之前，我们不能考虑结婚。最后，他画了《避难所》。他什么也没告诉我。我来的时候，看到这幅画在画架上，已经马上要完成了。所以——这就是令人震惊的事情——我假装欣赏它，我很惊讶，很痛苦，但我还是世故地微笑着赞美它。这就是我性格的缺点。那一刻，我需要的是真诚和勇气，而我两者都没有。一想到他竟然因为我而自甘堕落，真叫人害怕。如果我当时立刻说出我的想法，他就会承认了——就会告诉我，是急躁让他对自己不忠。从那天起，哦，这才是最糟糕的，贝莎，他已经适应了在他看来我的更加低级的思想和目标，他因为考虑到我，有意识地贬低了自己。太可怕了！他心里当然认为我以前是个伪君子。令人吃惊的是，这并没有导致他对我冷淡。他肯定有这种感觉，但不知怎么的，他自己克服了。所有都糟透了！他仍然关心我这一事实恰恰说明我对他造成了多坏的影响。我觉得我已经毁了他的生活，贝莎，但我不能牺牲我自己的生活来做一些可怜的补偿。"

贝莎一开始倾听时，脸上略带好奇和感兴趣的表情，后来表情逐渐变得疑惑不解。

"天哪！"当说话者停下后，她惊呼道。"当一个人的所思所感与理性争论，会有可能陷入这样的缠绕不清吗？我实在想不明白。哦，他们端茶来了。也许喝杯茶能帮我理清思路。"

罗莎蒙德立刻开始谈论起悬挂在他们旁边的、由利德画的风景画，甚至在仆人离开后还在继续谈论。她的同伴沉默不语，时不时露出一丝不自然的微笑。她们喝着茶。

"这茶对我很起作用，"贝莎说，"我开始觉得可以进行最复杂的思考了。

所以你真的相信，弗兰克斯先生正在走向毁灭，而你是罪魁祸首？"

罗莎蒙德没有回答，将目光投向别处。她紧蹙眉头，咬住下唇，露出正在被困扰的表情。过了一会——

"我们去花园吧，"她一边说一边站起来，"你不觉得这里有一点闷吗？"

她们沿着小路漫步。她的同伴似乎已经把刚才的话题抛在脑后，开始谈论埃及，以及她期待在那里会获得的快乐。

这时，贝莎又回到了那个未完成的故事。

"哦，你不会感兴趣的。"

"不会吗？请继续吧。你刚刚解释了关于《避难所》的一切，这其实并不是一幅真正的糟糕的绘画。"

"哦，贝莎！"对方痛苦地抗议道。"这就是你的好脾气。你从来不会对任何人的作品说过分的话。这幅画太可耻了，太可耻了！而且据我听到的，我十分确定它后面的作品会更差劲。哦，我不忍心去想这一切意味着什么——既然现在为时已晚，我明白了我本来应该做什么。无论发生什么事情，有多少人反对，我本来应该在第一年就嫁给他，那时我还有足够的勇气和希望去面对任何困难。我们谈过这个问题，但他太慷慨了。和他一起挨饿，为了他的艺术和名声一起工作，共同经历所有这些，并最终取得胜利，这是多么美妙的事情！这才是值得过的生活。但是，如果凭借《避难所》这样的画作获得的利润轻而易举地开始婚姻……哦，简直是耻辱！你觉得我能面对那些来看我的朋友吗？"

"能有多少朋友，"贝莎问道，"知道你的不光彩的事呢？我相信自己还有一点想象力，但我从来都不该怀疑，黑暗的卑鄙已经毒害你的灵魂。"

罗莎蒙德再次咬住嘴唇，保持短暂的沉默。

"这只能说明，"她有些唐突地说，"我最好还是一点也不说，人们想要怎么想我就怎么想我，如果连你都不能理解的话。"

贝莎站住了，说话的声音也变了。

"我非常理解，或者说我认为我非常理解。我完全相信，除非出于最严重的原因，否则你不可能解除婚约。对我来说，知道这一点就足够了。许多女孩都应该这样做，但她们从来没有勇气。别担心如何解释的问题，事情已经发生了，也就结束了。其实我很高兴你能离开这里，或许这是最好不过的了。你什么时候启程？"她补充道。

"三天之后。听着,贝莎,我有很严肃的事情想要请求你。有可能——有可能是不是?某天他也许会来看你。如果他来了,或者你偶然单独见到他,但凡他提起我,我想要你让他感受到——你很容易就能做到的——发生的一切都是为了他好。记得提醒他艺术家们经常因婚姻而堕落,并暗示他——你肯定会的——我太喜欢奢侈品之类的东西了。"

贝莎露出了古怪的微笑。

"相信我,"她回答道,"我会非常有效地抹黑你。"

"一言为定?但同时,你要敦促他忠实于自己,忍受贫穷——"

"这我就不知道了。为什么可怜的弗兰克斯先生就不能吃饱呢?"

"好吧,但你答应我,可以用其他方式帮助他吗?你不必说很坏的话,只要一个微笑,一个暗示——"

贝莎点点头说,"我完全理解。"

第十三章

沃伯顿从未见过戈弗雷·舍伍德像过去这几周一样坐立不安、情绪激动。这段时间小艾利街的生意正在收尾,并购到布里斯托尔的生意的细节也正在确定。如果不是与所有充满希望的事实不符,也与他的脾气不相容,人们会以为戈弗雷患有极度紧张症,也就是说他生活在某种压抑的焦虑之中,而他持续不断地努力以坚定的昂扬斗志与这种焦虑作斗争。一个男人在过去几年中经历了真正的忧虑和危险,波澜不惊、没有丝毫不安;这样一个拥有最可观的冷静品质的人,现在仅仅因为事情在朝更有希望的方向发展,却让自己陷入混乱,这似乎是一件很奇怪的事。沃伯顿时不时地问自己,他的合伙人会不会在阿普列加斯的事情上隐瞒了什么麻烦的事实,但他又觉得太不可能了,打消了这种想法。

舍伍德是个非常棒的合作伙伴，是个非常认真负责、一丝不苟的商人，他不会让他的朋友去承担显而易见的风险的，尤其是，既然已经决定让沃伯顿太太和她女儿的资金也投入进去，这种情形就更不可能发生了。特恩布尔先生的调查取得了令人满意的结果，就连这位坚定的悲观主义者也不得不勉强承认自己没有发现暴风雨的信号。虽然责任感给他的生活增添了新的元素，让他无法像以前那样安然入睡，但威尔还是说服自己，只要投入工作，一切都会好起来的。

阿普列加斯本人给他留下的印象非常好。这位果酱制造商是一位大学教授、天文学家和音乐家，这一点触动了沃伯顿的软肋。他第一次去布里斯托尔的时候，思想深处带着一种不可否认的偏见，但这种偏见在一两天的交往中消失了。阿普列加斯以一种轻松幽默、和蔼可亲的态度向沃伯顿推荐自己，沃伯顿最不愿意拒绝的就是这种态度，他以最大的坦诚谈论自己的事情。

他说："让我感到惊讶的是，我做这一行赚到了钱。我凭着抽象的概念进入这一行，对做生意一无所知。在学校里我宁愿思考，我学过一些'单式记账法和复式记账法'，但我已经忘得一干二净了，就像现在我习惯了难度更高的数学，发现自己忘记了如何进行乘除运算一样。不过，我总得挣点钱，于是我想那就试试果酱吧。就这样事情就成了，我确实也没搞明白，可能只是运气好吧。我听说有些人试着做生意，结果惨遭失败。也许他们都是传统保守的人，你们这些保守派真叫人无望。请原谅，在这么说之前，我应该先搞清楚你们俩当中是不是有人是保守派。"

两位听众都摇了摇头，大笑起来。

"那就更好了。显而易见，天文学家可以制造果酱，而靠希腊文和拉丁文诗句长大的家伙则不可能。"

他们在布里斯托尔待了一个星期，然后舍伍德收到了一封电报，告诉沃伯顿他必须立即返回伦敦。

"你有什么烦心事吗？"威尔说，他注意到朋友脸上的表情中有一种特殊的颤抖。

"不，不，这是私事，与我们的生意无关。你能留到周六吗？我可能二十四小时之后就回来了。"

"很好。可以的，我想和阿普列加斯再谈谈广告营销方案。我不想一开始就开销这么大。"

"我也不想，"戈弗雷回答道，眼神飘忽不定。他顿了顿，咬住胡子末梢，又补充道："对了，你说圣尼茨的钱将会在周六汇过来？"

"我想是的。或者下周初。"

"对的。我想马上落实了。真奇怪这些细节让我坐立不安。我的神经啊！今年夏天我应该去度个假。你更明智。"

第二天，沃伯顿和阿普列加斯一起去了后者在布里斯托尔以南约十英里处的房子，在那里用餐，并度过了一晚。他和舍伍德的长期寓所应该选在哪里还没有确定下来。有人建议他们合租离阿普列加斯家不远的一栋房子，但威尔一想到合租就感到不安，他怀疑自己是否能和任何人住得舒适。他为不得不离开切尔西的公寓而苦恼，因为那里非常适合他的生活习惯和品味。

沃伯顿和东道主谈了很多关于舍伍德的事情。

"我第一次见到他时，"果酱制造商说，"他给我的印象是我见过的最古怪的商人——除了我自己之外。他谈论北欧传奇、巫术等等，当他开始谈生意时，我有些担心。当然现在我更了解他了。"

"没有多少人比舍伍德更沉着、更精明了，"威尔评论道。

"我确信这一点，"对方回答道。他又补充了一句，似乎是为了强化自己的观点，"是的，我非常确定。"

"尽管他精力充沛，却从不莽撞。"

"是的，我看得出来。不过，"阿普列加斯又补充了一句，仿佛又在强调自己的观点，"他有一种非同寻常的能量。"

"它很快就会显现出来的，"沃伯顿笑着回答说，"他就像一位将军在战前勘察战场一样研究这个领域。"

"是的。聪明的想法无穷无尽。其中有些——也许——并不是马上就能付诸实践的。"

"哦，舍伍德总是高瞻远瞩。"

阿普列加斯点了点头。有那么一两分钟，每个人都沉浸在自己的思考中。

———————————————

第十四章

　　戈弗雷发电报说他必须留在小镇上，沃伯顿很快就来和他会合了。他的合伙人比以往任何时候都要兴奋和乐观。他已经处理完了生意上许多零碎的事务，在约定好的一周之后签署新契约的那一天到来之前，需要做的事很少了，阿普列加斯将为此事来到伦敦。特恩布尔先生以他一贯的谨慎行事风格，最终完成了沃伯顿夫人房产的出售。在他回来的第二天，威尔收到了一封来自圣尼茨的信，信中附有一张四千英镑的支票！所有他个人的可用资金也都已经掌握在舍伍德的手里，这笔钱并不比他母亲和妹妹的投资数额多出多少。舍伍德个人则投入了一万六千英镑，遗憾的是这是他目前所能支配的全部资金。过不了多久，他可能会想办法大幅增加他们的资本，但在此期间，他们已经有足够的资金投资规模适中的企业了。

　　距离收到寄来的支票不到半个小时，沃伯顿对朋友的突然来访吃了一惊。

　　"我觉得你还肯定还没离开家，"戈弗雷脸上挂着紧张的笑容说道。"我昨晚收到阿普列加斯的来信，我想让你马上看看。"

　　他递给了威尔，威尔瞥了一眼那张纸，发现上面只有对一个小细节的无关紧要的讨论。

　　"好吧，没什么问题，"他说，"但我觉得，这没必要在早上九点前把你从温布尔登带到切尔西啊。你是不是有点紧张过头了，老伙计？"

　　戈弗雷看起来是这样。他的脸明显比一个月前消瘦了许多，眼神游移不定，就像心事重重、精神紧绷时的状态一样。

　　"我想我是的，"他承认了，刻意展现出一种满不在乎的幽默感。"最近没怎么睡觉。"

"但是为什么呢？究竟有什么大惊小怪的？坐下抽根雪茄吧。我想你已经吃过早饭了吧？"

"还没有——不，吃过了，我意思是，对，吃过了，当然吃过了，在很久以前。"

威尔不相信被反复纠正后的表达。他好奇地盯着他的朋友，有些焦虑不安。

"你竟然会为这件新的事情牵肠挂肚、烦躁不安，真是难以理解。当你毫发无损地解决了艾利街的麻烦时，一切似乎那么顺利。"

"真的是愚蠢——神经错乱，"戈弗雷嘟囔道。他跷起二郎腿，放下，又重新跷起二郎腿，叼着雪茄，好像打算把它当早餐了。"我们签约后，我必须离开一两个星期。"

"好的，但是看看现在。"沃伯顿站在他面前，双手叉腰，严肃地盯着他，语气坚定。"我不太理解你。你不像你自己。你有什么事瞒着我吗？"

"什么也没有——什么事都没有。我向你保证，沃伯顿。"

但威尔并不十分满意。

"你不怀疑阿普列加斯吗？"

"怀疑！"对方喊道。"无论哪种，没有一丝怀疑。我声明并抗议。没有怀疑，没有，这完全是我自己的愚蠢的亢奋，我解释不了。就忽略它吧，你真是一个好伙计。"

威尔停顿了一下，再次瞥了一眼阿普列加斯的字条，而舍伍德则像往常一样，走过去站到书柜前，目光沿着书架扫了一圈。

"有什么适合我的新书吗？"他问道。"我想静静地好好读一本书。帕尔格雷夫的《阿拉伯》！你在哪里发现的？我知道的最棒的书之一。那本书和莱亚德的《早期游记》曾让我在天堂里待了一个月。你不知道莱亚德？我必须给你介绍下，它是浪漫主义的精髓！风格就像《天方夜谭》一样精彩。"

就这样，他一直说了一刻钟，这似乎让他缓了一口气。再回到今天的话题，他有些突然地问道：

"你拿到圣尼茨的支票了吗？"

"今天早上收到的。"

"我猜写的是支付给舍伍德兄弟公司的吧？"戈弗雷说。"没错。这样最方便。"

威尔把支票递给他，他凝视着支票，似乎特别满意。他微笑着坐着，一手拿着支票，一手拿着雪茄，直到沃伯顿问他在思考什么。

"没什么——没什么。既然这样，我想我最好把它带走，我正好顺路去银行。"

当威尔看着那张小纸条消失在他朋友的皮夹里时，他感到一种莫名的不安。没有什么事情比怀疑戈弗雷·舍伍德更不值得，更不符合他对这个人所有的了解了。况且，如果这笔钱是他的，他会自信地交出来，就像那天对待自己的资金一样。但是，对他人的责任感是一种他还不太适应的新事物。他第一次想到，没有必要把这些资金汇聚在舍伍德手中，他完全可以保留自己的钱和这张支票，直到签署新契约的那一天到来。当然，他只需再思索片刻，就会发现自己的顾虑是多么愚蠢，然而，如果他之前就想到的话——

他的神经可能也有点过度紧张。这不是第一次了，他在精神上咒骂经商和所有龌龊的附属物。

舍伍德发生了变化。他的笑容变得更加自然；他的眼神失去了坚定；他享受地抽着雪茄。

"弗兰克斯有什么消息吗？"这是他的下一句话。

"没什么好消息，"威尔皱着眉头回答。"他似乎还在装傻。过去两周我只见过他一次，而且很明显他那时一直在酗酒。我忍不住说了一两句直截了当的话，他就变得闷闷不乐。昨晚我去探访他，但他不在家。他的房东太太告诉我，他最近离开小镇了好几次，什么工作都没做。"

"那女孩走了吗？"

"一周以前走的。我收到拉尔夫·庞弗雷特的来信，这位老好人很担心这件事，庞弗雷特夫人也是。他没有明说，但我怀疑弗兰克斯在阿什泰德的行为很戏剧化，他去那里时的状态很可能和我上次见他时一样。庞弗雷特本该好好教训他一顿，但我毫不怀疑他们肯定对他又是抚摸又是轻拍的，还表现出可怜——这对弗兰克斯来说是最糟糕的事情。"

"对任何人来说都是如此，"舍伍德评论道。

"对他来说比对大多数人都更糟糕。我希望我有更多暴力的天性。我想到一种可能给他带来好处的方法，但是这与我的脾气格格不入。"

"这我相信,"戈弗雷说,并露出最愉快的神情,点了点头。

"我担心他可能会想尽办法凑够钱,到埃及追求她。也许他正想这么做。庞弗雷特家想让我去阿什泰德,跟他们谈谈他的事。至于在她离开英国前他是否想尽办法见了她一面,我不太清楚。"

舍伍德同情地说:"毕竟,他遭受过不好的待遇。"

"嗯,是的,确实是。但一个人必须有常识,其中最重要的是对女人。我很担心弗兰克斯会认为,因为被抛弃而表现得像魔鬼一样邪恶是一件可以接受的事。现在这样并不时髦了,尽管似乎可能会有一点别出心裁。"

他们谈了几分钟生意上的事情,然后舍伍德就轻快地走了。

四天过去了。沃伯顿拜访了庞弗雷特夫妇,从他们那里证实了他对诺伯特·弗兰克斯的所有猜测。这位艺术家在阿什泰德的表现确实非常戏剧化,他说了很多有关自杀的话,很可能是借着酒劲。当他被劝阻时,他的眼泪夺眶而出,真诚的泪水——恳求拉尔夫·庞弗雷特借给他足够的钱去开罗,在这一点上,他也遭到了最善意的反对。于是,他愤怒地咒骂某位不知道姓名的朋友背信弃义,骂了大约半小时。对于这个人可能是谁,庞弗雷特夫妇一无所知。沃伯顿虽然也装作一无所知的样子,但他不能不怀疑这就是他自己,于是他内心越来越愤怒。弗兰克斯已经去了巴斯,并获得了与温妮弗雷德·埃尔文私下面谈的机会。温妮弗雷德在给姑妈的信中写道,在面谈中他表现得非常谦卑和可怜,首先哀求她作为姐姐在罗莎蒙德的事情上帮帮忙,当她表示无能为力时,他又恳求被告知他是否已经被竞争对手赶下了台。与其说威尔为艺术家的遭遇而烦恼,不如说他对艺术家的愚蠢感到不耐烦,于是他再次回到家中。他给弗兰克斯写了一封简短而不失友好的信,催促他恢复清醒的头脑,重回一个月之前他似乎已经实现的半鄙视、半哲学的屈从。弗兰克斯对此的答复只有几行字:"谢谢。你的建议无疑是出自善意,但我宁愿现在不要。我们暂时不要见面了。"威尔耸了耸肩,试图忘掉与这件事有关的所有一切。

他没有见到舍伍德,却收到了他兴致勃勃写来的便条。阿普列加斯将在两天后抵达镇上,三人将在他下榻的酒店共进晚餐。由于没有职业,沃伯顿把大部分时间都花在了在伦敦散步上,但这些漫步并没有给他带来往日的快乐。虽然晚上他很累,但睡得并不好,一种莫名的紧张打乱了他所有的身心习惯。他正打算前往圣尼茨,度过最后一天难以忍受的闲暇时光,这时,晨邮又送来了舍伍德的来信。

"这家伙真让人困惑不解！"他一边嘟囔着，一边撕开了信封。"他还有什么必须说的呢？没有可恶的延期，我希望——"

他读完第一行，一下子站了起来，好像被刺痛一样。

"我亲爱的沃伯顿"——他的伙伴写道，字迹比往常模糊得多——"我有个非常坏的消息要告诉你，我几乎不知道该怎么开口了。如果我胆子更大一些，我会立刻来见你，可是在你知道最坏的情况并有时间适应它之前，我实在没有勇气直面你。现在是七点。一个小时以前，我得知我们所有的钱都石沉大海了——你的所有钱，从圣尼茨寄来的所有钱，还有我的——我拥有的每一分钱。我犯下了不可饶恕的错误，我非常愧疚，该如何解释我的行为呢？真相是，在小艾利街的生意确定转让之后，我发现自己的情况比我预想得要糟糕得多。我进入货币市场，做了一笔成功的交易。考虑到还能再赚一次，我为布里斯托尔担保了一万六千英镑，但第二次我输了。就这样，最近几周我一直在投机，时赢时输。上周二我来见你的时候，我大约有一万两千英镑，希望能以某种方式弥补上空缺。天有不测风云，就在同一天早上，我遇到了城里的一个熟人，他说有一个机会，任何有一万五千英镑左右在手头的人都可以大赚一笔。这意味着马上就能获利百分之二十五，我像个傻瓜一样被说服了，正如你看到的这样。我逐渐了解更多细节后，发现这件事看起来相当具有诱惑性。我把所有的钱——我们在银行里以舍伍德兄弟名义存的每一分钱——都投了进去。现在我得知，我信任的那家公司已经破产了。今晚的报纸上会刊登比格斯、索普和比格斯的报道——你会看到的。我不敢请你原谅我。当然我会马上采取措施凑齐欠你的钱，希望很快就能凑齐，但，布里斯托尔的事只能全部终止了。明天十二点我会来见你。

"你的真诚的，

G. F. 舍伍德。"

第十五章

毕竟,预感不是完全没有道理的。

这是威尔脑海中闪过的第一个念头。第二个想法是,他可能已经理性地预见到了灾难。舍伍德的行为中所有让他感到奇怪的地方,现在又以如此明显的意义出现在他面前,以至于他指责自己的无为如此不可思议,竟然任由事情发展,还把圣尼茨的支票托付给戈弗雷。在这痛苦的清醒的时刻,他又陷入盲目的愤怒之中。为什么会这样,这家伙真是个卑躬屈膝的弱智!听信了城里某个奸商的话,拿着不属于自己的钱去疯狂投机!但这故事可信吗?舍伍德是不是更有可能已经卷入了一些他不敢声张的狡猾的偷窃行为?或许他只是个骗子和伪君子。他借给别人一万英镑的故事——听起来多么不可能。他为什么不编造这个故事,以便在关键时刻增强大家的信心呢?这个人的卑鄙令人难以置信!他,很清楚地知道所有一切都依赖圣尼茨这笔稳妥的投资,还要以这种疯狂鲁莽的方式去冒险。在这座城所有关于恶棍无赖的记录中,还有比这更黑的案件吗?

在沃伯顿就像这样暴怒的时候,他意识到霍普太太在跟他说话。她刚刚吃完早餐,像往常一样退到门边,站在那里,当她想要开始对话的时候总是这么做。

"那个博克森,杂货店老板,出了场严重事故,先生。"

"博克森?——杂货店?"

"在富勒姆路,先生。他和阿勒钦在一起。"

"啊!"

霍普太太没有注意到主人愁闷沮丧的表情,继续说道。她说博克森在某个比赛上输了钱,喝得酩酊大醉。他在驾车离开时跌入陷阱,撞上了什么东西,被甩了出去，受了重伤，可能会致命。

"对他来说更糟了，"沃伯顿嘀咕道。"我对傻瓜和骗子毫无怜悯之心。"

"实际上我想不会的，先生。我刚才提到这件事，先生，是因为阿勒钦昨晚跟我们说起过。他和他的妻子前来看望我妹妹，莉莎。他们都说从没在任何人身上见过这么大的变化。他们还说我们应该对您非常感激，先生，而且我相信我们一定会的，因为如果没有您的善心，莉莎永远也不可能离开这里，换个环境。"

听着这场像是来自模糊的远方的谈话，沃伯顿突然想起了自己的遭遇，因为到目前为止，他只顾着考虑母亲和妹妹了。他被毁了。他的私人银行账户里还有两三百英镑，这是他在这个世界上的全部家当，所有赚钱的前景都被剥夺了。从今以后，他的善心只能变得吝啬。如果他能自食其力，那只能算他运气好；像他这样年纪和地位的人，突如其来地漂泊在外，还要找到工作和报酬，没有比这更难的事了。万幸的是，他这套公寓的租期到米迦勒节①就结束了，而且他已经告知房主不打算再续租。霍普太太知道他马上就要离开伦敦了，感到非常惋惜，因为这对她来说确实是个不小的损失。沃伯顿一贯的慷慨大方让她期待着在他离开前，再看到一些施舍的信号；也许正是考虑到这一点，她尤其坚决地要向沃伯顿表达帮助妹妹恢复健康的感激之情。

"我们想知道，先生，"她又说道，现在她把自己卡在门缝里，"您可不可以大发慈悲，让我妹妹莉莎见您一面，就一两分钟，亲自向您道谢。我确定她应该这样做。要不是担心给您造成不便，她无论什么时间都可以过来的。"

"我非常忙，霍普太太，"威尔回答道。"请转告你妹妹，我很高兴听到她在苏森德康复得很好，我希望有一天能见到她，但不是现在。顺便说一句，我今天早上不出门，所以你忙完了就不要在这里候着了。"

习惯使然，他照常大吃大喝。舍伍德的信敞开着放在他面前，他读了一遍又一遍，但他无法将思绪集中在信上。他发现脑海中被博克森的故事占据了，好奇博克森是生是死。博克森，那个杂货店老板——为什么，那得是多么浑蛋

---

① 米迦勒节（Michaelmas）是英国在每年的 9 月 29 日举办的一个基督教节日，旨在纪念天使长圣米迦勒和其他天使。此时正是秋收季节，民间传统习俗有吃鹅肉或者在馅饼里找戒指等。

的一个人啊,一个杂货店生意相当红火的人,因为酗酒和赌博而后悔不迭!拥有一家店——那是多么稳稳当当的生活啊;独立的生活,就像任何能赚钱的生活都可以是独立的。每天数着自己的钱财直到深夜,一定乐在其中。博克森!当然了,只是个畜生而已。威尔的记忆里浮现出这样一幅画面:一天夜里,博克森被阿勒钦拳打脚踢,躺在了人行道上,突然他却大笑了起来。

当他抽了一半烟斗时,脸上露出了相对的平静。舍伍德说马上凑够欠他的钱,如果他能成功筹到钱,很多问题就会迎刃而解。四千英镑或许会安全地投资在某个地方,在霍斯的生活也会像往常一样继续。但是,舍伍德确定能"筹集"到这么多钱吗?正如他所说,他自己都已经身无分文了。这个被公布的事实令人不快地展现出他新的一面,这一面肯定不会是他一直充当的那个小心谨慎的商人,或者忠诚可靠的朋友。谁会信赖一个金融市场的赌徒呢?为什么呢,说起来他和博克森之间根本没有什么区别。如果他的承诺被证明是徒劳的,那该怎么办呢?

一连几个小时,威尔都在盯着这个问题。当壁炉架上的时钟敲响十一点的时候,他恰好留意到了,并惊讶地发现时间过得如此之快。对了,虽然舍伍德提到了有关比格斯、索普和比格斯的信息的来源,但他还没想起来要看看报纸。找到了,就在这里,一家经纪人公司;不幸的投机;另一家家庭的滑坡——所有都是老一套。不管有没有可能,都是一群小偷的金融诡计。威尔把报纸扔到一边。他一直蔑视证券交易所的狡猾,现在他想到它时,心中充满了火热的仇恨。

在焦急的等待中又过了一个小时,然后就在中午时分,外门响起了敲门声。这不是响亮的敲门声,也不是朋友充满信心的召唤。威尔去开门。戈弗雷·舍伍德站在那里,像一个受了风寒的人一样缩成一团,几乎没有抬起眼睛。

当威尔发现舍伍德来到他家门口时,他本想一声不吭地让他进门,也不打任何招呼,但他看到舍伍德那张变化了的脸和可怜兮兮的神态,顿时泄气了。他伸出一只手,感觉到舍伍德紧紧地握住了。

他们一起待在房间里,谁也没有说话。威尔指了指椅子,自己却没有坐下。

"我想这都是真的,沃伯顿,"对方开始说话了,声音很低,"但我还不能相信。我好像在做噩梦梦游。当你在门口向我伸出手来的时候,有那么一瞬间我还以为我刚刚醒过来。"

"坐下,"威尔说,"我们把事情说清楚。告诉我细节。"

"这正是我希望做的。当然我一直没有上床睡觉，我花了一整晚，写了一份过去 15 个月我所有交易的声明。就在这里，还有，这些是我的存折。"

威尔接过纸，这是一张大页纸的半张，其中一面几乎被数字覆盖。他扫了一眼，发现陈述非常明白易懂。读了几行之后，他惊讶地抬起头。

"你是说从去年九月到今年年底，你损失了两万五千英镑？"

"是的。"

"而且，你是打算说，你还在继续赌博？"

"艾利街的生意每况愈下，你知道的。"

"而你却用尽全力让他们绝望。"

舍伍德好像在试图把头埋在肩膀中间。他的脚藏在椅子下面，他像一个来乞讨的人那样举着帽子。

"城市的恶魔抓住了我，"他回答说，凄惨地试图看着沃伯顿的脸。

"是的，"威尔说，"这很清楚。那么一个月前，你真的只拥有九千英镑？"

"那是我所有的钱了，从接近四万英镑中剩下的。"

"让我惊讶的是，你偶尔还赢了。"

"我确实！"戈弗雷突然激动地喊道。"看看 2 月 5 日——那是个精彩的日子！就是那种事诱惑一个人继续下去。后来我不停地输，但哪天我可能又会赢。况且，如果我们要和阿普列加斯合作，我必须要做成一笔好的交易。我几乎做到了。一个男人能有多谨慎，我就有多谨慎——对小事心满意足。如果我没有被时间逼迫就好了！就是因为时间紧急，才使我动用了你的钱。当然，这是犯罪。不要觉得哪怕有一刻，我是想要为自己开脱。绝对是犯罪。我知道危急的是什么，但我以为这事很有把握。它承诺至少有百分之二十五的利润。我们本该在布里斯托尔辉煌地开始的——广告费几千英镑，超出了我们的预估。我没觉得比格斯公司的人不诚实——"

"你不会真这么想吧！"威尔轻蔑地打断了他的话。"如果有任何意外，我们都知道它倾向哪边。就告诉我全部的事实吧。安全保障是什么？"

舍伍德简短、清晰、显然诚实地叙述了他被卷入的投机活动。在听者看来，一个有责任感的人竟然会被这种赌徒的机会所引诱，这似乎令人震惊，他几乎没有一点耐心来指出，这样疯狂地不顾一切招致的明显的风险。舍伍德承认了完全是出自愚蠢；他只能不断重复道，他是在一种不可抗拒的冲动下行事的，虽然不能为自己的窘境辩护,但也可以解释。

"谢天谢地,这总算结束了!"他用手帕擦了擦出汗的额头,最后感叹道。"我不知道昨晚是怎么熬过来的。我不止一次地想,相比来面对你,自杀更容易些。但我确信我能弥补你的损失。我可能很快就能做到。我已经写信给——"

他刚要说出一个名字,突然目光低垂,沉思了片刻。

"不,我无权告诉你,尽管我很想告诉你,给你信心。你还记得那一万英镑的故事吗?当我借出那笔钱时,我答应过决不让任何人知道。即使我不能马上把你的本金变现,我也可以付给你丰厚的利息,直到钱到手为止。这对你来说也是一样的吧?"

沃伯顿犀利地看了他一眼,严肃地说——

"让我们相互理解吧,舍伍德。你到底还有收入吗?"

"除了那一万英镑的利息,现在什么都没有了;而且——嗯,我很抱歉地说,利息还没有定期支付。但将来一定会定期付的——一定会还的。欠我的利息有两三千英镑呢。"

"这是一个怪异的故事。"

"我知道是这样的,"戈弗雷承认道。"但我希望你不要怀疑我的话。"

"不会,我不怀疑,但阿普列加斯那边该怎么办?"

"我必须见他一面,"舍伍德叹息一声答道。"当然,你与这件令人痛苦的事情无关。我必须马上写信,然后去见他。"

"当然我会和你一起去。"

"你愿意?你真好。幸运的是,他是个有教养的文明人,而不是一个人必须面对的城市里的那些恶棍之一。"

"我们必须希望他名副其实,"沃伯顿说,在这场谈话中笑容第一次浮上他的嘴角,但这笑容并不欢快。

从这开始,谈话变得轻松一些了。他们考虑了他们处境的方方面面,没有感情用事,因为威尔已经恢复了他的自制力,而舍伍德也因为卸下了一项糟糕透顶的任务而心情舒畅,再次倾向于乐观的想法。可以肯定的是,他们都看不到走出他们深陷的困境的捷径;重操旧业的所有希望都已破灭;唯一现实的问题是如何谋生。但两人都是年轻人,都不曾经历过贫困。他们很难立刻相信自己真的与严峻的生活必需面对面,他们曾一度认为这种现实击败了别人,但肯定不会是他们。然而，一些令人不快的措施还是要马上采取的。舍伍德必须放弃他在温布尔登的房子；沃伯顿必须四处寻找便宜的住处，以便在米迦勒节搬进去。更糟糕、更紧迫的是，有责任让沃伯顿太太知晓发生了什么事。

"我想我必须马上回去一趟，"威尔黯然地说。

"我觉得不用慌张，"对方诚恳地说。"事实上，你的母亲和妹妹不会有任何损失。你承诺过至少付给她们 3% 的红利，这一点你可以做到；无论如何，我向你保证这一点。"

威尔陷入沉思。如果真的有可能避免坦白——？但那会牵涉到很多谎言，一件事情即使原因是善意的，他也不太喜欢这样去做。不过，当他想到母亲虚弱的身体以及这场灾难的消息对她影响有多大时，他开始认真思考善意的欺骗是否可行。当然，前提是他们与阿普列加斯合作的困难仍然是严格保密的。即便如此，特恩布尔先生对灾难的嗅觉能否成功地将此侦破呢？

"沃伯顿，我请求你不要仓促行事，"对方继续说道。"事情永远不会像第一眼看上去那么糟糕。等我见过——你知道是谁。我也许甚至能做到——但最好不要许诺。无论如何，再等一两天吧。"

沃伯顿下定决心要这么做了；因为，如果最坏的事情发生了，他自己在银行里还有大约三百英镑的存款，这样至少可以保证他母亲和简绝对需要的两年的收入。至于他自己，他应该找到赚取面包和奶酪的办法。他不能再站在自己的尊严上谈论独立，这是显而易见的。

在他那灾难性的伙伴终于离开后，他用在霍普太太的院子里找到的一块冷肉做了一顿平淡的午餐，然后决定最好出去散散步；坐着不动一味怨怼是面对这种危机的最糟糕的方式。他没有朋友可以讨论这种情况；也缺乏在目前的情形下真正对他有益处的陪伴。最好还是走个二十英里，累到筋疲力尽，好好睡一觉，看看事情如何发展。所以他戴上软帽，拿起手杖，关上身后的门。有人正在上楼。他沉浸在自己的思绪中，这个男人甚至已经站到了他面前，他也没留意。这时，一个熟悉的声音吸引了他的注意力。

"你想躲开我吗，沃伯顿？"

第十六章

沃伯顿突然站住,看着说话人的脸,好像认不出他来。

"你正要出去,"弗兰克斯补充道,转过身来。"我不会耽搁你的。"

他似乎打算快步走下楼梯。但威尔最终说话了。

"进来吧。我在想事情,没看到你。"

他们进门后,像往常一样走进起居室,但并没有像以往一样友好地交谈。他们上次见面之后的隔阂似乎使他们比以前任何时候都要感到陌生。沃伯顿在努力微笑,但每看一眼对方的脸,他的嘴角就会因某种少见的严苛而变得不那么放松;弗兰克斯也在试图熟络地闲聊,不经意地把目光投向这边,又投向那边,虽然奏效了,但总感觉很别扭。最终他打破了沉默。

"我发现了一种新的饮品:杜松子酒和鸦片酊。对神经有一流的疗效。"

"啊!"沃伯顿郑重地回答。"我最近喝的酒是矾油加少许士的宁。提神的好东西。"

弗兰克斯大声笑了起来,但笑得并不开心。

"好吧,但我是认真的,"他继续说。"这是唯一能让我坚持下去的东西。如果我没有发现小剂量鸦片酊的作用,现在就应该尝试大剂量的鸦片酊了。"

他的语言带着一种虚张声势的语调,神态也透露出一种演员的自觉意识,然而他的面容里却藏着一种只能来自真正的痛苦的表情。消瘦的脸颊、沉重的眼皮、布满血丝的眼睛、颜色黯淡的嘴唇,这一切都让人看了非常不舒服。与此相匹配的是他的衣着也十分破旧。在专注又严厉地盯着他看了一会儿之后,威尔直截了当地问:

"你上次淋浴是什么时候?"

"洗澡？天哪——我怎么知道？"

弗兰克斯又一次肆无忌惮地大笑起来，好像在舞台上一样。

"我建议来一个土耳其菜，"威尔说，"然后再吃同一个国家的可食用大黄。第二天你会感觉好多了。"

"这药方，"弗兰克斯不屑地笑了笑，回答道，"是一个从未经历过道德折磨的人可尝试的一种。"

"但即使是在道德上，也能奏效，我可以向你保证。顺便问一句，我想知道你打算什么时候完成《贫民窟慈善家》。"

"完成它？怎么可能，永远不会！我还不如在泰晤士河上建一座桥呢。"

"什么意思？我想你怎么也得谋生吧？"

"我觉得没必要。活不活着，我又什么在乎什么呢？"

"好，那么，我不得不问，你是否觉得自己有责任偿还债务？"

最后一句话是沃伯顿在停顿了一小会儿之后突然说出来的，可见他说出这句话花费了多少力气。为了保持面不改色，他装出一副不自然的严肃的样子，坚定地盯着弗兰克斯的脸。结果，这位艺术家完全认输了。他坐立不安、垂头丧气，费力做出困惑的回应。

"我当然会这么做的——无论如何，"他最终咕哝道。

"你还有其他任何方法吗——诚实的方法——除了工作以外？"

"那好吧，我会找到工作的。真正的工作。而不是那该死的乱涂乱画，一想到它我就反胃。"

沃伯顿停顿了一会儿，然后和蔼地说：

"这是一个非常痛苦和茫然的人说的话。过不了多久，你就会做回原来的自己，你会带着兴趣回去画画。而且你越快尝试越好。我不太喜欢敦促别人还钱，我想你也知道，不过，如果你能还清你的欠款，我会很高兴的。自从上次我们见面后，我运气就一直不太好。"

弗兰克斯茫然地凝视着，不知道该不该把这当成一个玩笑。

"厄运？什么样的厄运？"

"不是因为赛马赌博，也不是因为在蒙特卡洛①赌博。但是投机出了问题，

---

① 蒙特卡洛是摩纳哥公国的著名城市，以豪华的赌场闻名于世。

我现在漂泊不定。我必须离开这个公寓。接下来该怎么维持生计,我还不知道。布里斯托尔事件当然泡汤了。我现在身无分文。无论什么时候你能还得上,一百英镑左右会非常有用的。"

"你是认真的吗,沃伯顿?"

"相当认真。"

"你真的失去了一切?你不得不离开这间公寓,因为你负担不起了?"

"是的,孩子,情况就是这样。"

"天哪!难怪我上楼时你没看见我。真见鬼!你,陷入负债的困境!我做梦也没想到会发生这种事。我一直以为你是个蒸蒸日上的资本家,就像豪宅一样稳固。你为什么不一开始就告诉我呢?一个人能有多惨我就有多惨了,但是我从不该用我的痛苦遭遇来烦你。——沃伯顿需要钱?这想法太荒唐了,我怎么也想不通。我来找你,就像大家去银行一样。当然,我是打算总有一天会还清的,但你是那么慷慨,那么富有,我从来没想过会这么紧急。我太震惊了——我太惊讶了!"

沃伯顿无比满意地看到,在他的朋友身上,一个更好的人正在慢慢崛起,他注意到了他的面容、举止和语气的变化。

"你看,"他点了一下头,微笑着说,"除了完成《贫民窟慈善家》,你别无选择!"

弗兰克斯焦虑不安地打量着他。

"要么是这样,要么是别的什么,"他自言自语。

"不,就它了!它将会给你带来两三百英镑,不会耽搁太久的。"

"我敢说它会的。但是,但愿你知道我是多么厌恶和诅咒看到那东西,我不知道为什么我还没烧掉它。"

"这是有可能的,"威尔说,"因为在夏天你会喝冰的杜松子酒和鸦片酊。"

这一次,艺术家的笑声更加真诚。

"我所经历的那段可怕的日子!"他继续说道。"试图让你了解这些也没什么用。你当然会说,这些都是该死的蠢事。好吧,我不会再经历一次了,这是令人满意的一个地方。我受够了女人。我憎恨回去继续那幅画的原因之一是,那女孩的头部我还没画。但我会做的。我会回去,马上开始投入工作。如果找不到模特,我就画一个假的——从一些刊登时尚插图的女性报纸上找一找,这样会很有帮助。我要回去看看这令人讨厌的东西现在怎么样了。它靠墙立着,我奇怪为什么我还没有拿靴子给它砸个洞。"

第十七章

　　艺术家离开后，沃伯顿又等了一刻钟，然后开始出门散步。与弗兰克斯的这次意外谈话结果还不错，这个愚蠢的家伙似乎恢复了常识。但威尔却为自己感到羞愧。当然，他这样做完全是为了对方好，他认为只有这样才能把弗兰克斯从他沉溺的泥潭中解救出来；尽管如此，他还是感到羞愧难当。这是他有生以来第一次要求朋友偿还借的钱。他错误地做了这件事，缺乏相应的技巧。为了达到显而易见的目的，他只需谈论下自己的灾祸就够了，对弗兰克斯也会产生同样的效果。他现在明白了这一点，并为自己的粗俗感到痛心疾首。他唯一可以为自己辩解的理由是，弗兰克斯的行为激怒了他，应该受到粗鲁的对待。尽管如此，他还是有足够的洞察力，明白这位艺术家并不像他假装的那样深陷泥潭。

　　"就像我一样，"他自言自语道，脸上紧张地抽动。"我没有先见之明。当我看到正确的方向时已经太迟了，而且我让自己看起来像个坏蛋。我已经这样失误过几千次了！像我这样的人应该一个人生活——将来我很有可能那样做。"

　　散步对他没有起到任何作用，回来后他度过了一个黑色的夜晚。霍普太太像往常一样来为他准备晚餐，他几乎没有说话。几天之后，他就不得不告诉她他遭遇了什么事，或者编造一些谎言来解释他的安排的变化，这再次折磨着威尔的神经。从某种意义上说，没有人比他更自命不凡了，但他思想和行为的自由性包含了一种个人的自尊心，这种自尊心在很大程度上受环境影响。正如他不能忍受屈从，一想到要在比自己社会地位还低的人眼中失去尊严，他感到退缩。单纯的贫穷和舒适的匮乏根本吓不倒他，他几乎还没有考虑过这方面的不幸。最让他感到绝望的（先抛开母亲和妹妹不谈），是他突然从一个真正的权威地位、一个仁慈的掌控者的位置跌落下来，随之一同跌落的是受到的所有尊重、感激和关注。如果有必要，他可以不享受个人的舒适，但一想到自己不再是援助者和主人公，他就痛苦万分。他比一般人懂得更多的哲理，拥有更多的仁慈之心，所以他无法达到那种谦卑的状态，在那种状态下一个人在命运改变之下仅仅看到对或许相当无法接受的特权的屈从。在他的人生观中，社会等级是不可分割的一部分。他承认比他地位高的人存在——尽管他决心尽可能少地与他们打交道，并认为许多人低于他的等级是理所当然的。一把自己想象成霍普太太、阿勒钦和其他人的怜悯对象，他就感到胆战心惊，甚至消化功能紊乱。

他曾对诺伯特·弗兰克斯遭遇的挫折如此不耐烦，现在却不得不经历一段痛苦的时光，他的脾气、健康和整个人都受到了比他想象中还要糟糕的影响。整整两个星期，他都生活在悬疑和被迫空闲的状态中，这帮助他理解了艺术家为何会求助杜松子酒和鸦片酊。天气很好，但对他来说，没有太阳升起。如果他在伦敦散步，看到的只有丑陋和凄凉，他的眼睛似乎失去了感知其他事物的能力。每隔两三天，他就会收到舍伍德的来信，信中说他已经尽了最大的努力，并继续希望他很快就会有钱：但这些信并不能让他安心。与阿普列加斯的不愉快会面比预想得要顺利得多。尽管阿普列加斯大吃一惊，而且显然对事情的真相有些怀疑，但他还是表现得像个绅士，放弃了对欠款人的一切要求，并尽快体面地了结了这件事。但是，沃伯顿走的时候脸色蜡黄，看起来似乎快要得黄疸病了。对他来说，成为别人慷慨宽容的对象是一件新鲜而又难以忍受的事情。在与舍伍德分手之前，他对舍伍德说了一番挖苦的话，几乎是野蛮的。当然几小时后，他感到后悔，写信请求原谅。一段糟糕的时光。

舍伍德在写信要求会面后，来到切尔西。威尔的预感太有道理了。这个灾难的人物来了，只说他的所有努力都白费了。欠他一万英镑的债主自己也陷入了困境，只能靠应急的权宜之计，很可能今年连一分钱的利息都付不起了。

"幸运的是，"舍伍德说，"他父亲的健康每况愈下。你知道，我们不得不这样粗暴地说。他父亲死后，一切都会好起来的；到那时，如果需要的话，我将会采取合法的补救措施。现在采取任何此类措施都会是毁灭性的。如果这件事传到他父亲耳朵里，我的朋友会连一先令也得不到了。"

"这就是我们的处境，"沃伯顿令人沮丧地说。"一切都完蛋了。"

舍伍德在桌子上放了几张支票，简单地说道：

"这里有两百六十英镑，是我卖掉家具和东西的收入。你能用这笔钱再信任我一段时间吗？"

沃伯顿在椅子上坐立不安。

"你靠什么生活？"他眼睛向下看，问道。

"哦，我会过得去的。我有一两个主意。"

"但这就是你所有的钱？"

"我留了大约五十英镑，"对方答道，"我可以用它来还债——欠款数量不多——以及支付这一季度的房子的租金。"

沃伯顿把支票推了回去。

"我不能收——你知道我不能。"

"你必须收下。"

"你到底要怎么生活下去？"威尔气急败坏地喊道。

"我会找到办法的，"舍伍德回答道，语气中又恢复了往日的自信。"我需要一点时间来照看自己，仅此而已。有一个我的亲戚，一个老伙计，在北威尔士住得很舒服，他每隔两三年就邀请我去一次。最好的办法就是我去和他待上一小段时间，让我的神经恢复正常——我很烦恼，这一点掩饰不了。我还没有穷尽所有筹钱的可能性，在一两个方面仍然还有希望。如果我得到一点安静和休息，我就能把事情想得更清楚。你不觉得这样比较合理吗？"

至于给的支票，他的态度仍然很坚决。沃伯顿很不情愿地同意留下这笔钱，并出具了一张收据。

"你还没跟沃伯顿太太说什么吧？"舍伍德紧张地问。

"还没有，"威尔咕哝道。

"我希望你能推迟再久一点。你能做到吗——你觉得——没有太多良心的谴责？这难道不似乎可惜吗——既然任何一天我都有可能纠正错误？"

威尔又嘟囔着说他会考虑的。如果能体面地保守秘密，他肯定不愿意透露这件事。就这样，舍伍德告辞了，走的时候脸上的表情比来见面时明亮了许多，然而威尔却一直阴沉着脸、忧心忡忡，眼睛无意识地盯着银行支票。

沃伯顿虽然只是个微不足道的生意人，但他清楚地知道，公司里的事情正在以一种公然反常的方式进行。他知道，只要是出于对舍伍德本人的公正，换成任何人站在他的位置，都会把这件严重的事移交到法律手中。他不止一次地想与特恩布尔先生沟通，但羞愧使他作罢。而且，这位律师似乎也不可能会放任他在霍斯的亲友们对他们的遭遇一无所知。随着时间一天天过去，威尔觉得只要有任何可能，自己就更想隐瞒这场灾难了。他的欺骗行为已经实施一半了，他给母亲写了一封信（没有提到任何其他细节），说他可能继续住在伦敦，因为阿普列加斯即将在那里建立一个仓库。问题是怎么住下去。如果他把所有的钱都拿出来支付假装给他母亲和妹妹的红利，那这种情形下他自己又该怎么生活呢？一想到要去应聘职员之类的工作，他的后背就像浇了冷水一样凉飕飕的；与其这样，他还不如学阿勒钦，去当搬运工——比起在办公室的凳子上弯腰做奴隶，这个职位还比较独立。他必须尽快找到某种赚钱的办法，不能再耽搁了。仅仅依靠现有的钱一天也帮不上忙，那简直就是赤裸裸的不诚实。舍伍德可能会成功地给他带来几百英镑，但至于那一万英镑，威尔想都没想。整个故事听起来是那么不可思议——但那只不过是圣尼茨那些毫无戒心的受害者应得的钱中的又一小笔而已。严格地说，他一分钱也没有。他今天的伙食费都是母亲和简出的。这种想法刺激着他。他的睡眠变成了一场噩梦；他的清醒则成为一种令人喉咙干燥的痛苦。

尽管感到憎恶和恐惧，他还是开始阅读报纸上排列密集的广告栏：急需！急需！急需！成千上万的用人需求，但准雇员比准雇主多得多。在第二个标题下，一百个中都没有一个给他提供丝毫暗示或者一线希望。急需！急需。翻阅这些栏目，就像聆听无数饥肠辘辘的人在喧哗；耳朵在歌唱，脑袋在发晕。这样搜寻了一刻钟后，威尔把报纸扔到一边，像疯子一样在房间里踱步。一种对生活的恐惧攫住了他。他怀着充满恐惧的同理心，理解了那些相比在嚎叫的暴民中被推搡，宁愿奔赴自我毁灭的人的冲动。

他翻来覆去想朋友的名单。朋友——哪个男人会有两三个以上的朋友呢？此时此刻，他不知道有谁希望他好，谁能为他提供丝毫的帮助。当然他认识的人是数不清。他的桌子上正放着两封刚刚收到的请柬——任何一个不是过着隐士生活的人都会收到的那种邀请函。但他们有什么意义呢？没有一个象征着乐于助人的名字浮现在他的脑海中。诚然，这在某种程度上可能是他自己的过错。他见得最多的是需要帮助的人，而不是能够提供帮助的人。他想到了拉尔夫·庞弗雷特。在那里，善意的主动帮助当然不会缺少，但他怎么能用自己愚蠢的事情去烦扰一个他没有任何要索赔的人呢？不，他只能靠自己了。这是一堂社会科学课，是读书永远也不会教给他的。他对人所处世界的秩序的洞察力一下子神奇地加强了，他的思考范围不可思议地扩大了。在长长的、漫无目的的散步中，他模糊地、隐隐约约地意识到这一点。他开始清醒地用新的眼光看待日常事物。但这种感觉类似于恐惧；他开始紧张地四处张望，仿佛突然意识到了某种危险。

一天下午，他从西边跋涉回家的途中，正沿着富勒姆路的偏僻处艰难行进，这时经过他身旁的一个女人说的话引起了他的注意。

"看这里！百叶窗关上了。博克森一定死了。"

博克森？他一开始是怎么知道这个名字的？他放慢脚步，思考着。知道了，博克森是既赌博又喝酒的那个杂货店老板的名字，阿勒钦曾经和他一起工作过。他停下脚步，看见三四个女人正盯着那家紧闭的店铺。霍普太太不是说博克森在一次马车事故中差点丧命吗？毫无疑问，他死了。

他继续往前走，但还没走出几十步，就突然停住了脚步，转过身来，穿行到路的另一边，然后又向回走，直到他站在那家紧闭的商店对面。店主的名字赫然用巨大的镀金字写着，这证明不会有错。他打量了一下这栋建筑，店铺上方有两层楼，第一层似乎是用来储藏物品的，第二层窗户上的白色百叶窗显示里面有人居住。威尔站在原地凝视和思考了大约五分钟，然后，他像往常一样低着头，继续走自己的路。

当他回到家时，霍普太太怜悯地看着他；这位善良的女人对他最近的奇怪举止感到非常不安，担心他会生病。

"您看起来很累，先生，"她说。"我马上沏杯茶。对您有好处。"

"好的，给我来点茶，"沃伯顿心不在焉地回答道。然后，在她正要离开房间时，他问道："杂货店老板博克森真的死了吗？"

"我今天早上就打算说来着，先生，"霍普太太回答道，"但您似乎很忙。是的，先生，他死了——据说是前天死的，听说有人感到很遗憾，真让人吃惊。"

"谁来接管他的生意？"沃伯顿问道。

"我们昨晚，我和我妹妹莉莎，还有阿勒钦一家还在谈论这个，先生。自从博克森染上恶习后，生意衰落了很多，其他的还能指望什么呢？不过谁要是有点钱，都能在那儿混得不错。阿勒钦说他希望自己有几百英镑。"

"几百英镑就够了吗？"听者打断了她的话，却没有注意到霍普太太脸上特别急切的神情。

"阿勒钦认为有诚意的话，大概一百英镑就够了；至于租金，只要八十英镑——"

"商店和房子一起？"

"是的，先生；阿勒钦是这么说的。当然，这房子不怎么样。"

"你觉得一个精力充沛的人经营，能挣多少利润？"

"博克森刚开始做的时候，先生，"霍普太太回答得越来越起劲，"他过去常常赚到——阿勒钦这么说的——一年大概五百或者六百英镑。杂货店生意有相当多的利润，博克森的运气也不错；附近没有其他杂货店了。当然，就像阿勒钦说的，一开始有很多需要准备的——"

"是的，是的，当然，你必须有存货。"威尔漫不经心地说。"马上给我倒点茶来，霍普太太。"

他突然想到，阿勒钦可能会想办法借些资金来做这个生意，霍普太太可能会建议她的妹夫向他申请贷款。

但这根本不是促使威尔询问的原因。

第十八章

又一周过去了。沃伯顿依然过着焦躁不安的生活，但脸色不那么沮丧了，时不时地还会显得有些振奋。一天早上，他收到舍伍德的来信时正是这样一种情况。戈弗雷在信中写道，他刚到北威尔士的亲戚家，就染上了一种剧烈的肝病，好几天都一蹶不振。现在他正在康复中，而且更好的消息是，他成功地借到了几百英镑。他把这笔钱的一半寄给了沃伯顿；另一半他请求允许保留，因为他有一个使用这笔钱的想法，或许能证明是非常富有成效的——详情稍后给出。威尔立刻给他回了一封信，并写了很长的篇幅。他把支票存入了自己的账户，这样，他的账户总额就达到了六百多英镑。

过了几天，像往常一样用完早餐后，他让仆人收拾餐桌，然后带着一种特别的微笑说：

"我想和你谈谈，霍普太太。请坐。"

当着主人的面让自己坐下，这有悖于霍普太太所有的得体观念。见她犹豫不决，威尔坚决地指了指椅子，这个善良的女人着急忙慌坐到了椅子边上。

"你已经注意到了，"沃伯顿接着说，"我最近不太对劲。这是有原因的。我在生意上遭遇了不幸；我的所有计划都改变了；我将不得不开始一种全新的生活——一种与迄今为止完全不同的生活。"

霍普太太似乎在一侧感到突然的疼痛。她小声叹息着，可怜巴巴地盯着说话人。

"没必要过多谈论，你知道的，"威尔和善地点了点头，继续说道。"我告诉你，是因为我在思考做一笔生意，你的妹夫可以帮到我，如果他乐意的话。"

他停顿了一下。霍普太太睁大眼睛望着他。

"阿勒钦听到这个会非常高兴的，先生。我在说什么？我当然不是说他会为您的不幸感到高兴，先生，我说不出有多抱歉。但这确实发生在他因为那令人讨厌的脾气刚刚失业的时候。不是，"她急忙纠正道，"我应该叫他暴怒脾气。如果有个好雇主，我相信他绝对不会惹麻烦。"

"他还想回到杂货店的生意中去吗？"

"他只会非常高兴的，先生，但是，当然，你提供给他的任何地方——"

"嗯，碰巧，"沃伯顿说，"我在考虑的就是杂货店买卖。"

"您，先生？"霍普太太倒吸一口气。

"我觉得我应该接管博克森的商店。"

"您，先生？接管一个杂货店？——您是说，要让阿勒钦来经营它？"

"不，不是的，霍普太太，"威尔机械地微笑着回答。"我不仅需要维持自己的生计，其他人也依赖我，所以我必须尽可能多挣钱。我付不起一个经营者的费用。我自己要站到柜台后面去，至于阿勒钦，如果他想要这个职位的话，可以当我的助手。"

这个善良的女人无法用言语来表达她的惊讶。

"要不你和阿勒钦说一声,让他今晚来见我一面?我再说一遍,没必要跟别人说这件事。我们让它悄悄进行就好了。"

"您可以相信我,先生,"霍普太太说。"但,我知道得太突然了。阿勒钦会说什么呢?他会以为我在和他说笑呢。"

在良心和恐惧的驱使下,威尔·沃伯顿已经把自己带到了这步田地。自从那天下午他凝视博克森紧闭的店铺时起,这个意图就在他的脑海里一点一点地滋生,直到他把它视为一种可能性——一种渴望——一种事实。通过经营杂货店,他或许可以指望赚到足够的钱,来供应向母亲和妹妹保证过的收入,同时又不会成为任何人的仆人。既然与阿勒钦熟悉,他可以不考虑自己缺乏杂货店经验的问题,有了阿勒钦这个助手,他很快就能克服最初的困难。他只把自己的计划告诉了戈弗雷·舍伍德。"有什么区别呢,"他写道,"在白教堂的办公室里卖糖,和在富勒姆路的柜台后面卖糖?"当时还在北威尔士休养的舍伍德写了一封长长的、饱含感情的、钦佩的回信。"你真了不起!多么精力充沛!勇气可嘉!我几乎可以说,我并不后悔我的犯罪性的鲁莽,如果知道它会带来一个展现个性的精彩绝伦的机会。"他补充道,"当然,这将会只是一段时间。即使我现在正在实施的计划——细节稍后——都落空了(一种不太可能的事),我相信一年左右我能够收回我的一万英镑。""当然,"他在附言中写道,"关于这件事,我没有对任何人吐过一个字。"

这封信让沃伯顿感觉不错。这使他更有底气实施对他的家人以及特恩布尔先生的欺骗,因为他把自己看作"高尚的伪装"[①]。他对舍伍德的计划和保证毫无信心,但舍伍德的钦佩是值得拥有的,这也为杂货店老板的名声镀了一层金边。他应该把这个秘密告诉诺伯特·弗兰克斯吗?这个问题他现在还决定不下来。无论如何,他不应该告诉其他任何人了。所有其他认识的人,如果他们想要知道的话,被含糊地告知某种"机构"或者之类的东西,他们就应该知足了。他的母亲和简都从未来过伦敦,对她们来说,他把地址改到更贫穷的地区也就代表不了什么。总之,伦敦,在伦敦,在杂货店度过一生,不被任何他想要

---

① 小说中的原文是"*splendide mendax*",源自古希腊诗人贺拉斯的一首拉丁语诗,意为"高尚而虚伪"。

向其隐瞒的人知道，似乎是完全可行的。

店铺和房屋的租金是八十五英镑，比博克森支付的租金有所增加。"工厂"估价一百二十五英镑，库存一百五十英镑，商誉约一百英镑。这样一共是四百六十英镑，沃伯顿还剩下几百英镑来支付启动的所有费用。房东同意进行一些修缮，包括重新粉刷店铺，这项工作已经开始了。一天也不能浪费。威尔知道，前半年将决定他作为商人的命运。如果他能在六个月的末尾赚到足够的利润，只需支付圣尼茨资金的百分之三，那么一切都会平安无事。如果余额对他不利，那么他就输掉了人生的整场战役，可能会把头埋进某个更默默无闻的角落里去。

当然，他在很大程度上依靠阿勒钦的帮助。阿勒钦虽然脾气顽固、性格好斗，对生意却相当了解，他一直靠此为生，谈论起一般的生意经总是很精明。不管自己的处境有多么窘迫，威尔都不愿意吝啬地对待任何人，于是他想出了一个灵活的安排，将房子所有的住宿区域都免费租给阿勒钦和他的妻子，并允许再容纳一个租客。助手会被支付一小笔薪水，当商店的收入每月达到一定数额时，还可以得到一定比例的提成。然后，在阿勒钦下午露面时，他在这个四肢发达的男人面前提出这个建议。阿勒钦对从霍普太太那里听到的这个故事的惊讶程度，丝毫不亚于她本人。好不容易被说服坐下来，他的脸上露出了一种表情，显示出他正在自认为表现得体的愁闷与内心的欢喜之间挣扎。沃伯顿还没说多久，他的聆听者脸上的表情就不可抗拒地舒展开了，露出开心的笑容。

"这种事情你还觉得合适吗？"威尔问道。

"我，先生？"阿勒钦拍了下腿。"您是问，我是否觉得合适吗？"

他的感情满得要溢出来了。他的脸涨得通红，再也说不出话来。

"那我们就先这么定了。我已经写好了涉及你的条款。请阅读一下，并签字。"

阿勒钦假装读条款，但很明显心思不在上面。他似乎正在与某种思想阻力做斗争。

"有什么你想要改动的地方吗？"沃伯顿问道。

"哦，先生，您已经完全忘记我欠您债的事情了。在您开始支付我任何报酬之前，必须把那个钱先扣掉，才合理。"

"哦，那件小事就不要再提了。我们正在重新开始。但是听着，阿勒钦，我不希望你跟我争吵,就像你跟别人吵架一样——"

"和您,先生?呵,呵!"

阿勒钦狂笑起来,马上又显得有些羞愧。

"我争吵,"他继续说,"是和侮辱我的人,或者想击败我的人。它是违背我的天性的,先生,被侮辱和被击败。"

他们谈论了生意的细节,紧接着,阿勒钦问要在店铺上方挂什么名字。

"我已经想过了,"威尔回答道。"你觉得这个怎么样 ——乔利曼(快乐人)①?"

这个助手很高兴。他把这个名字重复了十几遍,鼻子哼哼着,哽咽着称赞这个笑话。第二天早上,他们又见面了,一起去查看店铺。在这里阿勒钦充分展现了他的可贵品质。他指出已故博克森的错误和疏忽,声称让这样的买卖黄掉是一件丑闻,并为顺利开张想出来许多巧妙的点子。除了其他形式的花费不多的广告,他还建议在开业的第一天聘请一支乐队在商店的前厅演奏,并让窗户都开着。他承诺会找到愿意以非常合适的条件承担这项工作的业余乐队。

没过多少天,旧的名字从房子的前门消失了,取而代之的是乔利曼的名字。在名字被粉刷上去的过程中,阿勒钦站在路的对面,欣喜地看着。

"当我想起这里曾经叫博克森这个名字的时候,"他对他的雇主感叹道,"我真不敢相信这里曾经赚过钱。博克森!怎么说,它足以把顾客赶走!先生,如果你听说过哪个店主的名字更差劲,我很乐意听听。但是乔利曼!它能吸引人们过来,从普特尼,从巴特西,谁知道有多远。乔利曼的茶,乔利曼的糖——你没听到他们在说了吗,已经?它本身就是一笔财富,这个名字。先生,如果这时候来了一个叫博克森的杂货店老板,让我与他合伙干,分一半的利润给我,我都不会听他的——那儿!"

当然,对于沃伯顿敏感的地方来说,这一切并不是毫无痛苦地度过的。他把脸板得像黄铜一样,或者说他试图这样做。但到了晚上,当他在丝毫不舒服的枕头上辗转反侧时,他只能流下屈辱的泪水。白天,他走访杂货批发店,研究贸易期刊,计算无数琐碎的盈亏问题。当他感到恶心的时候,当他对眼前的一

---

① 英文原文是"jollyman"。"jolly"意思是"兴高采烈的、愉快的","jollyman"义为"快乐的人"。威尔给店铺取的名字是"快乐的人"的谐音,因此阿勒钦觉得这个笑话不错。

切感到恐惧的时候，他就会不由自主地想起霍斯，想象着那个宁静的小家被自己的过错毁掉的情景。想想吧，所有这一切的汗水和痛苦都源于，需要每年挣那点不到几百英镑的收入！在霍斯的生活，是一种很少见的高雅、美好和宁静的生活，它只需要一样东西——那些富裕的庸人挥霍在愚蠢的娱乐上的一小时的花费。

沃伯顿在思考这些事情的时候，心绪不宁，但这种不安是有益的，使他经受住了紧张、耐心和自尊的考验，否则他是不可能承受住的。

沃伯顿现在不得不为自己找便宜的住处，在离商店不远的某个穷人区找一些不带家具的房间。

终于，在离哈默史密斯尽头的富勒姆宫路不远处，一条铺满红色砖块的新的小道上，他碰到了一所小房子，它的客厅窗户上挂着一张卡片，上面写着："两间不带家具的房间，只出租给单身男士。"这则布告的精准性让他满怀希望，而开门的女士的某种清纯气质也让他倍受鼓舞，但他发现谈判并非一帆风顺。房东太太是个中年寡妇，似乎对他抱有某种特殊的怀疑，甚至在允许他进屋之前，她就仔细询问了他的生意、目前的住处等等，沃伯顿不耐烦得几乎要转身离开。这时她终于让开了，小心翼翼地请他进屋。进一步了解维克夫人后，他明白了她那冷漠、疑虑的眼神，酸涩僵硬的嘴唇，以及她那令人生厌的举止，这些特征并没有什么特别的含义——它们源于在伦敦的人群中过着或多或少艰苦的生活。现在，这个女人让他感到厌烦，只有她那空荡荡的房间里的清新空气才吸引他不辞辛苦地来与她协商。

"首先，有一件事我必须直白地告诉你，"维克夫人说，她的语言虽然并不失礼，但却有些生硬。"我不能接待女性访客，无论以什么借口。"

说到这里，她的脸变得更僵硬、更痛苦，目光越过沃伯顿，盯着墙壁。沃伯顿忍不住笑了，宣布他完全愿意接受这个租房条件。

"还有一点，"房东太太继续说，"我不喜欢晚归。"她盯着他，就像盯着一个半夜一点钟还在公然胡言乱语的人一样。

"我也不喜欢，"威尔回答道。"尽管如此，我偶尔可能不得不晚回家。"

"从剧院回来，我猜？"

"我很少去剧院。"（维克夫人一瞬间显得很乐观，但马上又陷入了前所未有的猜疑之中。）"但至于我回家的时间，我必须有完全的自由。"

这个女人沉思着,眉宇间流露出深沉的忧郁。

"你还没告诉我,"她继续说,投来一个十分不信任的眼神,"你确切是做什么生意的。"

"我在制糖生产线上。"威尔回答道。

"糖?你不介意告诉我你雇主的名字吧?"

沃伯顿敏感的脾气被这个词刺痛了,他似乎要愤怒地说话。这个女人观察到了这一点,马上补充道:

"我不怀疑你是个值得尊敬的人,先生,但你也能理解,我必须对进入我房子的人小心谨慎。"

"我理解这一点,但我必须请求你对现在的出租条件满意。刚才那个,加上提前支付一个月的房租,应当足够了。"

显然是这样,因为维克夫人在又投射了一两次最犀利的目光之后,宣布愿意进入细节问题的讨论。他需要服务,是吗?好吧,这完全取决于他期待什么样的服务;如果他想要晚间用餐。——沃伯顿打断了这些预料之中的反对意见,并表示他的需求很少,也非常简单:八点钟吃简单的早餐,回家时桌上备好凉过的晚餐,每星期天中午准备一顿饭,并且房间保持有序;仅此而已。沉着脸思考了一会,维克夫人提出房间和服务费每周支付一英镑,但沃伯顿不同意。争论这样一个问题让他痛苦万分;然而,正如他很清楚地知道,这个价格对于没有家具的住所来说已经超出预算了,他也是迫不得已。他出了十五先令,并说他会在明天拜访维克夫人,请她做出决定。等他走到楼梯脚下,房东太太拦住了他。

"我倒不介意拿十五先令,"她说,"如果我知道这是长期的。"

"本月内我无法做出更多承诺了。"

"你愿意留下定金吗?"

事情就这样解决了,沃伯顿安排在那个星期的某一天入驻。

商店内外的修缮工作毫不拖延地完成了;进货的订单也完成了;两天后——正如百叶窗上的巨幅广告所宣布的那样——"乔利曼杂货店"将向公众开放。阿勒钦强烈要求聘请铜管乐队;这不会花很多钱,而且效果会非常好。沃伯顿耸了耸肩,犹豫了一下,还是让步了,于是乐队就开始演出了。

———————————————————————

第十九章

　　罗莎蒙德·埃尔文堪称女士们口中的理想的通信者。她经常写信，写得很长，但很少或者简短的回信就能让她感到满足。她在开罗刚刚待了一个星期，就寄给了贝莎·克罗斯半打薄薄的信纸，上面是她敏捷和轻快的文字，而且从那以后，大约每两周一次，这样的一封信会到达沃勒姆格林。贝莎坐在火炉旁，为了节约起见，把火尽可能烧得很小，她母亲抱怨的声音从房间某处传来。窗外总是雾蒙蒙的，贝莎急切地读着罗莎蒙德流畅的文笔，眼前浮现出埃及的乐趣和奇迹。她很高兴收到这些信，因为它们表达了真挚的感情，而且在任何方面都比她收到的其他信件更有趣；但有时，这些信让这间无趣的小房子显得更加无趣，她的生活和罗莎蒙德的生活形成了鲜明的对比。在这种时候，贝莎需要动用她所有的幽默感来使这种对比变得可以忍受。

　　埃尔文小姐并不觉得自己是幸福的。在她的第一封信中，她请求贝莎不要以为她对奇异和美丽事物的欣赏意味着忘记了注定持续一生的伤痛。"我常常比消沉还要糟糕。我睡得非常差，夜里常常流下凄惨的泪水。虽然我只做了良心迫使我做的，但我承受着悔恨带来的所有痛苦。我怎么能希望事情刚好相反呢？能够承受这样的痛苦，肯定比在轻松的利己主义中随波逐流要好得多。我不确定我是不是有时不鼓励灰心丧气。你能理解这一点吗？我知道你可以的，亲爱的贝莎，因为我曾多次察觉到隐藏在你开玩笑的方式下的深情。"在把信读给母亲听时，这样的段落贝莎会小心翼翼地跳过去。克罗斯夫人对女儿的朋友不怎么感兴趣，她对解除婚约的事感到惊讶，更多的是不赞成。但是如果贝莎把这些通信完全藏在心里，她会感到被严重地冒犯了。

　　"我猜测，"有一次她评论，"我们再也不会看见弗兰克斯先生了。"

"毫无疑问,他会觉得来拜访相当尴尬,"贝莎回答说。

"我永远也不会明白!"克罗斯太太在想了一会儿之后用一种恼怒的语气大喊道。"毫无疑问,你有事情瞒着我。"

"关于罗莎蒙德?什么都没有,我向你保证,妈妈。"

"那么你自己也不知道一切,这一点很肯定。"

克罗斯太太已经说过很多次了,每次都是同样的满意。她的女儿对讨论能够停留在这一点上感到知足;因为她感觉自己说了一些既令人不快又无法回答的话,这让克罗斯太太至少在一个小时内几乎是好脾气。

这位令人担忧的女士得到安慰的来源很少,但有一种方法保证可以让她的心情和脾气得到舒缓,那就是向她建议一些省钱的方法,不管省下的钱有多少。冬天的某一天,贝莎经过离富勒姆路更远的地方时,注意到一家看上去很新的杂货店,橱窗里挂满了价目表,其中一些对女管家来说非常有吸引力。回家后,她说起这件事,提到了一些数字,这让她母亲高兴中夹杂着酸溜溜的热情。那家店太远了,不方便去,但当天晚上,克罗斯太太就去查看了一番,眼前的一切让她心花怒放,然后回来了。

"我几乎可以确定要在乔利曼那里经常购物了,"她大声说道。"真可惜我们以前不知道他!那么一个有绅士风度的人,事实上,足以称得上一个绅士。我从没见过哪个店主表现得这么友善。和比林斯太不一样了——那个我一直相当讨厌的男人,他的咖啡越来越难喝。乔利曼先生连最小的订单都愿意送。他人是不是很好——那么远的距离呢!前天,我让比林斯给我送货时,他对我相当傲慢无礼,但那几乎是一个两先令的订单呢。再也不要进那家店了,贝莎。从乔利曼先生那里买东西真是一种愉悦;他知道如何表现得体;我真的几乎感觉好像正在和我们自己的阶层的某个人交谈。如果他没戴围裙,他肯定是个地道的绅士。"

贝莎忍不住大笑起来。

"穿围裙真的是太欠考虑了!"她欢快地说道。"难道就没有人慎重地向他建议,如果不是因为围裙——"

"别胡闹了,贝莎!"母亲打断了她的话。"你总是对别人说的话随意开玩笑。乔利曼先生是个店主,正因为他没有忘记这一点,他的行为才会这么得体。你还记得国王路那个恐怖的斯托克斯吗?那人对自己的生意感觉良好,然而事实上不过是个没教养的冒失鬼。我能听到他说'是的，克罗斯太太——不，克罗斯太太——谢谢你，克罗斯太太'——有一次，当我抗议钱收多了时，他喊道，'哦，我亲爱的克罗斯太太！'那人真是无礼！现在，乔利曼先生——"

没过多久，贝莎就有机会见到了这位非凡的店主，并且终于有一次她同意了母亲的看法。乔利曼先生与典型的杂货店老板几乎没有什么相似之处，每次去他的店里，贝莎都更加怀疑他不是在这种生活方式中长大的。她鼓起好大的勇气才花了几枚硬币在他那里买了一点小东西。当她问他有没有比这个或那个更便宜的东西时，她就更加紧张了。乔利曼先生似乎也和她一样感到窘迫，他不由自主地压低了声音，小心翼翼，不敢直视她的眼睛。贝莎注意到一件事，虽然杂货店老板总是称呼她母亲为"夫人"，但在和她说话时，他从来不用杂货店老板式的"小姐"称呼；而当她偶然听到他把这个令人反感的称呼赠予同时在买东西的一个女仆时，贝莎不仅对这种区别很感激，而且从中看到了乔利曼先生良好教养的新证据。

冬天过去了，贝莎感兴趣的事情也随着春天到来。埃尔文先生因健康原因在法国的西南部过冬，年初病情加重了，罗莎蒙德被从埃及召回。她火速赶往圣让-德吕兹。当她抵达时，父亲已无生命危险；但在几个月之内返回英格兰似乎没有多大希望，所以罗莎蒙德留在了父亲和姐姐身边，并很快给她在沃勒姆格林的朋友写信，信中包含对巴斯克人的国家复燃的热情。其中一封信的附言写于五月中旬，内容如下："我听说 N. F.① 在学院有一幅画，叫作《施助天使》，据说有望成为今年最受欢迎的画作之一。你见过吗？"对此，罗莎蒙德的通信者能够回答说，她已经看过"N. F."的画，而且这幅画确实被谈论许多；至于这幅画的优点，她没有发表任何看法。在下一封信中，埃尔文小姐也没有触及这个话题，贝莎对此很高兴。在她看来，《施助天使》绝对不是什么令人惊叹的作品。相比贬低画家，她宁愿对该画只字不提，因为要这样做的话，就好比试图肯定罗莎蒙德对待诺伯特·弗兰克斯的态度，这是贝莎一点也不希望看到的。

几周后，罗莎蒙德又回到了这个话题。"N. F. 的画，"她在信中写道，"显然大获成功，你可以想象我对这件事感觉如何。我很早就看过它，你记得吧，当时他叫它《贫民窟慈善家》，而且你也记得它对我的影响。哦，贝莎，这简直

---

① 诺伯特·弗兰克斯的英文名字 Nobert Franks 的简称。

就是灵魂的悲剧！当我想到他过去是什么样子，我希望他成为什么样，以及他希望自己成为什么样！他在这么短的时间内就堕落到如此低的地步，这难道不可怕吗？世俗的成功！哦，耻辱，莫大的耻辱！"

此时，读信人的微笑都要逼近大笑了。但她确信，她的朋友即使对感情有愧，也丝毫没有意识到，所以她控制住面部表情，一本正经地读了下去。

"一个灵魂的悲剧，贝莎，而我是悲剧的起因。我们现在能看到摆在他面前的是什么了，但未免看得过于清楚了。他所有的苦难、所有的挣扎都结束了。他将成为一个受欢迎的画家——名字为众人所熟知的画家之一，就像——"下面是举例。"我可以诚恳地说，我宁愿看到他饿死。可怜的，可怜的 N. F.！有什么东西在悄悄告诉我，也许我一直对他抱有幻想。如果他真的是我想象中的那个人，他会这么快就堕落到这步田地吗？难道他不宁愿——哦，尝试任何事情吗？然而这或许仅仅是一种更低级的自我的诱惑，一种抚慰自己良心的方式。失望或许是他堕落的原因。当我想起，在适当的时候，一句话，哪怕一句话，来自我的一句，或许可以阻止他走上危险的道路！当我看到《避难所》时，我为什么没有勇气告诉他我的想法？不，我成了他自杀的帮凶，而且我，只有我，才是这场不幸的灾难的罪魁祸首。不久他就发财了。你能想象 N. F. 变富的样子吗？一想到这个我就不寒而栗。"

信纸在贝莎的手里沙沙作响，她的肩膀颤抖着，再也抑制不住开心的笑声。当她坐下来回答罗莎蒙德的问题时，嘴角浮现出一丝调皮的微笑。

"我和你一样感到悲伤"——她这样开头——"N. F. 变富的前景令人震惊。唉！我害怕事情已经超越了可以祈祷的范围。我几乎可以看到这个可怜的年轻人戴着闪亮的丝绸帽，穿着镶着最昂贵皮草的大衣。他的学院派画作随处可见；一幅大型照相凹版画即将出版。在伯灵顿府，整天都有一群人站在画前，他的名字——我们还敢再提它吗？——出现在火车、公交、电车上的任意的人群中。我该如何去写如此令人痛心的话题？你看我的手都不稳了。别太自责。有能力变富的人一定会如此，不管多少高尚的力量在竭力束缚他。我怀疑——我几乎确信——N. F. 无法控制自己；不幸的是，他赚钱的致命弱点没有早点显露出来，从而提醒你远离他。我从昨天的《回声》上剪下来一段话，我不知道自己是否有勇气寄给你。但我还是要寄的——它会告诉你——就像你以前从埃及的来信中说的那样——这一切都是命运。"

剪报上刊登了一条时尚界和艺术界都感兴趣的新闻。诺伯特·弗兰克斯先生,那位年轻的画家,他的学院派画作曾引起广泛讨论,他即将为罗克特夫人绘制肖像。罗克特夫人是澳大利亚百万富翁塞缪尔·罗克特爵士的新婚妻子。众所周知,罗克特夫人在即将结束的"赛季"中大放异彩,她的形象出现在了所有的社交杂志上。祝贺弗兰克斯先生将获得这次绝妙的机会,展现他作为女性美的拥护者的令人倾慕的才华。——对,就是"拥护者"这个词。

<hr>

第二十章

就在诺伯特·弗兰克斯声名鹊起的夏日,这位幽默而又富有耐心的沃勒姆格林的画家也以更谦逊的姿态获得了成功。一两年来,贝莎·克罗斯把她能抽出的时间都花在了为一本古色古香的老故事书绘制插图上,这本书使她的童年获得很多欢乐,仍然在她的情感中占据重要位置。作品现在完成了;她把它拿给一位熟识的出版商看,出版商立刻提出以在贝莎看来非常优厚的条件购买。实际上她对自己的能力非常谦虚,当有人同意为她花费了无数心血的作品支付报酬的时候,而且经常以先令而不是以英镑支付时,她总是感到惊讶。然而现在,她怀疑自己做了一件不完全是坏事的事情,她在写给还在巴斯克地区的罗莎蒙德·埃尔文的信中谈起这件事。

"你知道,"罗莎蒙德回答,"我从来没有怀疑过你有一天会成功,因为你非常聪明,只需要多一点自信就能让自己出名。我真希望自己也能像你一样,对赚钱充满把握。因为我必须赚钱,这是肯定的。可怜的父亲,身体越来越虚弱,前几天还跟我们说起他死后我们能得到什么;我们每个人只能得到一点钱,根本不够支出和谋生。我正在画我的水彩画,我也在尝试粉笔彩色画,这里的好素材多得用不完。当这里结束的时候——不会太久了——我必须去伦敦,看看我的东西是否有市场价值。我不喜欢靠面包和水在阁楼里生活的前景——也就是说,不喜欢独自一个人。你知道,在其他情况下,我会多么高兴、欣喜、自豪地接受这种生活。如果我自己有真才实学的话——但我对此深表怀疑。我祈祷自己不要太堕落。如果我似乎有做庸俗工作的危险,我能信任你用蔑视说服我吗?"

贝莎被晚夏的温暖和多彩吸引,一个人到乡间远足,早上在母亲起床前就出门了,日落后才回来。她的素描材料和一包三明治是个轻便的负担;她是个健步走的好手;以前她舍不得花的一两先令的铁路费用,现在已经不再让她感到害怕了。

就这样,在九月的一个清晨,她乘早班火车一路坐到了埃普森,穿过街道,来到那条通往山丘的高坡小道。黑莓在荆棘丛中闪闪发光,在它上面,甚至连篱笆树的顶端都爬满了苍劲的铁线莲。贝莎欣喜地享受着这枝繁叶茂的孤独,悠闲地漫步。在乡村的背景下,她的身影并不令人讨厌,因为她身材挺拔苗条,动作优雅,脸庞如此明亮,洋溢着青春的快乐和深沉的思考,没有人看了以后会无动于衷地走开。

正当她流连忘返的时候,一个脚步声逐渐接近,原来是正在朝同一个方向散步的一个男人。当走近她时,这个行人停了下来,他出人意料地向贝莎问好,吓了她一跳。说话的是诺伯特·弗兰克斯。

"见到你我真高兴!"他感叹道,语气和神情都证明了他的真诚。"我早就该去沃勒姆格林了。我一次又一次地想来。但这很有趣,我喜欢偶遇。你经常来萨里吗?"

贝莎欣喜地注意到,弗兰克斯的衣着和举止都显示出他的富裕;相比那些他经常到她们的小房子里谈论罗莎蒙德的日子,他已经发生了显著的变化,而且愿意喝一杯淡茶聊聊。他看起来相当健康,面容没有一丝多愁善感的痕迹。

弗兰克斯注意到了她随身携带的一束有色树叶,并说起它的美丽。

"正打算利用它们,毫无疑问。你最近在忙什么?"

贝莎讲述了她最近在绘本故事书方面取得的成功,弗兰克斯表示自己很高兴。显然,他对任何事情都兴致勃勃。在他用最欢快的语调说话的间隙,他还哼起了一段旋律。

"你的学院派画作非常成功，"贝莎说道，一边说一边小心地注视着他。

"是的，我想是的，"他轻松地笑了，回答道。"你看过了吗？——你觉得它怎么样？——说真的，我想要你真实的意见。我知道你有自己的想法。"

"你打算让它大获成功，"这就是贝莎的回答。

"嗯，是的，我是这么想的。同时，我认为有些评论家——你知道的，那些高高在上的评论家——完全错了。也许总的来说，你赞同他们的观点？"

"哦，不，我没有，"他的同伴愉快地回答道。"我觉得这幅画很聪明，也很真实。"

"我很高兴！我一直认为这是完全正确的。我的一个朋友——你还记得我说起过沃伯顿吧——沃伯顿想让我把《贫民窟慈善家》画得丑陋一些。但是为什么呢？现在正是那种最漂亮的姑娘，才会去贫民窟。不过，你说得没错。我确实是想让它'成功'。我必须获得成功，这是事实。你知道我当时过得有多糟糕。我受够了，这是真相。然后，我欠了钱，不管用什么方式都必须偿还。现在我已经摆脱了债务，看到了可以体面舒适地生活和工作的方式。我坚持认为我没有做什么羞耻的事。"

贝莎露出了赞许的微笑。

"我刚刚完成了一幅肖像画——一位百万富翁的妻子，罗克特夫人，"弗兰克斯接着说。"当然，是我的《贫民窟慈善家》那幅画帮我找到了这份工作。女人们对那个女孩的头像大加赞扬；虽然我这么说，但其实画得还不错。我不得不提前几天就确定工作室——不能让罗克特夫人到我在巴特西的那个地方坐坐，那简直是个破烂的洞。作为一个漂亮的女人，她其实没有任何出众的地方，但我塑造了她——如果你愿意的话，今年冬天的画展上你就能看到了。开心吗？难道她不开心吗？她的丈夫，那个又胖又老的百万富翁男爵，几乎每天都来，而且高兴得目不转睛盯着看。实话告诉你，我觉得这是一幅相当了不起的画。我都不知道自己能画出这么高雅的作品。如果我画女性肖像画很突出，我不会感到惊讶。有多少男人既会奉承，还能画得像呢？那就是我已经做到的。不过等你看了这画就知道了。"

贝莎听得津津有味，因为在艺术家谈话的同时，她想到了罗莎蒙德临别时的请求。她希望如果条件允许的话，贝莎会尽最大努力让诺伯特·弗兰克斯在痛苦中坚强起来，哪怕是对这个不忠的女孩进行贬低。她的脑海中还浮现出罗莎蒙德信中的许多片段，这些言语中对弗兰克斯的描绘带着最深沉的同情和暗暗的自责。或许因为嘴角颤动，她的微笑即将变成大笑，这暴露了她的思想深处。突然，弗兰克斯停止说话了。他的脸色变了，布满了忧郁；沉默片刻后，贝莎再次谈到风景时，他只是给予了沉闷的回复，表示同意。

"一切都来得太晚了，"他突然说。"太迟了。"

"你的成功吗？"

"这对我有什么好处呢？"他用挥动的藤条敲了下自己的腿。"几年前，钱可以意味着一切。现在——我还在乎它什么呢！"

贝莎的惊讶让她必须保持不自然的庄重表情。

"你难道不觉得它会渐渐随着你壮大吗，"她说，"如果你给它时间？"

"随着我壮大？好吧，我只是担心它有可能会。这就是危险所在。追求成功——庸俗的成功——当生命中所有美好的部分都已离开——"

最后，他叹了口气，再次用小木棍敲了敲自己的腿。

"但是，"他的同伴急忙说道，好像很严肃，"难道不去追求成功不是很容易的事吗？我意思是，如果这真的让你感觉不舒服的话。世界上有那么多在艺术领域的工作，都会保护你免遭富裕的危险。"

在她说话时，弗兰克斯观察着她。

"克罗斯小姐，"他说，"我怀疑你是在讽刺我。我记得你以前经常这样。好吧，好吧，没关系；我不指望你能理解我。"

他们已经走出阿什泰德公园，现在正沿着通往埃普森公地的小路往上爬。

"我想我们正朝同一个方向走，"弗兰克斯说道，他已经恢复了所有的兴致。"如果我们能赶上的话，五点多有一班火车。进行一整天的散步，你这个主意不错。我还没走够。不久之后，你还愿意再走一次吗？"

贝莎回答说，她从不事先制订计划。她的心情和天气决定是否要远足。

"当然了。这是唯一的办法。如果你不介意，最近我一定要抽出某天来一趟沃勒姆格林。克罗斯太太怎么样？我早该问好的，但我一直都做错事。——你有任何特别的日子需要留在家吗？好吧。如果有的话，我应该请求改天过来。你知道，我不太喜欢通常的社交活动。十有八九，当我确实过来的时候，我会很沮丧。你知道，这是一些过去的记忆了。这次和你碰到，真的非常开心。我本来把去埃普森当作一种健身散步的,丝毫不带享受的那种,就像它本来的那样——"

第二十一章

在萨里的那天过去一两周后,有一天,贝莎·克罗斯需要一个小木盒来装送给哥哥们的礼物,他们住在不列颠哥伦比亚省,这时她想到了乔利曼先生。这位和蔼可亲的杂货商也许能满足她的需要,于是她就去了店里。在那儿店员和一个跑腿的男孩正在卸下刚用手推车运来的货物,因为此时正是清晨,乔利曼先生本人正站在柜台后面读报纸。他看到年轻的女士走进来,微笑了一下并鞠了一躬,但完全没有商人的那种刻意。然而贝莎似乎觉得,他更像是一个疲惫而且心不在焉的人,以一种有教养的方式表示礼貌。他把报纸扔在一边,低下头,眼睛向下看着站了起来,倾听她的要求。

"我想我有一个很合适的东西,"他回答道。"请恕我失陪一下。"

他从商店后面的区域拿出了一个尺寸恰好合适的可用的盒子。

"这个可以吗？那么你大概半小时后就能拿到了。"

"我不好意思麻烦你,"贝莎说,"我可以带上它——"

"不用介意。这孩子几分钟后就有空了。"

"那我欠你——？"贝莎问道,手里拿着钱包。

"这个盒子不值钱,"乔利曼先生微笑着回答说,他的笑容里暗示着潜在的幽默,总是能引起她的会心一笑。"同时,"他继续说道,眼睛里闪烁着奇特的光芒,"我想请您收下一包巧克力。我今天要送给每位顾客一包,以庆祝我的开店纪念日。"

"非常感谢,"贝莎说。然后,突然想到了什么,她又说道:"我会把它和我要寄的东西放在盒子里——作为送给我远在加拿大的两个哥哥的礼物。"

乔利曼先生双手放在柜台上,身体向前弯曲,看着她的脸片刻。他的额头上出现了一道皱纹,他缓慢而游离般地说道:

"加拿大?他们喜欢那里的生活吗?"

"总的来说他们似乎乐在其中,但显然生活并不轻松。"

"没有多少生活是这样的。"杂货店老板又说。"但露天的空气——那种自由——"

"哦,是的,这肯定是好的一面,"贝莎赞同道。

"在一个这样的早晨——"

乔利曼先生的目光移向了透过商店橱窗看到的一抹晴空。女孩快速瞥了一眼他的五官,她正想说些什么,但谨慎的品质打断了她。她没有说许多太私人的话,而是重复了一遍感谢,带着比平时更多的礼貌低下头,离开了商店。

杂货店老板站着看向门口的方向。他的脸色有些难看。他坚硬的嘴唇上流露出些许苦涩。

第二十二章

距离阿勒钦的乐队在乔利曼杂货店第一层的橱窗演奏,刚刚过去一年。

生意从一开始前景就很好。他和助手有很多工作要做,几乎没有时间沉思。他不为顾客服务时,就忙于处理杂货店的琐事,这些琐事往往是他没有预料到的,需要他付出全部精力和智慧。生活中令人心满意足的一面是,他的交易都是用现金日结。乔利曼的商店不赊账,所有物品都必须在购买或货物送到时付款。在商店关门后,他把收银机翻出来,把银币、铜币和旁边的几块金子堆成小山，一天的劳动就这样愉快地结束了。沃伯顿发现自己可以把一捧捧硬币碰得"叮当"响，他对这种声音感到愉悦。直到头三个月要结束的时候，也就是年末，他才意识到，可以算作明确利润的现金比他期望得要少得多。在零售业的阴谋诡计方面，他还有很多东西要学，而这种学习与他的天性恰好是违背的。令人欣慰的是，圣诞节时，诺伯特·弗兰克斯（威尔本来决定不相信他的）来了，还清了他一百二十英镑的债务。这让事情暂时有了转机。威尔得以向母亲和妹妹支付百分之三点五的红利，并满怀希望地向前迈进。

那年圣诞节，他宁愿不去霍斯，但又担心不去会显得很奇怪。不得已的搪塞让他痛苦万分，他差点要承认真相。要不是他的母亲病重，以及他觉得她无法承受这样一种坦白的重击，他很可能已经这样做了。就这样，诚实的欺骗继续进行。威尔本应管理着阿普列加斯公司在伦敦的分部。高昂的广告开支不得不成为一开始红利微薄的原因。霍斯的女士们绝不可能在这种事情上找麻烦。她们得到足够应得的，就感到心满意足了。沃伯顿在羞愧难当的孤独中反复琢磨这件事，感受到一股自豪的感激之情带来的温暖，因为他的母亲和妹妹与那些粗俗的人如此不同——那贪婪的大众，他们除了获利的机会，对什么都不感兴趣；除了商业争论，把什么都看得不重要。一种新的柔情打动着他的内心，他毅然决然地将自尊心和自我放纵的冲动踩在脚下，这些让他的生活难以承受。

他难得满足地回到店里，发现一切照旧，阿勒钦一边称糖，一边露出发自内心的微笑欢迎他。威尔的妹妹谈论起她花园里的香味，这些香味是如何让她神清气爽、精神焕发。对他来说，店里的香味——今天主要是新烘焙的咖啡——也起到了令人神清气爽的作用。这意味着钱，而钱意味着生活，意味着他所亲爱的人平静而富有成效的生活。他几乎没有时间吃晚饭，晚饭照例是由阿勒钦太太在商店后面的小客厅里为他准备的。他急切地想穿上围裙，回到赚钱的劳动中去。

起初，他承受了很大的身体疲劳。每天站立这么多小时远比走路更让他感到精疲力竭，身体的劳累有时会带来前所未有的情绪低沉。他与阿勒钦的聊天是他抵抗这种痛苦的来源。在阿勒钦那里他找到了一种契合，他的坚定的乐观和粗浅的常识具有最大的价值。这个强壮的助手按照约定很快就找到了一个房客，他看到了自己生活的舒适，并决定如果可以的话，他的命运再也不会黯然失色了。他和妻子对这位他们的财富的奠基者相当感激——顺便说一句,他们总是称他为"乔利曼先生"——并且尽最大努力让他在这条陌生的道路上走得更顺利些。

沃伯顿成功地保守了自己的秘密,这只是证明了在伦敦熙熙攘攘的人群中,大多数人是多么孤独。一个伦敦人要想从认识的人中间消失,同时又能继续光明正大地生活在这座城市的喧闹之中,是多么容易的一件事。那些足够关心他的人得知他遭遇不幸后,没有一个人对他正在做的事情抱有丝毫怀疑;除了两三个真正意义上能被称作朋友的人之外,他就这样从人们的视线中消失了。他隔很长时间才去见的庞弗雷特夫妇,想当然地认为他在做什么办公室工作,从他的举止中看不出任何令人担忧的地方。至于诺伯特·弗兰克斯,他很忙,到他朋友那不知名的住处去的频率每个月也不超过一次;他没有问过什么唐突的问题,而且和庞弗雷特夫妇一样,他也只能猜测沃伯顿在某处找了一份文员的工作。他们之间的关系并不像以前那样融洽,因为各自都经历了人生的危机,和之前不完全一样了,但他们互相的好感依然存续。当弗兰克斯在他的房间里时,沃伯顿似乎从来没有完全自在过,他不得不降低他的热情。他不能克服要求一个贫穷的朋友偿还债务的羞耻感,尽管弗兰克斯本人曾大声地宣布,没有什么比这更有益于债务人的道德健康了。因此,威尔宁愿听着不说话,有时显然没有心情进行任何交谈。

自从舍伍德——那个灾难性的乐观主义者飞到威尔士之后,他就再也没有见过他。自从那张一百英镑的支票之后,他也没有再收到过任何汇款。不过,戈弗雷还是写了两三次信——完全符合他性格特征的信——热情、乐观、自责。他从威尔士一路来到了爱尔兰,在那里他正在致力于一项利用爱尔兰鸡蛋和家禽致富的计划。至于这项"工作"具体包含什么还不清楚,因为除了亲戚借给他维持生活的一小笔贷款之外,他没有任何钱;但他寄来了写满运算的一大张纸,上面证明了他的计划非常实用,而且利润丰厚。

与此同时,他还结识了一位新朋友,起初只是给他带来了一些乐趣,但渐渐地,这位新朋友对他的影响越来越大。冬天的时候,他的生意刚刚起步,有一天,店里来了一位说话刻薄、爱发牢骚的女士,在对价格进行一番讨价还价后,买了为数不多的一些物品,询问商品是否可以送货。一听到她的名字——克罗斯太太,杂货店老板就笑了起来,因为他记得他从诺伯特·弗兰克斯那里听说克罗斯一家就住在沃勒姆格林，而画家对克罗斯太太的描述与这位顾客的神态和举止非常吻合。有一两次，这位女士又回来了，然后在一个天气非常糟糕的日子里，一个更年轻、更讨人喜欢的人替她来了，威尔自然以为她是克罗斯太太的女儿。这两个女人面容上没有任何相似之处，在举止、神情和语气上也大相径庭。但这位年轻的女士第二次来访时，他的猜测得到了证实，因为她请求换一张五英镑的纸币，并按照伦敦商店的习惯，在纸币背面签上名字"贝莎·克罗斯"。弗兰克斯一直对克罗斯小姐谈论不多，"是个不错的姑娘"是他表达出的最欣赏的话了。威尔立刻同意了他的评价；不久之后，他倾向于更多表达自己的好感。夏天来临之前，他发现自己一直期待这个女孩出现在店里，当克罗斯太太像往常一样独自来时，他感到失落。那张年轻面孔的魅力在于一种隐含着调皮的讨人喜欢的微笑，这让他很难不去仔细观察她的眼睛和嘴唇的动作。然后是她的说话方式，完全有自己的特色。这给最枯燥、最生硬的话语注入了一种幽默的可能性，威尔不得不克制住自己想要以同样的语气回应的诱惑。

"我想，你不再见那些人了吧——他们叫什么来着——克罗斯一家吗？"一天晚上，弗兰克斯来看他时，他看似漫不经心地问了一句。

"完全看不到他们了，"对方回答道。"为什么这么问？"

"我恰好想起来她们了，"威尔说，然后转向了另一个话题。

第二十三章

在接下来的人生中，他是否打算要一直做杂货商？——一开始他很少想这个问题，因为他正专注于即刻挣钱的需要，最终他开始感到压力和着急了。当然，他没有打算做任何这一类的工作，他在商店已经看到权宜之计，但没有费尽心力追求在摆在他面前生活的最终可能性,而是满足于他充满希望的脾性带来的模糊确定性。然而,出路在哪里呢?为了攒钱,为了积累足够的休息资本?这在任何合理的时间内都是不可能的。他还可以指望什么意外之财呢?舍伍德的一万英镑仍然在他记忆里盘旋,但是它比任何童话故事都要不切实际。似乎对他来说,没有人被命运眷顾的机会比他更少了。他已经戴上了围裙,那就必须一直戴着。

假设,他目前为止在商业上成功了,挣到比圣尼茨的家庭需要的还多一点,假设,比如说吧,考虑婚姻变得可行,当然是在最俭朴的基础上结婚,他能够完全想象自己把一个杂货商的努力和真心献给那个他选择的姑娘吗?他笑了起来。笑笑是好的,愉悦是最好的消化剂。对于在任何情况下有能力笑的人来说,笑是一种无以言表的恩赐。但是如果她也笑了,而且不是以同情的方式笑呢?更糟糕的是,她如果笑不出来,而是看上去一副凄惨的尴尬、迷惑和羞愧的样子怎么办?那将会是需要某种哲学沉思的危机。

就目前而言,常识极其明确地告诉他,这些事情考虑得越少越好。他没有一便士多余的钱。只有厉行一种如果放在过去都会使他震惊的节约,他才能够每年寄给母亲和妹妹一笔费用,以满足她们的生活所需。蔑视、厌恶各种吝啬的他学会了在一切可能的方面缩减开支。他仍然抽他的烟斗;买报纸;允许自己在天气晴朗的星期天进行一次最便宜的远足郊游,但是这些自然是生活的必需品。在衣食和一个文明人的普通花销方面,他无情地拮据,因为别无选择。他的租房花费比较少,但是维克太太既多疑又不完全诚实,时不时在她的账单里多收一些小钱,他很生自己的气,因为他没有勇气反抗。这仅仅意味着一两个先令,但是零售业教会他先令的重要性。他不得不提醒自己,如果他贫穷,他的女房东会更穷,在欺骗他方面她只不过遵循了她的阶级传统。讨论多花了六便士买煤油、九便士买熏肉会让他面红耳赤,之后几个小时都咬紧牙关。他注意到了吝啬这一新习惯对自己的影响——它如何导致他的脾气变得尖酸刻薄。不管动机如何单纯,一个男人不可能没有任何道德损害地整日耗费在榨取金钱利益上。以前,这个女人,维克夫人,她那锐利的眼睛,像水蛭一样的嘴唇,她的窥探和窃听,伴随酸溜溜的礼貌,以及她履行义务的敷衍,她的偷窃和谎言都会使他觉得好笑,而不是让他恼火。"可怜的生物,这难道不是一种既悲惨又龌龊的生活吗?让她获取蝇头小利吧,无论多么不正当,也许它们给她带来许多好处。"现在，他经常发现自己带着某种敌意打量她，由此，当然，他把自己带到了与她同一个水平上。这难道不是他和她之间为了生活中那点可怜的舒适进行的斗争吗？当他从这个角度看待事情的时候，脸颊火热。

商人必须内心坚硬。开始的几个月，他在柜台前从一个贫穷的老百姓手里接过硬币都要花费好些力气，这些穷人可能会用法寻①凑齐半个便士，放下硬币时还要不情愿地看一眼。他不止一次地说，"哦，那半便士不要了，"然后会迎上一种茫然的诧异的表情，而不是感激的目光。阿勒钦恰好目睹了这样一件事，并且在一开始私下相处的几秒内，他提出了一个恭敬但强烈的抗议。"这是您心地善良，先生，如果有人知道您有多少善心的话，那肯定是我，我是最不该对您挑剔的人。但是在柜台后面那样是行不通的，先生，从来不行！就想想吧。那个女人买的东西的利润只有三个法寻。"他详细计算了下。"而您却给了她半个便士，所以在整个交易中只赚到了一个法寻！那不是做生意，先生；那是慈善；再说了，乔利曼不是一个慈善机构。您真的不能这样，先生。这对您自己是不公平的。"威尔不安地耸耸肩，承认了他的愚蠢。但是他羞得无地自容。只有到了下半年他才真正让自己习惯于无视顾客的贫穷。他想明白了这件事，直面它所有肮脏的东西。是的，他在与那些人争夺每日的面包，只有从女清洁工或者女裁缝劳累过度的手中榨取三个法寻的利润，他和他的杂货店才能活下去。接受这种现实，并且不再想它。他是柜台后面的人，他面对面地看到养活他的那些人。除了这个以外，其他的事情与他坐在制糖厂的财务办公室时不是一样的吗？这是一个令人不悦的事实，以前的表象向他掩盖了这一事实。

随着第二个冬天的到来，一种新的焦虑、痛苦的源泉和堕落的反思也产生了。步行不到五分钟的远处，另一个杂货店开始营业了。幸运的是，这家店没有什么特别大的资本家，但从表面看，是一个有事业心的男人，知道自己在干什么。每天早上和晚上，沃伯顿都要经过那家新的商店，一想到他必须想方设法地阻止那个人赢得顾客，他感到灵魂一阵酸楚。如果他能让他的生意失败，摧毁他所有的希望，就更好了。他和阿勒钦进行了长时间的、热烈的商议。这个健壮的助手当然没有被任何顾虑困扰，他热衷于战斗，对每一个打败敌人的好主意都嗤嗤地笑。为了圣诞节这场盛大的交战，必须紧绷每一根神经，花尽可

---

① 英国旧时采用的一种硬币，1 法寻相当于 1/4 便士。

能多的钱准备一场勇敢的表演。沃伯顿只有时不时停下来,回想一下他为什么站在这里,为了什么而如此贬低自己的生活方式,才能够找到度过身体和心灵的煎熬的力量。当圣诞节大战结束以后,他带着明显的胜利的喜悦去圣尼茨待了几天,再一次获得他的奖赏。但这次争斗对他的健康有所影响,在他的面部、举止中都显现出来。母亲和妹妹不安地谈论起她们注意到的变化,他肯定是工作太辛苦了。夏天不去度假了是什么意思?威尔笑了。

"生意,生意!一开始有很多事情要做,你知道的。明年事情会顺利得多。"

奥斯河畔那所小房子的舒适、宁静和简单的满足感,让他再次回到富勒姆路,再一次接受现实,鼓起勇气。

当然,他有时也会将自己的窘迫生活与诺伯特·弗兰克斯的出人意料的成功进行对比,因为后者的成功极大地改变了他的生活。距离他和弗兰克斯上次见面已经三个多月了,一月初的某一天,他收到了这位艺术家寄来的便条。"你怎么样了?我还没找到机会了解你的生活——工作和社交那些事。星期天你能来这里和我一起共进午餐吗,独自一人过来,就像以往那样?我有一幅肖像画要给你看。"所以在星期天,沃伯顿去了他朋友的新工作室,地点在荷兰公园地区。以前总是他做主人,他不喜欢这种地位的转变,但是弗兰克斯,不管他多么了解自己的好运,有时还倾向于特别把自己当回事,但他的脾性中还没有势力的一面。威尔和他在一起的时候,一般会在善意的轻松氛围中忘记不愉快的事情。然而今天,杂货的事情让他心情沉重。在从圣尼茨回来的旅途中,他感冒了,在柜台后面嗓子痛了一周多,还和一家一直在欺骗他的批发商吵了一个星期,这让他的精神状况很差。作为对这个艺术家的热诚的回应,他只能够默默地在内心咆哮。

"不舒服吗?"当他们走进又宽敞又暖和的工作室时,对方问道,"你脸色相当差。"

"不用管我,"沃伯顿嘟囔道。

"好吧。坐下来,放松下你自己吧。"

但威尔的目光落在了一幅巨大的画布上,上面是一位雍容典雅的女士的肖像,她正悠闲地斜躺着,抚摸着一只猎鹿犬的头。他走过去,站在画像前。

"那是谁?"

"卡罗琳女士,我跟你说过她。你不觉得这幅画相当不错吗?"

"是的。正因为如此，我才害怕它会坏事。"

艺术家笑了。

"那是对评论家很好的讽刺。当有什么东西尤其是一个新人的作品让他们印象很好时，他们羞于称赞，仅仅是因为他们从来不敢相信自己的判断。但是它的确不错，沃伯顿，超乎寻常地好。如果一定要挑一个弱点的话，那么就是狗的问题。我不能画兰西尔犬。不过，你能看出来是要画狗狗的，是不是？"

"我猜是的，"威尔正暖着手回答道。

"卡罗琳女士真是太了不起了，"弗兰克斯继续说道，他站在画布前，头歪到一边，双手插兜。"这是我的专长，老伙计——可爱的女人变得更可爱，一点也不失真。她会成为下一届学院派的宠儿。你在她的眼睛中看到某种东西了吗，沃伯顿？不知道这叫什么。我的敌人称它为无聊。但是他们做不到这种技巧，他们做不到。如果可以的话，他们会不惜一切代价。"

他高兴地笑了起来，带着孩子气。他看起来气色真好！沃伯顿瞥了他一眼，怀着不那么友好的善意笑了一下。

"都是你的功劳，你知道的，"弗兰克斯继续说，他捕捉到了沃伯顿的表情和微笑。"你成就了我。如果不是你，我早就下地狱了。我昨天对克罗斯母女就是这么说的。"

"克罗斯母女？"

威尔猛地转过头，带着好奇的惊讶。

"你不记得克罗斯一家了吗？"弗兰克斯带着一丝尴尬微笑道，"罗莎蒙德在沃勒姆格林的朋友们。不久前我偶然碰到了她们，她们想要我去看看她们。老太太很无聊，不过她欢喜的时候还算平易近人；那个女孩相当聪明，你知道的，她给儿童读物配插图。她最近好像越来越好了。但她们穷得可怜。我对她们说——哦，不过等一下，这让我想起了另一件事。你最近看到过庞弗雷特一家吗？"

"没有。"

"那你不知道埃尔文先生已经死了？"

"不知道。"

"他一个月前在法国南部去世了。罗莎蒙德已经回到埃及了，和她在开罗的那个朋友待在一起。庞弗雷特夫人暗示我，女孩们不得不想办法维持生计。

埃尔文几乎什么都没留下。我好奇是不是——"

他笑了下，突然停住了。

"是不是什么？"听者问道。

"哦，没什么。几点了？"

"到底是不是什么？"沃伯顿蛮横地重复道。

"好吧，罗莎蒙德是不是有点后悔了？"

"你后悔了吗？"威尔问道，没有看向他。

"我吗？一刹那都没有，我亲爱的伙伴！她给予了我可能的最大的善意——但只有你给了我更大的仁慈。除非我已经厌倦了这一切，干了能写进墓志铭的大事，不然此刻我应该在巴特西一边咒骂，一边抽着便宜的烟，这是很有可能的。从来没有一个姑娘行为如此理智；我希望有一天能这样告诉她，当然是在她嫁给别人之后。然后我就给她画肖像，让她成为新一季的艳羡对象，天哪，我会的！她会是个绝佳的主题……我想起那幅我用靴子砸了个洞的所谓的粗俗肖像画，那一天我掉入了地狱！真奇怪，一个人一下子就成名了。两年前，我宁可去建一个大教堂，也画不出女人的肖像画。我在《贫民窟慈善家》中掌握了这一技巧，但并没有看到所有这一切意味着什么，直到布莱克斯塔夫请求我为罗克特夫人画像。罗莎蒙德看到那幅为她而画的涂鸦时，应该把我赶出家门的。好姑娘，她尽可能地忍住了。哦，总有一天我会把她画得极好。"

轻轻的铃声把他们召唤到另一个房间，午餐已经准备好了。沃伯顿从来没有在朋友的餐桌上表现得如此缺乏幽默感。他机械地吃着，几乎不说话。渐渐地，弗兰克斯感受到了这种陪伴令人失望的效果。当他们回到画室，在炉边抽烟时，只有一句不经意的话打破了无趣的沉默。

"我今天不该来的，"威尔最终半带歉意地说。"我头痛得厉害，感觉像头熊。我觉得我要离开了。"

"改天晚上我可以去看你吗？"对方用最友好的语气问道。

"不——我是说暂时还不行。我会写信邀请你的。"

于是威尔走了出去，进入寒霜笼罩的阴暗中。

第二十四章

阿勒钦对邻居所有的流言蜚语了如指掌。沃伯顿通过阿勒钦了解到，他的新的贸易竞争对手是一个带着五个孩子的男人，妻子酗酒。他原本在伦敦另一个区域做生意，人们怀疑他搬家是希望新的环境或许能帮助他的妻子克服灾难性的失败。人们说他是一个非常受人尊重的男人；一个善良的丈夫、好父亲、诚实的交易商。但是阿勒钦眼里闪烁着光，汇报说，他所有的资本都已经消失在新的起点上了，很明显他的生意并没有繁荣起来。

"我们要把他饿死！"这个助手喊道，用大拇指和食指打了个响指。

"那他会怎么样？"威尔问道。

"哦，那就得他自己去想了，"阿勒钦回答道。"如果他可以的话，先生，难道他不会饿死我们吗？"

沃伯顿对这件事忧心忡忡，对他所处环境的争斗的凶残感到震惊，他就生活在这种争斗中，而且参与了争斗。他过去对伦敦街道的享受都消失殆尽了。回想起更早那天的心情，他看到自己是一个不可置信地无知、粗心的男人，他震惊于自己内心的大意，这种大意使他在漫步于布满屠杀的战场上时找到了乐趣。诗画般的，的确！那个挣扎着、即将被打败的商人，带着他醉醺醺的妻子以及一帮靠他吃饭的孩子，哪里有什么如诗如画可言？"我自己也在碾压这个人，就像我的手压在他的喉咙上，我的膝盖顶着他的胸口！我必须压垮他，否则圣尼茨的小家该怎么办？它对我来说和他的孩子之于他同样珍贵。没有能容下我们两个人的空间，他靠得太近了，他必须承受计算错误应得的惩罚。难道没有济贫院收容这些人吗？"威尔继续自言自语。"有济贫院，可我难道不是也在支付穷人税吗？济贫院是个令人羡慕的机构。"

那些冬夜里,他经常数小时地醒着,看到前方自己的生活和人类的生活。他想起在小艾利街的办公室,看到自己和戈弗雷·舍伍德坐在一起,谈笑风生,拿他们为守护注定破产的房子所付出的努力开玩笑。戈弗雷常常重复讲着传说、北欧传奇故事、旅行故事,好像他根本不关心现实,或者说不可能关心现实。而他则相反,谈论他在伦敦的一点探索,展示一张他发现的旧地图,一卷旧的伦敦地貌图。同时,世界范围内的力量,各民族之间的饥饿斗争,正在撼动他们头上的屋顶,理论上他们知道这一点。但是他们能够及时逃避,他们有一个为自己保留的舒适的小角落,远离那些瘟疫般的忧虑。命运对愚蠢的安全感怀恨在心。如果他现在笑出声了,也只不过是自嘲。

伦敦的夜晚总是充斥着各种神秘的声音,让他绷紧的耳朵听得毛骨悚然。他听到了来自近处和远处的声音,痛苦或悲惨的呼号,野蛮或者兽性的嘶吼;所有的声音,还有远处低沉的隆隆声或者轰鸣声,一刻也不停,似乎受苦受难的人在呻吟。在他梦幻的眼前,出现了来自富裕和享乐世界的游行队伍,他眼中的惊讶一下子转变为炽热的愤怒。他在床上辗转反侧,大声呼喊发泄自己的愤怒,感到他的心脏被痛苦刺伤,痛得眼泪直流。紧接着惊讶和愤怒的是恐惧。如果他身体健康,四肢强壮,或许还能在这场无情的冲突中继续撑下去,或许只能是这样。但是如果有意外发生,就像每时每刻都会降临在这个人或那个人身上的厄运一样,把他扔到了懦夫的行列中,那该如何办呢?他看到母亲年老体弱,沦落到最贫穷的地步,他的妹妹继续外出谋生,他自己成为两个人无助的负担。不,难道没有老鼠药可买吗?

要如何——他在内心呐喊——要如何,以情感和同情的名义,人类才能够满足于生活在如此的世界中?他们被什么魔鬼追捕,以至于不仅忽视建议给每个人的慰藉的方式和理性的头脑,而且还把力气和聪明才智花费在怨恨共同命运上?他被充满憎恨的非理性压倒,感到自己的大脑仿佛在疯狂的边缘游走。

每天,一整天下来,商店,柜台。如果他愿意,他或许可以时不时地休息半天。在某些时候阿勒钦完全有能力,也足够乐意独自一个人打理,但这又有什么用呢?去远方仅仅是为了更清楚地看到他处境的窘迫。他从没有想过放弃这份工作,他看不到用其他方式挣钱的希望,而只要活着,他必须挣钱。但是生活赋予了他一种他从未想象过的负担。他之前从未理解过日常生活令人厌倦的疲惫是什么意思;他年轻时在西印度群岛的烦躁不安在现在看来是不可想象的。他自己的主人？不，他是每一个来商店花一个便士买东西的厨房女佣的奴隶；一想到不能取悦她从而失去他的顾客，他就颤抖。曾经惬意的杂货店气味变得恶心。还有那不断重复的工作，称重，做包裹，剪绳子，鹦鹉学舌般上千遍地重复，白痴式的鞠躬和微笑——这些事情噬咬着他的神经，直到他像一个被打败的马一样颤抖。他试图安慰自己，事情现在已经是最糟糕的了，他正在征服自己，并且很快会达到一种愉快的、无聊的冷漠状态；但是事实上，他是怀着恐惧向前看的——对自己身上未知的可能性的恐惧，恐惧他或许会在自尊中更凄惨地沉溺。

因为他的痛苦中最糟糕的部分是自我嘲讽。当他开始着手这项陌生的业务时，他知道，或者说他以为他知道，自己将面临的所有考验。如果有人冒昧地暗示他的性格或许证明不适合这项考验，他一定会非常愤怒。舍伍德的信让他非常高兴，正是因为它赞扬了他作为勇敢的男子汉的决心。威尔在男子汉气概方面一直非常得意，让他骄傲的是，他有一个能够胜任任何强加于他的责任的心。然而，差不多十二个月的商店生意如此削弱了他的勇气，减弱了他的脾气，以至于他不能够再毫无愧疚地看待玻璃中的自己。他试图用健康不佳来解释。他的身体状态确实长达数月一直在走下坡路，最近患上的感冒似乎使他的精神状态更加消沉。在这个令人心痛和沮丧的二月，懦弱的想法持续困扰他。在他冰冷的住所，在冰冷的街道上，在大风呼啸的商店里，他感到灵魂和肉体一起萎缩，直到他变成最畜萤的挨饿的小商贩。

后来发生了一件事，将他暂时从自我困扰中拯救了出来。一天晚上，就在商店要打烊的时候——一个狂风大作、大雨倾盆的夜晚——霍普太太急匆匆地冲进商店，脸色因发愁而苍白。沃伯顿得知她的妹妹"莉莎"，就是那个他在舒适的日子里认识的生病的姑娘，患上了肺出血，情况危急，需要阿勒钦太太和任何其他可能的帮助。两年前，威尔面对这样的请求肯定会慷慨解囊；现在，尽管同情的冲动暂时蒙蔽了他的眼睛，让他看不到他的情况已经改变，他似乎很快想起，他的施舍必须是一个穷人的施舍，一个负债者的施舍。他支付了出租车的钱，让两个女人尽快穿过暴风雨的夜晚赶到她们妹妹的身旁，他答应会考虑下能够为病人做什么——结果，他因为计算要花费多少钱一晚上没睡着。第二天，他预料的消息到了，医生建议如果条件允许的话转去布朗姆顿医院，看病人的情形，在一年的这个时候家庭治疗不太可能好转。沃伯顿马上着手处理这件事,四处咨询,发现必须拖延了。无论对错,他都掏出了自己的钱,霍普太太才能够照顾她的妹妹,否则绝不可能。他去病房探望,像往常一样,以勇敢的同情和鼓励的口吻与她努力交谈了半个小时,让她不要舍不得用火,舍不得吃,不要不舍得采纳医生给予的任何建议。同时,他会在他能掌控的范围内询问其他医院的情况。他的确这么做了,结果两周之后,病人被接收到了一家医院,沃伯顿也暂时变成了订购者。

他见了她的医生。"恐怕机会不大。当然,如果她能换个气候——就是那种事情。但是,在这种情况下——"

整个星期天的上午,威尔都在他的小客厅里踱来踱去,既不想出门,也不想看书,在这个充满无谓的痛苦的世界里,他什么也不在乎。"当然,如果她能换个气候——"是的,拥有金钱的巧合;依靠金钱的生活!在另一个地方——尽管很可能没有道德优越感来证明这种特权的正当性——生病的女人会被保护和安抚,会得到科学的治疗和人类一切资源。如果你是穷人,你不仅会在不必要的时候死去,而且会在最不舒适、身体和精神极度绝望的情况下死去。这个司空见惯的现象如此强烈地冲击着威尔的想象力,以至于对他来说就像一个新的发现。他惊讶地站在原地,茫然不知所措——就像经验将生活的真理暴露在具备思考力的人面前时他们常做的那样。几枚硬币,或者几张打印纸,就能代表这一切!一阵愤怒的笑声打破了气氛。

沃伯顿在小房间里踱步、踱步、来回走动,一小时接着一小时,直到他头晕目眩、双腿酸痛。门外,湿漉漉的屋顶上偶尔闪过阳光;灰色的架子上不时露出淡淡的蓝色。两年前,他会在这样的天气里步行二十英里,眼里只有地球的美丽和欢乐。他突然问自己,现在的他是不是比那时更智慧了?难道他不是看到了事物的真相吗,而以前他仅仅看到欺骗性的表面?如果他能将这一点铭记于心,这样的反思应该是令人欣慰的。

然后,他的思绪又飘到了诺伯特·弗兰克斯身上。此时此刻,他正在某处享受生活。今天下午,他也许正在拜访克罗斯一家。为什么这种想法让他不舒服呢?他记得,这已经不是第一次了。如果他想象艺术家与贝莎·克罗斯肩并着肩聊天的情景,他身上的某种东西会变得冰冷。顺便说一句,距离上次见到克罗斯小姐已经过了很久了;她母亲最近一直在负责购物。也许这周的某一天她会来,这种可能性给他带来一些期待。

有多少次了，他因为太注意贝莎·克罗斯的来访而称自己是个傻瓜？

第二十五章

又是一年春。当沃伯顿站在柜台后面时，他想起了他已经抛弃的世界里所有正在发生的事情。他从未关心过的娱乐活动在他的脑海中萦绕，他感到自己被优雅和智慧的生活拒之门外。他产生了一种不光荣的感觉，好像他的地位来源于某种个人的卑鄙行为，某种罪恶。他数了下被他抛弃的熟人，想象着他们提到他的名字时——如果他们曾经这样做的话——带着冷漠的不屑。戈弗雷·舍伍德不再写信了，距离他的上一封信已经过去了六个月，上一封信中他暗示，害怕爱尔兰的企业因为缺乏资金不得不放弃。就连弗兰克斯这样的好朋友，似乎在友谊中也变得淡漠了。这个画家五月份约了一个周日在威尔的住处会面，抽抽烟、聊聊天，但是在那之前的傍晚发来一个电报推辞了。沃伯顿感到既愤怒又羞愧，浪费了周日的早晨，直到吃完中饭后才被灿烂的天空吸引。他向西行走，没有注意到距离或者方向，最后发现自己到了邱园。他在桥上逗留了一会儿，懒散地注视着船只，就这样斜靠着护栏的时候，身后传来的声音吓了他一跳。他转过头，恰好瞥到那个声音在他脑海中浮现的特征。贝莎·克罗斯正和她的母亲经过。或许她们没看见他，即使她们已经看见他了，把他认了出来，难道他会自以为是地觉得克罗斯一家会当众表示认识她们的杂货店老板吗？

他注视着贝莎优雅的背影，慢慢地跟着。女士们正穿过邱园的花园，毫无疑问她们将会在那里度过下午的时光。加入她们，或是走在贝莎的身边，畅快地与她交谈，忘记总是限制他们交谈的柜台，这难道不令人愉快吗？贝莎穿着讲究，尽管一个人能够看出她的衣服并不昂贵。以前的时候，如果他注意到她的话，他只会觉得她是来自中下层的一个相当漂亮的女孩，或许比她的同类更不起眼。现在她对他来说在"顾客"的背景下闪闪发光,他在她身上看到了同一阶层的人情味,在规定的限制以内,她也证明了对他的人性的肯定。他看到她转过去看着她的母亲,露出微笑,一种充满无限善意和幽默的微笑。他的嘴角也不由自主地露出了微笑,他继续向前走,微笑着——微笑着。

她们穿过大门,他在远处十几米的距离继续跟随着。他没有被发现的风险,事实上,他也没有做什么坏事,即使是一个杂货店老板,也可能远远地观察一个姑娘和她的母亲一起散步。但是,在踱步了一刻钟之后,她们在一个长椅旁停了下来,在那里坐下了。克罗斯太太似乎在抱怨什么,贝莎似乎在安慰她。当威尔走得够近才意识到这点时,他发现自己已经离得太近了。他突然转过身,结果,和诺伯特·弗兰克斯面对面站到了一起。

"哈罗!"画家尴尬地喊道。"我还以为那是你的背呢!"

"你在这里有约定的会面?"威尔直截了当地问道,指出对方电报中推辞的借口。

"是的,我必须——"

他断断续续地说,眼睛紧盯着贝莎和她母亲的身影。

"你不得不——"

"你看到那儿的女士们了吗,"弗兰克斯用更低的声音说,"那里,在座位上的?那是克罗斯太太和她的女儿——你还记得克罗斯一家吗?我昨天打电话去拜访她们,只有克罗斯太太在家。事实上,如果天气不错的话,我认真许诺过在这里见她们。"

"非常好,"沃伯顿漫不经心地答道,"我不会耽搁你的。"

"去吧,但是——"

弗兰克斯非常困惑。他东张西望,似乎在寻找逃跑的机会。当威尔开始移动时,他一直跟在身旁。

"这样,沃伯顿,让我来把你介绍给她们。她们是非常好的人,我相信你会喜欢她们的。一定要让我——"

"谢谢,不用了。我不想再认识新面孔了。"

"为什么?来啊,老伙计,"对方催促道。"你正变得脾气很暴躁,你一个人生活太久了。就看在我的分上——"

"不!"威尔坚定地回答,继续往前走。

"好的——你想怎么样随你吧。但是，我说，今晚可以在我家里等你吗？这样吧，定九点钟。我特别想聊一聊。"

"好的。我会去的，"威尔回答道，然后皱紧眉头大步离开了。

当天晚上，访客非常准时地到达了。他带着与在邱园简短的会谈期间同样尴尬的表情进入房间。他尴尬地握了握手，坐下来时谈论起日落之后气温的下降，这使得生火变得宜人。沃伯顿为自己不能克服的愠怒感到羞愧，在椅子上扭过来扭过去，拿着拨火棍对一块不易碎的煤炭猛戳。

"那是个幸运的机会，"弗兰克斯最终说话了，"我们今天下午的会面。"

"幸运？为什么？"

"因为它给了我勇气跟你说一些事。你就在离克罗斯母女那么近的地方，真是我知道的最奇怪的巧合。"

"她们问我是谁了吗？"沃伯顿用拨火棍猛烈地一砸，煤块碎屑在房间里乱飞，然后他问道。

"我和你说话的时候，她们碰巧没看见我。不过，无论如何，"弗兰克斯补充道，"她们本来也不会问的。她们是有教养的人，你知道的——真正的淑女。我怀疑你对她们有不同的看法。那不就是你不肯让我介绍你的原因吗？"

"根本不是，"威尔勉强笑着回答道。"我毫不怀疑她们的女士教养。"

"事实是，"对方继续说道，他在紧张不安中交叉双腿，松开，又交叉，"自从我告诉你我要去拜访那里，我一直在时不时地见她们。你猜为什么？肯定不是因为克罗斯太太。"

"也许是因为克罗斯太太的茶？"威尔说道，挤出苦涩的微笑。

"不完全是。那是我喝过的最糟糕的茶。我必须建议她换掉她的杂货商。"

沃伯顿爆发出一阵响声很大的笑声，然后大叫起来，同时弗兰克斯好奇地盯着他。

"你这辈子都开不出比这更好的玩笑了。"

"这说明我想尝试的时候就能做到，"艺术家回答说。"不过，这茶实在是令人震惊地难喝。"

"从每磅卖一先令七个半便士的茶里面，你能期待什么？"威尔喊道。

"你怎么知道她付了多少钱？"

沃伯顿的回答引来另一阵欢声笑语。

"好吧,我不该好奇,"弗兰克斯继续说道,"事实上,你知道,她们很穷。对于像贝莎·克罗斯这样的女孩,这是一种痛苦的生活。她很聪明,有自己的风格。你看过任何她的作品吗?儿童读物的插图?我向你保证,她的水平远不只是还过得去。不过,当然她的报酬很低。除此之外,一个真的不错的姑娘。"

"所以这就是你必须告诉我的事情?"当说话者犹豫时,沃伯顿用一种克制的声音说道。

"我想谈谈它,老伙计,这是真的。"

弗兰克斯在说这些话的同时,伴随着羞涩的微笑,露出充满友好的魅力的表情。威尔感到自己生硬而忧郁的幽默开始变得柔和,在长期压抑着他的沉闷的重量下,某种昔日的温和在蠢蠢欲动。

"我想已经确定了吧,"他盯着火堆问道。

"确定了?怎么确定的?"

"就是关于在邱园的花园见面——"

"哦,不要误解,"弗兰克斯紧张地大叫道,"我告诉过你,我是和她母亲约定的,而不是和贝莎本人。我敢肯定贝莎一个字也没听到。"

"好吧,结果是一样的。"

"根本不是!我倒是有一半希望会是一样的。"

"一半?"沃伯顿快速看了他一眼,问道。

"你难道看不出来,我还没有真正下定决心吗,"弗兰克斯在椅子上坐立不安地说。"我对自己不确定,对她更没把握。一切都像空气一样漂浮不定。我已经去那里大概六七次了,但只是像其他的朋友一样。并且你知道,她不是那种能够迁就别人的姑娘。很遗憾你不了解她。你会理解得更好的。那么你看,她和我的处境有一点尴尬。她是另一个人的亲密无间的朋友,你知道的,那个人,至少我猜她目前仍然是。当然我们还没有谈论过与此相关的任何事情。这很有可能产生误解。假设她认为我和她交朋友是为了再次接近另外一个人呢?你看到,判断她的行为——得出任何可能的结论,有多难了吧。"

"是的,我明白了。"沃伯顿陷入沉思。

"而且,即使我确定我能理解她——还有我自己。看看现在的情况。我猜我可以称得上成功人士了,无论如何也在成功的路上了。除非命运和我开一个肮脏的玩笑,否则我应该很快一年能赚到三千到四千英镑,而且还有可能翻番。

想想这意味着什么,往机会的方面想。有那么一两次,当我打算去见克罗斯一家时,我鼓起勇气,询问我究竟在做什么——但我还是去了。事实是,贝莎身上有些东西,我希望你了解她,沃伯顿,我真的希望你能做到。她是那种任何男人都可能娶的女孩。没有什么特别聪明的地方,但是,嗯,我描述不出来,和另一个完全不同。事实上,很难理解她们为什么会是如此亲密的朋友。当然,她知道我所有的一切——我在做什么,等等。和她处于同样地位的任何一个其他的普通姑娘,都将无法抵制和我结婚的想法,但是我一点也不确定她是否以同样的方式看我。她表现得——嗯,是尽可能的最自然的方式。有些时候我宁愿认为她在取笑我。"

沃伯顿暗自笑了笑,为了不被他发现,声音很低。

"你为什么笑?我意思不是说她这样做让人很不愉快。以幽默的方式看待事物是她的风格,我很喜欢这一点。你不觉得这在一个女孩身上是一个好的迹象吗?"

"那得看情况,"威尔嘀咕道。

"好吧,事情就是这样。我想告诉你。除了你,我想不到还能跟谁说了。"

沉默在他们之间停留了一两分钟。

"我想,你不得不很快就下定决心了。"沃伯顿终于说话了,声音听起来没有那么不愉快。

"这就是最糟糕的地方。我不想太匆忙。——这恰恰是我不想要的。"

"你难道没有想到过,"威尔突然想到了什么似的问道,"也许她并不比你更着急?"

"有可能。我不应该怀疑。但如果我似乎在装傻——"

"那取决于你自己。不过,"威尔眼睛闪过一丝亮光,补充道,"只有一个建议我想要提供给你。"

"给我建议吧,"对方急切地回答道。"真好,老伙计,你没有被这件事困扰到。"

"不要,"沃伯顿用令人印象深刻的低沉语调说,"不要说服克罗斯太太换掉她的杂货商。"

———————

第二十六章

这次谈话给沃伯顿带来了短暂的轻松。即使是发自喉咙而不是腹部的笑声，往往也能驱散病态的情绪。第二天早上，当他和往常一样从安稳的睡眠醒来之后，在太阳光下感到了久违的愉悦。他想起了诺伯特·弗兰克斯，扑哧笑出声来，想到贝莎·克罗斯，嘴角露出微笑。有那么一两天，商店里的苦活都不那么令人厌烦了。然后，可恶的麻烦再次让天空蒙上了阴影。威尔没有听从他信任的助手的建议，从一个破产的仓库购买了大批货物，看似划算的交易证明是一次严重的损失。顾客们对这次倒霉的买卖提供给他们的商品的质量怨声载道。在这不满的人中就有克罗斯太太，她就某种送到家的木薯淀粉喋喋不休了二十分钟，强迫乔利曼先生反复道歉，并且保证这样的事情再也不会发生了。当这个爱发牢骚的女士终于离开的时候，威尔已经怒火中烧。

"傻瓜！"他大叫起来，全然不顾阿勒钦听到了他的话。

"你看，先生，"助手说。"就像我说的那样，可是我说服不了你。"

威尔紧抿着嘴唇，目不转睛地盯着眼前的一切。

"这笔交易净损失十英镑，"阿勒钦继续说道。"这是诚实经营的原则，绝不能买破产的货物。但你不听我的，先生……"

"可以了，阿勒钦，可以了！"主人打断了他，因为强加于己的克制而发抖。"你难道没看见我没心情讨论这种事情吗？"

就在同一天，先是煤气泄漏了，原因是威尔花了远超过他情愿的钱购买的一批新配件的工艺太粗糙。然后，商店的雨篷塌了，砸在一个路人的头上，他冲进店里，破口大骂，要求赔付他被砸坏的帽子一大笔钱。这一周里面各种各样的事情都出错，紧接着周六晚上要打烊的时候，沃伯顿的神经已经如此紧张，感觉大祸临头了。他凌晨一点上床睡觉，一直到早上六点，片刻没合眼，又跌跌撞撞地下床，怒气冲冲地穿好衣服，冲出了家门。

这是一个下了一阵太阳雨的清晨；不一会儿石头上布满了闪闪发光的水分，一会儿又在无云的阳光下蒸发了。威尔不清楚自己要去哪里，所以他走得很快，穿过小河，向南行进，直到他发现自己到了克拉珀姆交汇站旁边。太阳现在胜利地出来了，今天将是明亮的一天。他站在原地思考了一会，由于锻炼感觉已经好多了，最终决定乘坐火车去乡下。他或许会去拜访阿什泰德的庞弗雷特一家，这取决于他的心情。不管怎么样，他会朝那个方向启程。

他大约有三个月没有见到庞弗雷特夫妇了。他曾长期被邀请去那幢舒适的小房子，在那里，他总是受到简单而热情的款待。在阿什泰德公地周边漫步之后，大概十一点钟时，他推开花园的门廊，敲响了门廊下绿树成荫的那扇门。房子里如此安静，他有些害怕家里没人，但是仆人马上带他进去了，并且在她的主人的圣殿门口通报他的到米。

"沃伯顿吗？"他还没进门，一个高昂、热情的声音就传来了。"好伙伴。这周的每天我一直都想邀请你来，但我有些担心。距离上次见你过去好久了，我想你上次在这儿的时候一定很无聊。"

拉尔夫·庞弗雷特是一个小小的、精瘦的、五官干瘪的人，秃顶、胡须灰白，他坐在一个舒适的椅子里，双腿搭在另一把椅子上。他灰色的眼睛里闪烁着幽默和亲切。堆满书的房间视野开阔，可以看到草坪和山丘。花园的香气从敞开的窗户里飘进来。

"好伙伴，像这样走过来，"他继续说。"你看，老敌人控制了我。他又拧又掐。他毫无疑问总有一天会抓住我的要害。而且，我甚至还没获得以体面的方式得痛风的满足感。但凡它是来自一个体面的、年长的、喝着三瓶酒的祖先！但是我从来没有祖父，而且直到三十岁几乎没尝过酒的滋味。叫我自己痛风病人我都感到愧疚。请坐，我太太在教堂。人们仍然去教堂真是件奇怪的事，但他们确实去了，你知道的。习惯的力量，习惯使然。罗莎蒙德和她在一起。"

"埃尔文小姐？"沃伯顿惊讶地问道。

"是的，对了，我忘了你不知道她在这里。一周前，她和她的那些朋友从埃及回来了。她现在在英国没有家，不知道她会决定住在哪里。"

"你最近见过诺伯特吗？"庞弗雷特先生一口气继续说下去。"他太忙了，没时间出来到阿什泰德，也许是太发达了。不过，我不会那样说的，也不会真的这么想。诺伯特是个好小伙子——我怀疑他比他的工作还要好。现在有个奇怪的事情，一个画家对艺术失去了热情。他以前有一点，不止一点，但现在全消失了。或者说在我看来是如此。"

"关于这一点他非常诚实，"沃伯顿说。"他没有任何伪装——称他的画是一种技巧，我相信他真的对自己如此成功感到惊讶。"

"可怜的诺伯特！一个好青年，一个好青年。我在想，如果我写个便条，顺便提到罗莎蒙德在这儿，你觉得他会来吗？"

说话的同时，他还向威尔投去了亲切的一瞥。威尔避开他的眼睛，凝视了一会儿阳光明媚的风景。

"埃尔文小姐会待多久？"他问道。

"哦，她想要待多久就能待多久。我们很高兴她能在这儿。"

两人的目光瞬间交汇。

"真是可惜，可惜了！"拉尔夫摇着头笑着说。"你不这么认为吗？"

"当然了，我一直这么认为。"

威尔知道，这并不是严格意义上的真相。但此时此刻，除了弗兰克斯有可能再次与罗莎蒙德·埃尔文见面，并再次屈服于她的魅力这一含糊的可能性之外，他拒绝看到任何东西。

"老天保佑！"拉尔夫继续说，"生命危在旦夕，岂能坐视不管！根本没有那样的事，没有那样的事。你和我一样不情愿那样做。但是仅仅为了让他了解事实——？"

"我看没什么坏处。如果我遇到他——？"

"啊！当然。说起来——会很自然。"

"我欠他一次拜访，"威尔评论道。

他们聊起了其他事情。沃伯顿突然意识到自己饿了，因为他今天还没有开斋。幸运的是，壁炉架上的钟指向了中午。就在这时，屋里响起了说话声，紧接着书房的门被轻轻敲响，庞弗雷特夫人走了进来。这位女士上前热情地打着招呼，她的神情和言谈都很温馨，她看到了丈夫的笑容以及他的一些举止——这证明了她长久的婚姻生活的幸福。在她身后，是沃伯顿的眼神一直期待的年轻而优雅的身影。自从上次在特里恩特山谷见到她后，她几乎没有什么变化，沃伯顿有了一种感觉，即年轻女士很高兴再次见到他。一两分钟后，庞弗雷特夫人和她的侄女离开了房间，但沃伯顿仍然看到了她那纯洁、苍白的五官，那富有感情的眼睛和嘴唇，那微微垂向一边的头。相去甚远——他在心里这样说，这与他的理想实在相去甚远，但他很容易理解，这对弗兰克斯这样的男人来说，具有很强的诱惑力，以往的激情已经明显让他对其他女人的想法变得淡漠。

钟声敲响了欢迎午餐的通知——或者说是正餐，在这个有着简单传统的家庭里，午餐被称作正餐。拉尔夫在朋友手臂的搀扶下，步履蹒跚地走向餐桌。他吃得很少，整顿饭都在以他惯有的欢快的思考方式交谈着。威尔享受着摆在他面前的一切，这些不错的、健康的食物归功于庞弗雷特夫人的家务能力。几个月来他一直在店铺后面的小客厅里用餐，只有星期天维克夫人做饭时才改变一下，这让他感到难得的美味。不过，有一件事干扰了他的平静。坐在罗莎蒙德·埃尔文的对面，他回想起自己今天早上的盥洗是最简略的；他没有刮胡子，身上的衣服和昨天一整天在柜台后面穿的一模一样。女孩观察的目光不时在他身上扫过；毫无疑问，她对外表很挑剔。为了让外表和举止尽可能一致，他用一些虚张声势的话使自己显得无聊，简短直白的话语直接脱口而出，并且用自信的微笑与埃尔文小姐的目光对视。埃尔文小姐的神情和言语中并没有对他的这种行为表示嫌弃；随着用餐的继续，她说得越来越随性。在她倾听他说话时，表情中开始流露出某种坦率的好奇。

拉尔夫·庞弗雷特步履蹒跚地回到书房的椅子上，打了一两个小时的瞌睡，其他人则漫步来到花园里。在花园的阴面，带有乡村质朴特色的椅子已为他们准备好。

"你带了自己的烟斗，我猜？"女主人说，此刻沃伯顿满足地叹了口气，伸了个懒腰。

"我带了。"

"火柴呢？"

"有——不！盒子是空的。"

"我给你送来一些。我在屋内还有一两件事要照料。"

所以，威尔和罗莎蒙德就这样坐着，悠闲地望着夏日的天空，听着鸟儿的鸣啭和昆虫的嗡嗡声，花香和叶香让他们沉静下来，进入一种安宁的亲密关系。

威尔没有说一句仪式性的话，用给他送来的火柴向温暖的空气中喷出一朵云。他们谈论着这住宅区的美景，谈论着房子令人愉悦的位置。

"我猜你经常来看我姑父吧，"罗莎蒙德说。

"不经常，我很少空闲，也不总是有那个心情。"

"没有对这个的心情？"

"听起来很奇怪，不是吗？"威尔迎着她的目光说。"当我在这里的时候，我想一直待在这里；无论冬天还是夏天，没有比这更令人愉悦的了——那种只会对一个人有好处的愉悦的方式。你后悔去埃及吗？"

"没有，事实上。我应该再也不想去那里了。"

"或者说比利牛斯山？"

"你看过它们了吗？"罗莎蒙德问道。

威尔摇了摇头。

"我记得你说过，"她说，"你下次度假会去巴斯克。"

"是吗？对了，是当你一直反复谈论这件事的时候。但从那以后，我就再没有过假期了。"

"没有度假——一直以来？"

罗莎蒙德的眉头露出些许同情。

"从上次我们在瑞士碰到有多久了？"威尔在吞云吐雾的间隙梦呓般地问道。"这是第二个夏天了，是不是？一个人不再去计算时间了，在伦敦这里。那天我正和弗兰克斯说着……"

他停了下来，但并没有很突兀；随着思绪的游移，那些话似乎咕哝着出来了。罗莎蒙德的目光某一刻低垂下来，但也仅仅是一瞬间而已；然后，她用稳定而平静的目光紧盯着他。

"你刚才说，和弗兰克斯先生说着……"

她声音里的平静的真诚吸引了沃伯顿的目光。她笔直地坐在藤椅上，双手放在大腿上，带着饶有兴致的神情。

"我刚才说，哦，我忘记了，想不起来了。"

"你经常见到他吗？"罗莎蒙德用同样平静而感兴趣的口吻询问。

"偶尔吧。他是个大忙人，有很多朋友——像大多数成功人士一样。"

"但我希望，你的意思不是说，他不那么关心在他成功之前那些过去的老朋友了？"

"不是的，"威尔感叹道，他在椅子上打了个滚，凝视着远方。"他还是老样子。我们没有经常见面，是我的错。我总是独来独往，你知道的。我的脾气并没有因为霉运而有所改善。"

"霉运？"

罗莎蒙德紧蹙的眉头再次流露出同情之情，她的声音带着一丝富有旋律的惊讶和痛苦。

"不是这样就是那样的事。我们正在谈弗兰克斯。我应当说，如果有什么的话，他一定是提升了。我想象不出任何人能比他更好地接住成功——还是那个同样聪明、善良、真诚的家伙。当然，他很享受他的好运气。他经历了困难时期。"

"如果不是因为他的一个朋友，他会更加艰难，"罗莎蒙德说，目光若有所思地垂下。

当她说话时，沃伯顿注视着她。她的神情和声音把他带回了特里昂山谷。他听到了激流的翻滚，看到了幽暗的枞树林，感受到了来自冰川的冰冷气息。罗莎蒙德总是习惯这样说话，那时，正像现在一样，触动了他最深处的情感，却又让正在自我回忆的他露出微笑。

"你回来后见过克罗斯小姐吗？"他假装漫不经心地问道。

"哦，见过。如果我留在英国，我希望能住在离她近的地方。或许我应该在伦敦找到住处，致力于画水彩画和黑白画。除非我去巴斯克，我姐姐在的地方。你不觉得吗，沃伯顿先生，一个人可以在比利牛斯山画画，然后到伦敦展出它们？我不得不赚钱独立生活，我必须做这一类事情。"

就在威尔思考如何回答的时候，庞弗雷特夫人从房间朝他们走来，谈话的话题一下子被扭转了。拉尔夫让他的客人去书房，在那里他们一直聊到茶歇时间。但是在回家之前，沃伯顿又有了一个在花园里与埃尔文小姐交流的机会。

"好吧，我想听听你怎么决定的，"他直率地说。"如果你去比利牛斯山——但我觉得你不会去的。"

"是的，也许不会吧。伦敦很吸引我，"女孩恍惚地回答道。

"听到这很高兴。"

"我必须征求贝莎的意见——克罗斯小姐。"

威尔点了点头。他刚想说什么,但又改变了主意,于是谈话结束了。

第二十七章

那天晚上快十点的时候,沃伯顿从诺丁山门站下了火车,穿过大雨,走向诺伯特·弗兰克斯的住所。他满意地看到他画室的大窗户亮着灯,并且从接待他的仆人那里得知弗兰克斯没有客人。他的朋友惊讶地接待了他,因为自从沃伯顿上次出其不意地来拜访已经很久了。

"没出什么差错吧?"弗兰克斯说,他打量着那张坚毅的脸,只见脸上眼神凝重,脸颊凹陷。

"没什么事。来打听一些消息,仅此而已。"

"消息?啊,我明白了。没有什么消息。"

"还在思考吗?"

"是的,保持距离,只是想看看我感觉如何。这是明智的,你不觉得吗?"

沃伯顿点了点头。谈话的气氛走向并不活跃,因为弗兰克斯看起来有些疲惫,而拜访者似乎深陷于自己的思考。威尔评论了几句立在画架上的帆布画——另一个女性正在被画家大胆地转变成可爱的样子,然后漫不经心地提到他在阿什泰德度过了一天。

"天呐,我应该去看看这些人,"弗兰克斯说。

"也许最好再等一下,"对方微笑着回应道。"埃尔文小姐和他们在一起。"

"啊!幸亏你告诉了我——并不是说它有多重要,"弗兰克斯沉思片刻后补充道,"无论如何对我来说。但是她可能会有点尴尬。她会待多久?"

威尔把他所知道的埃尔文小姐的计划都说了出来。他接着说,在他看来,埃尔文小姐似乎比以前更加深思熟虑、严肃认真了;可以肯定的是,她最近刚刚失去了父亲,这件事压倒性的影响对她产生了好处。

"你们聊了很多吗?"弗兰克斯说。

"哦,我们在花园里闲聊。可怜的老庞弗雷特得了痛风,不能和我们一起出来。对了,你觉得她靠艺术谋生的机会如何?她说她必须这样做。"

"毫无疑问,要么靠这个,或者别的什么,"弗兰克斯不感兴趣地回答。"我知道她父亲没有留下任何东西,任何取得收入的渠道。"

"她的水彩画价值怎么样?"

"恐怕价值不高。我不太明白她如何依靠那种东西生活。她是业余爱好者,纯粹而简单。现在,贝莎·克罗斯——才是做那种工作并获得报酬的女孩。从她谦虚的言谈中能看出,贝莎是个真正的艺术家。我真希望你认识她,沃伯顿。"

"你说过很多次了,"威尔说。"但我看不出这对你有什么帮助。我知道埃尔文小姐,而且……"

他停顿了一下,似乎在思索着什么。

"然后呢?"弗兰克斯不耐烦地问。

"没什么——除了我比以前更喜欢她了。"

说话间,他站了起来。

"好吧,我不能留下来。雨下得太大了。我想知道你是否做了任何决定性的事情,仅此而已。"

"我做决定的时候会告诉你的,"弗兰克斯压抑着哈欠回答道。"晚安,老人家。"

有两个星期的时间,沃伯顿过着他惯常的生活,像往常一样与外界隔绝。大约就在这个时候,阿勒钦开始焦虑地观察主人的神情和通常的行为的变化。

"我担心您有些不自在,先生,"一天晚上打烊时他说。"我注意到最近您似乎不太好。"

"是吗?也许你是对的。但这不要紧。"

"请原谅我冒昧,先生,"助手回道,"恐怕它确实要紧。先生,我希望您不会认为我说话不敬,但我一直留意到,您最近似乎不太在意招呼客人。"

"你注意到了?"

"是的,先生,如果必须说实话的话。我一直对自己说,这不像您。先生,如果您不介意我说出来的话，我担心的是，顾客们自己也开始注意到这一点了。吉尔平太太昨天对我说——'乔利曼先生怎么了？'她说。'他对我一句文明用语都没有！'她说。当然，我以为您正遭受一种严重的耳痛，如果那是真的话，我不该好奇，先生。"

沃伯顿咬紧牙关，一言不发。

"您难道不想度个小假吗，先生？"阿勒钦继续道。"下个星期，我可以应付自如。先生，呼吸一大口海边的空气或许对您有好处。"

"我会考虑的，"对方突然打断道。

他不想再说什么了，准备离开，但在穿过商店时，他发现他的随从正用不安的目光紧盯着他。自责让他停住了脚步。

"你说得很对，阿勒钦，"他用一种表示信任的语气说道。"我的能力还达不到标准，也许我应该去好好度个假。谢谢你指出来。"

他走回家，在桌上发现了一封来自弗兰克斯的信，迫不及待地撕开。"我已经决定好了，"艺术家写道。"昨天我去了阿什泰德，见到了罗莎蒙德。正如我希望的那样，我们像老朋友一样碰面，就像你和我之间一样自然地交谈。我怀疑——当然仅仅是怀疑——她知道我去沃勒姆格林拜访过，并且对此一笑而过！是的，正如你说的，我觉得她改变了很多——确信无疑。这一切的结果是我会再次拜访克罗斯家，当机会来临的时候，试试我的运气。我觉得我的举动是明智的，你觉得呢？"

读完以后，威尔在房间里来回踱步了一两个小时。然后他猛地往床上一躺，但是直到过了黎明也没睡着。在和往常一样的时间起床后，他告诉自己这行不通；像这样活下去仅仅是道德自杀；他决定尽快去一趟圣尼茨。到那时如果她的母亲可以出行的话，她和简或许会去海边待一到两周。所以他打包了行李箱，走去商店，和阿勒钦安排了一周不在的事宜，这让这个助手非常满意。在正午前他到达了霍斯。然而家人集体去海边的想法没能实施：沃伯顿太太的身体还没强壮到能够离开家的地步，简刚刚邀请了一个朋友过来，要和她们度过一周。沃伯顿尽可能掩盖他精神和身体上的痛苦，待了几天。关于他在伦敦的事务必须要仔细地说谎，如果不是他的母亲和妹妹的绝对信心以及她们隐居的生活习惯，这些谎言很久以前就被识破了。这在那些已经折磨他的不安上增加了另一种源头，他很高兴能够逃离出来独居。尽管不太信任这种疗法，他还是把自己带到了诺福克海岸的一处僻静之地,回想童年时期度假的时光,在那里,余下的时间里,他允许自己做一个人能做的所有事情,尽可能从大海和天空中汲取营养。

在这些无穷无尽的孤独的时光里,他逐渐清晰地意识到自己患病的真实原因。不是因为失去地位,不是过度劳累,也不是爱情,而仅仅是他所坚守的谎言。这是问题的根源。他慢慢地、朦胧地摸索到一个事实:让他的生活不可忍受的是根本上的不诚实。公开地、坦诚地生活,确实会经历艰难,但是比不上那种让这个世界变成沙漠的沉闷的悲哀。他开始意识到,如果两年前就讲出实情,事情会好得多,容易得多。他的母亲并不是那么意志脆弱的一个人,会被金钱的损失压垮;至于舍伍德,他的愚蠢带来的不愉悦超过了揭露真相可能带给他的不快。问心无愧的杂货店老板和偷偷摸摸的杂货店老板完全是两码事。他本来应该正直地、客观地向所有对他指摘的人公开,而不是因为受人尊重的一个行为反而躲进角落。这件事情立刻变得令人愉悦、有趣起来。如果它使他在任何熟人面前蒙羞,那对他们来说会更糟。所有值得拥有友谊的那些人会表现得越发是他的朋友,就目前情况而言,他感到羞愧、堕落,不是因为环境,而是因为他自己。

要摆脱这一切吗……? 宣告真相……? 难道它还不够容易吗?他现在已经证明,他的生意能满足自己的需要,还能给他的母亲和妹妹带来足够的收入,危机已经战胜;为什么不甩掉这堆把他压到地上的卑鄙的谎言呢? 天哪! 他一定会这样做的。

不是立刻。最好等到从简那里得知他们母亲的身体稍微强壮了一些之后,一两周后这是很可能发生的。但是(他在脑海里默默地说)决心已下。他会在最初的有利的时机就挽救自己的愚蠢。在迈出这一步之前,他当然要向告知戈弗雷·舍伍德。这是一个令人不快的必要条件,但没关系。

在平静的海风中,他围绕沙滩走来走去,挥舞着手臂,自言自语,不时发出一声大喊。那天晚上,他睡得很香。

第二十八章

　　为了周六晚上的会面,他及时回到了富勒姆路。阿勒钦说他看起来好多了,顾客们也再次对乔利曼先生的热心礼仪感到满意。在星期天早晨他给舍伍德写了一封长信,因为缺乏其他地址,他寄到了戈弗雷威尔士的亲戚那里。这算完成了一件事。下午他散步了很久,穿过荷兰公园地区。他前去拜访弗兰克斯,但是这位艺术家不在家。所以他留下一张卡片,询问新的消息。接着第二天弗兰克斯发回电报回复。"还没有什么确切的消息。近期找个晚上会过来见你。我还没去过沃勒姆格林。"尽管沃伯顿说服自己一点也不要在意,不知怎么了,这个消息还是让他很高兴。周中的时候,生意有些萧条,他给自己放了半天假,去了阿什泰德,仅仅是为了表示对拉尔夫·庞弗雷特的友好——他这样对自己说。

　　从阿什泰德车站到庞弗雷特家步行需要二十分钟。当大步流星地走着,眼睛盯着地面时,威尔突然看到小路因为一个影子变暗了,接着他意识到一个女性的身影就在他面前。他不经意地瞥了一眼那张脸,被一个熟悉的微笑吸引住了。

　　"你是来看我们的吗?"埃尔文小姐问道,伸出手。"真可惜,我得去城里一趟!时间刚好够赶上火车。"

　　"那我和你一起走回车站,可以吗?"

　　"如果你不嫌麻烦的话,我很乐意。我和克罗斯小姐有个约定。她已经找到了她觉得适合我的房子,我们打算一起去看看。"

　　"那么你决定前往伦敦了?"

　　"我想是的。房子在位于奥克利新月的切尔西。我知道你有多喜欢伦敦以及多么了解它。我了解得很少，只知道这里和那里的一两条街道。我打算弥补我的无知。沃伯顿先生，哪天下午您有空的话，如果愿意允许我和您一起去看看有趣的景点，我会非常开心的。"

一瞬间，威尔感到惊讶和困惑，但罗莎蒙德完全简单和直率的礼仪让他斥责自己的这种感受。他用相应的语气回答说，没有什么比这更让他高兴了。他们现在到了火车站，火车驶近了。罗莎蒙德跳上一节车厢，隔着车窗伸出手，说：

"我一两天后或许就能安顿下来。你会听说……"

话音未落，她就退了回去，火车呼啸而去。大概有一两分钟，沃伯顿站在站台上，他的嘴角机械地延长着回应埃尔文小姐的微笑，脑海里回响着她最后说的话。当他转过身来的时候，起初走得很慢，然后脚步加快了，接着来到庞弗雷特家，好像有紧急的事要办。在花园里他看到拉尔夫已经从痛风的攻击中康复了，悠闲地坐着，嘴里叼着烟斗。威尔讲述了他和埃尔文小姐的碰面。

"是的，是的，她要去伦敦市区——想要像所有其他的年轻人一样在那儿生活。三十年之后，她就会受够了，恨不得能爬到这样一个安静的角落里。我妻子正在家里教我们的新女仆做茶点——你五点钟就能尝到了。我真好奇，如今还能找到任何一个懂得如何做茶点的姑娘吗？罗莎蒙德就是这样——她对那种事情的了解还不如造船呢。你知道哪位年轻女士能够做可口的茶点吗？"

"我不太确定，"威尔边思考边回答，"但我想到了一个人，如果她会做，我不会感到惊讶。"

"那你真的是太幸运了。对了，你知道，诺伯特来过这里。"

"是的，我听说了。他写信告诉了我。"

"嗯，但他来了两次——这个你知道吗？他昨天还在这儿。"

"千真万确？"

拉尔夫看着对方，露出了古怪的笑容。

"大家可能会期待他们之间有点尴尬，"他继续说道。"一点也没有。你们这个时代的姑娘也是这样的，她有自己的一套方式处理这种事情。他们只是握了握手，好像什么都没发生，他们只是愉快的朋友。正如我告诉你的，诺伯特已经是第二次来了。"

"我很高兴听到这个消息，"沃伯顿说。

威尔本来打算大约七点回到商店。他那个时候的确到了伦敦，但是他的精神状态诱惑他逃避了肮脏的责任，没有朝向富勒姆路出发，而是一路走到了斯特兰德。在那里他对夕阳流连忘返，一边自责，一边享受这难得的自由。正是晚饭时间，餐馆散发出强烈的香味，威尔感觉胃口大开。自从他的灾难发生以后，这是他第一次允许自己像富裕的绅士一样享用晚餐，并且，像通常这种情形下会发生的那样，他更加放纵自己。

几天过去了，没有任何人来信。但是在周六的午夜，一封签署着舍伍德再熟悉不过的笔迹的信到了。戈弗雷首先请求原谅他迟迟没有回信。他遭受了一场恶病的攻击，现在刚刚能够拿住笔。不过幸好他之前没有写，就在今天早上，最好的消息来了。"欠我一万英镑的那个人的父亲要死了。他断断续续地病了很久，但是我最后听说，毫无疑问，不管怎么样他快不行了。在这件事上，我假装不出来有任何人情味，这个人的死对我们来说意味着一线生机——这个世界就是这样。从现在开始的任何一天，你都可能收到一封来自我的电报，宣告这件事。至于债务的偿还，一旦我朋友继承遗产，就板上钉钉了。我因此非常强烈地请求你不要泄露此事。这是毫无必要的。等待我们见面吧。我仍然在爱尔兰——我们见面时我会解释理由的。"

威尔深深地呼了一口气。如果说有任何消息来得正适时，那这就是了。他推开闷热的小客厅的窗户，望向夏日的夜空。伦敦的低语再次在他耳边奏起了音乐。

第二十九章

罗莎蒙德接受了贝莎·克罗斯向她推荐的切尔西的住所，几天之后就住了进去。从阿什泰德带来的行李使她在毫无特色的房间里增添了一些个人的色彩。在房东太太装饰得并不漂亮的地方，她摆满自己的小饰品，墙上悬挂着几幅她自己的画作，都是特地装裱好的，还有几幅上面有"诺伯特·弗兰克斯"的签名。不到一年前，她的父亲去国外时，他们在巴斯的房子就被抛弃了，家具被储存起来。现在，罗莎蒙德和她的姐姐都很满足于事情就这样了。每个人继承的遗产累计起来不过是几百英镑。

"这些钱足够让一个人远离烦忧一两年了，"罗莎蒙德对她的朋友贝莎说。"我不奢侈浪费，我能非常舒适地住在这里。想到自己的工作不仅有可能成功，而且必须成功让我感到愉快。"

"我当然希望如此，"贝莎答道，"但必须怎么讲？"

"如果没有成功，我要怎么办呢？"埃尔文小姐带着甜美的微笑，用一种无法争辩的口吻问道。

"确实，"她幽默的朋友承认。"没有其他办法可以摆脱困境。"

这是罗莎蒙德来切尔西的那天。一周后，贝莎发现起居室悬挂的水彩画亮了起来，窗户上挂着某种精致的棉布窗帘，壁炉前铺着新地毯。

"这些东西花得很少，"罗莎蒙德半带着歉意说道。"而且……是的，我不得不买这些小茶具，我真的不能用达比太太的，它破坏了茶的味道。这些都是无关紧要的小物品，但是它们真的有它们的重要性，能让人保持不错的状态。哦，我必须给你看一封温妮寄给我的有意思的信。温妮弗雷德本人就是节俭的代言。除非必要，她不会无缘无故地花掉六便士。'假设一个人生病了'，她写道，'感觉自己并不是无依无靠的，是多么幸运的一件事。哦，一定要小心用钱，非常非常认真地考虑在你的情况下，什么是最好的方法。'可怜的，亲爱的老温妮！我知道她为我担心、忧虑，想象我大把大把地挥霍金子。然而，你知道的，那根本不是我的性格。如果我为了让自己在这里舒服花费了一些金币，我知道我在做什么；这些钱在工作中都会挣回来的。你知道的，贝莎，我不害怕贫穷——一点也不！我宁可穷得叮当响，住在阁楼里饿得半死，也不要让我自己衣冠整洁地住在像这样没有做那些小改变之前的出租屋里。温妮害怕发现自己一贫如洗，当她得到那个工作时欢呼雀跃，我确定她会满足于以同样的方式在那里住上好几年。只要不碰她的钱，她就感到安全。"

自从父亲去世后，温妮弗雷德·埃尔文就在圣让-德吕兹的一户英国人家里找到了一份家庭教师的工作。在妹妹的眼里，这意味着社会地位的下降，这让她很不愉悦，但她不愿意承认。

"那件事，"罗莎蒙德继续说，"我真的害怕的那件，就是普普通通。如果我是个彻头彻尾的、悲惨的、让人难以忍受的穷光蛋，无论如何都会有一种不同寻常的滋味在里面。我无法想象自己嫁给一个成功的杂货店店主，但是如果我喜欢上一个每周只有一英镑的职员，我可能明天就会嫁给他。"

"结果，"贝莎说，"可能是令人可悲的平凡。"

"如果是那种合适的男人就不会。告诉我你觉得那幅画怎么样。"她指着一幅裱好的画。"它画的是在比达索亚山谷。"

她们谈了一会儿艺术，然后罗莎蒙德陷入了沉思，接着说道：

"你不觉得诺伯特举止表现非常好吗？"

"怎么个好法？"

"我意思是，如果他对我表现出一些不友善的情绪，也许还情有可原。但没有那种事情，绝对没有。恐怕我以前没有太多注意到他的男子气概。当他第二次来到阿什泰德时，我当然立刻明白了他的动机。他希望展示给我，他在第一次见面时的举止并非虚张声势，并向我保证我不必担心他。这里面有很多微妙的地方；他来见我真的让我很高兴。"

贝莎·克罗斯正带着疑惑的微笑注视着她的朋友。

"你是个奇特的女孩，"她评论道。

"奇特？为什么？"

"你的意思是，弗兰克斯先生表现得像个绅士，你真的真的很惊讶吗？"

"哦，贝莎！"对方抗议道。"这话讲的！"

"好吧，那就说表现得像个男人。"

"也许我不该有这种感觉，"罗莎蒙德若有所思地承认。"但我的确感受到了，这意味着很多。这说明当初我解放自己是多么正确。"

"你很确定吗？"贝莎问道，她扬起眉毛，比平时说话更严肃。

"我从来没有对任何事情这么确信。"

"你知道吗，我总是忍不住觉得是另一方面的说法。"

罗莎蒙德看着她朋友的眼睛。

"假如这意味着你对弗兰克斯先生的看法完全错了呢？"贝莎继续以同样令人愉快的口吻说道，语气介于玩笑和认真之间。

"我自己的感觉没有错，"罗莎蒙德用她悠扬的语调说道。

"是的。但你一直说，你的感觉是由于你对弗兰克斯先生的性格和动机形成的判断。现在你承认了，看起来非常像你的判断是有误的。"

罗莎蒙德笑了，摇了摇头。

"你知道吗？"贝莎停顿了一下问道，"他最近经常来我们家。"

"你从没提过。但他为什么不能去你家呢？"

"倒不如说，他为什么要这么做？"贝莎问道，大笑起来。"不用麻烦猜了。原因十分简单。他是来谈论你的。"

"哦！"听者用可笑的反对口吻感叹。

"毫无疑问；没有——任何——疑问。事实上，我们关于你聊得很愉快。当然，我说了我能说的所有令人不快的话；我知道那是你希望的。"

"当然了。"罗莎蒙德回答道。

"我没有正面诽谤你，只是吐露了一些一个朋友很容易倾倒的小小的不愉快；那种事情很可能会让人心寒。我希望你会赞成。"

"相当赞成。"

"嗯，但奇怪的是，它们并没有完全达到我的目标。他谈起你的次数越来越多，而不是越来越少。这不是在试探吗，罗莎蒙德？"

她们的目光再次相遇。

"我希望，"埃尔文小姐继续说，"我知道这里面有多少是真的，又有多少是贝莎特有的幽默。"

"这是实质性的事实。我不否认其中或许有幽默的成分，但这与我无关。"

"他上次来见你是什么时候？"罗莎蒙德询问道。

"让我想想。就在他去见你之前。"

"你就没想过，"罗莎蒙德沉思着，缓缓地说，"他还有其他原因——不是显而易见的那个——解释为何到你家来？"

"我没有想到，也永远不会想到。"贝莎风趣地回答。

贝莎该步行回家了。罗莎蒙德戴上帽子，她们一起出去了。她们转向西边，经过切恩街，在古老的切尔西教堂旁边停了一会儿。对附近居民区的联想使埃尔文小姐表现出特别的热情。住在这儿多么愉快！无论过去还是近期，在那样的回忆中工作都令人愉悦！

"我必须邀请沃伯顿先生来,和我一起在切尔西周围走走。"她继续说道。

"沃伯顿先生?"

"他是伦敦古董方面的重要权威。贝莎,如果这几天你碰巧见到诺伯特,一定要问他沃伯顿先生的地址。"

"为什么不问问你阿什泰德的亲戚呢?"贝莎说。

"我两三周内都不会去那儿了。答应我问问诺伯特,好吗?就当是为了我。"

贝莎转过身看着河面。她的脸上带着疑惑的凝重。

"我会尽力记住的,"她回答道,慢慢地向前走去。

"他很神秘,"罗莎蒙德接下来说。"我姑父不知道他是做什么的,而诺伯特,他们告诉我,也一样不知道,或者说,他自称一无所知。这不是很奇怪吗?两年前,他在生意上遇到了挫折,从那时起,他就离开了人们的视线。拉尔夫姑父认为他不得不在某个地方从事职员的工作,而他不愿意谈起这件事。"

"他是这样一个势利小人吗?"贝莎不带感情地问道。

"认识他的人都不会这么想。我相信还有其他的解释。"

"也许真相更可怕,"贝莎严肃地说。"他可能在商店里找到了一个职位。"

"嘘!嘘!"对方叫道,露出痛苦的表情。"别说这种话!一个可怜的文员容易引人联想——还是有可能用浪漫的眼光看他的——但是商店店员!如果你认识他的话,你会嘲笑这个想法的。神秘感确实非常适合他;说实话,他现在比当某个工厂的合伙人被大家知道的时候,有趣多了。你看,他不开心——脸上藏着欲言又止——"

"也许,"贝莎暗示,"他娶了个富裕的寡妇,不敢承认。"

第三十章

星期六晚上，戈弗雷·舍伍德终于来到了沃伯顿的住处。威尔大概在 12 点到 1 点之间回到家，看到一个男人正在维克夫人家门口附近的人行道上踱步。那人一看到他，就急忙走上前去，惊讶和高兴的呼声一起传来。

"我第一次九点钟就到了，"舍伍德说。"房东太太说你午夜前不会回来，所以我又来了。去剧院了，我猜？"

"是的，"威尔回答道，"出演了一部名为《杂货店老板的星期六之夜》的戏剧。"

"我忘了。可怜的老伙计！你不会再经历更多那种事情了，谢天谢地！你今晚是不是太累，不想说话了？"

"不是的，没有；请进。"

屋子里寂静而黑暗。威尔划了一根火柴，点燃了在楼梯脚下为他放置的蜡烛，然后带路上了一楼的起居室。他在这里点亮了一盏灯，两个朋友互相看着对方。每个人都看到了变化。如果说沃伯顿消瘦、眼神疲惫，那么舍伍德的面容甚至表现出更明显的健康的衰退。

"你怎么了？"威尔问道。"你的信上说你得了一场病，你看起来好像还没完全康复。"

"哦，我现在没事了，"对方大声说。"肝脏出了问题——或者是脾脏，或者是别的什么，我忘了。最好的药是我得到的关于老斯特朗温的消息！看，天哪！我透露了名字。奇怪的是，以前我们谈话的时候，我从来没这样做过。现在没关系了。是的，是斯特朗温，那个威士忌男。他死的时候会有一两百万，泰德是他唯一的儿子。我把那些钱借给了泰德，真是愚蠢。但我们曾经经常见面，当他来问我借一万英镑的时候——这对他的期待来说根本不算什么——没有人认为他的父亲能活过一年，但是这个老家伙一直撑着，而泰德那个无赖，不断咒骂他不能偿还他的债务利息。当然我可以逼他，但他知道我不敢冒险让这件事传到他父亲耳中。我总共拿到了三百多英镑，而不是他一年欠我的四百多英镑，利息是百分之四。现在，我当然会拿到所有的欠款，但这并不能弥补已造成的所有损害。"

"是确定的吗？"威尔问："斯特朗温会还钱？"

"确定？如果他不还的话，我就起诉他。这案子昭然若揭。"

"毫无疑问他会得到他父亲的钱？"

"不会有差错。到现在差不多一年多了，他一直和老人维持良好的关系。泰德是那一类非常体面的人。我不能说我现在像以前一样关心他了；我们两个人都转变了，但是他最严重的错误是挥霍无度。必须承认，老家伙形象不怎么好，他闻起来有股酿酒厂的味道，但是泰德·斯特朗温可能出身于这块土地上最好的家庭。哦，你一点也不用焦虑。一旦老家伙倒下，斯特朗温会支付本金和利息的，而且随时都有可能发生。再次看到你我多么高兴，威尔！我认识一两个勇敢的人，但是没有人像你一样。我不可能熬过去的，在一个月之后我可能就变成了懦夫。好了，一切都结束了，它将会成为回首的往事。某天，或许你会把这个故事当作笑话讲给你妹妹听。说实话，我承受不了来见你，我本该如此痛苦地羞愧难当。而且，没有一个人发现你吗，一直以来？"

"我认识的人没有。"

"你一定遭受了可怕的孤独。——但我有事情要告诉你，很重要的事情。"他挥挥手臂。"今晚不行，太晚了，你看起来精疲力竭。"

"说吧，"沃伯顿说。"我上床也睡不着。你现在住在哪里？"

"莫利酒店。不是花我自己的钱，"舍伍德急忙补充道。"我在给一个人当秘书——一个我在爱尔兰认识的人。一个很好的家伙！你很快就会知道他的。我就是想告诉你关于他的事情。不过，首先说说我对爱尔兰鸡蛋的想法。麻烦的事情是我没有足够的资金。我的表亲哈克特冒险投入了几百英镑，事情还没真正开始运转起来就赔光了。那之后我过得很糟糕，威尔，我告诉你，很糟糕。然而，好的结果产生了。有两三个月，我没有任何可以依靠的——一天几个便士，是所有家当了。当然，如果我让斯特兰温知道我的情况有多糟，他肯定会寄支票来；但我觉得我无权要他的钱，那是你的，不是我的。此外，我对自己说，如果我受苦，那也是我应得的；我把它当作我所造成的伤害的一种赎罪。在都柏林的那段时间里，我尽可能找工作，但没有人有用得到我的地方——直到最后，当我快要饿死的时候，有人跟我说起一个叫米利根的人，一个住在都柏林的年轻富翁。我决定去见他，这真是幸运的一天。你还记得科诺利——贝茨的旅行者吗？嗯，米利根从外表上看就是这样一个人：一个彻头彻尾的爱尔兰人，一个有史以来心地最好的人。虽然他很富有，但我发现他生活很朴素，房间看起来像个博物馆，摆满了化石、填充的鸟兽玩具、古怪的老照片，不计其数的诸如此类的东西。好了，我直接告诉他我是谁，我在哪里，他几乎不假思索地喊道：'还有什么比这更简单的呢？来当我的秘书。''你想要一个秘书？'——'我还没想过，'米利根说，'但是现在我突然想到这就是我确实需要的。我知道有些事情要做。对，对的。来当我的秘书吧，你就是适合的那个人。'他继续告诉我他和古玩卖家有很多联系，而且写这些信让他厌烦。我一天能过来几个小时吗？他每月会付给我二十英镑。你大概猜到了，我没过多久就接受了。我们第二天就开始了，一周后我们成了好朋友。米利根告诉我，他的健康一直欠佳，他确信素食主义拯救了他的生命。我自己当时也觉得身体不太好，他劝我戒掉肉食，并教我素食的生活方式。我还没试一个月，就产生了最好的结果。我一生中从未有过如此清醒的头脑和如此良好的精神状态。它让我脱胎换骨。"

"这么说，你是来伦敦寻找古玩的？"威尔插话问道。

"不，不；让我继续说下去。当我和米利根熟识之后，我发现他在康诺特的某个地方有一处大庄园。我们聊着聊着，我想到了一个主意。"他又一次从椅子上站了起来。"'如果我是一个那样规模的土地的庄主'，我说，'你知道我会做什么吗——我会建一个素食者殖民地；一个给不吃肉、不喝酒、不抽烟的人准备的自足的居所；一个共同体，随着时间流逝，它可以向世界证明文明生活的真正理想是存在的——健康的精神和身体，真正的文化，真正的人性！'"在他消瘦、苍白的脸上，眼里闪烁着光。他说话时举起手臂，头向后仰：一个充满激情的布道者的姿态。"米利根抓住了这个想法——急切地抓住了它。'这样做有好处！'他说。'为什么不这样做呢？''你就是那个能做到的人，'我告诉他。'你会成为人类的慈善家。单独的例子固然很好，但我们需要的是大规模的实验，不止一代人延续下去。让孩子们从小有素食主义的父母，作为素食主义者被抚养长大,这样的生活条件简单、自然、健康。这就是改变世界的方法.'所以那就是我们现在正在为之努力的事情,米利根和我。当然困难不计其数;这件事不能匆匆忙忙开始,我们必须见很多人,和各地的素食主义的领导者联系。但这难道不是一个伟大的想法吗?难道不值得为之努力吗?"

沃伯顿陷入沉思,面带微笑。

"我想让你加入我们,"舍伍德突然说道。

"嗝,嗝!那是另一件事了。"

"我会给你带书来读。"

"我没有时间。我是个杂货商。"

"噗!"舍伍德感叹道。"几天之后你就是独立的人了。是的,是的,我知道事情确定下来后,你只有少量的资金,但是我们想要寻找的就是有小笔资金的人,很穷的和很富的对我们没用。今晚太晚了,不谈细节了。我们有足够的时间再谈。我感觉你一定会加入我们的。等你有时间考虑一下再说吧。就我而言,我已经找到了一生的工作,我是最幸福的人!"

他绕着桌子走来走去,挥舞着手臂,沃伯顿好奇地打量着他,又陷入沉思,但脸上没有露出笑容。

第二天早上,威尔在柜台后面思考着舍伍德的故事,不禁哑然失笑。他的老搭档曾一度被他视为务实的、充满活力的,并不是说他的任何怪事现在都会让他惊讶,而是戈弗雷竟然说服了一个财力雄厚的人,甚至是一个凯尔特人,让他为那样的一个事业做出承诺,这似乎太令人震惊了。这个故事是真的吗?米利根这个人真的存在吗?如果这点上有任何疑问,那么斯特朗温的事情不也令人生疑，更何况那一万英镑呢？威尔的思考变得严肃起来。他从来没有想过不信任舍伍德的诚实，他现在的担心也不是那种形式；今天一直困扰他的问题是：戈弗雷·舍伍德是不是轻信的受害者。当然，他的表情非常奇怪，憔悴的脸庞，炯炯有神的眼睛……

这个怀疑让人如此不安以至于在打烊的时候，威尔再也按捺不住去莫利旅店的冲动。舍伍德曾说过，米利根在那里仅仅待几天，直到这个富有的爱尔兰人能够找到一所适合他在伦敦期间需求的带家具的房子。到达旅店后，他询问了朋友的情况，舍伍德已经吃完饭出去了。威尔犹豫了一会，然后询问是否看到了米利根先生。他了解到米利根先生和舍伍德先生一起出门了。所以，米利根这个人的确存在。确定这一点让威尔松了一口气，也消除了他关于其他事情的疑虑。他转身向西走去，穿过晚上柔和、温暖的细雨，一直走到自己的住处。

第三天傍晚的时候，舍伍德再次拜访了他。戈弗雷兴致高昂。他宣布米利根已经在大理石拱门附近找到房子，他作为秘书在那里也有自己的住处，有关伦敦主要的素食主义者的会议已经被召集。事情进展很顺利。然后他拿出一份晚报，上面有一段说明老斯特朗温病重的报道，据说康复的希望渺茫。

"还有，"舍伍德大叫道。"我见过泰德·斯特朗温本人。没有人会比他举止更好了。他向我保证，这个老家伙，撑不过一两天了，并且他答应，完全自发地，我一个字也没说——一旦他父亲的遗嘱得到证实，他会全款付清他的债务。现在，你对我那天晚上说的有没有仔细考虑？"

"考虑——是的。"

"我看没什么结果。没关系，你肯定还有时间。我想让你见见米利根。下周日你能来吃午饭吗？他邀请你过来。"

沃伯顿摇了摇头。他从不在意去结识有钱人，更不愿意和他们坐在一张桌子旁吃饭。他对舍伍德精神状况的担忧已经烟消云散，加深了对未来的希望，只要有需要，他就会继续过他的杂货店老板生活。

七月末到了。下了一周雨后，天气开始转晴，一年中这个时候，伦敦街道上早上凉爽，晚上宜人。沃伯顿在市中心有生意必须亲自照看，他正要离开商店，穿着得体，像一个受人尊重的市民那样，戴上丝绸帽子，这时门廊出现了贝莎·克罗斯小姐。她露出一丝惊讶的微笑，表示认出他来了。毫无疑问，这意味着之前她看到的乔利曼先生都是光着头,围着围裙,她被他因为准备出门与平时不同的装扮吸引了。乔利曼先生立刻脱下帽子,走到柜台后面。

"请别让我耽误你的时间,"贝莎看了一眼正在店后面整理包裹的阿勒钦。"我只想要一些——一些火柴和一两件琐碎的东西。"

她在购物时似乎从未如此尴尬过。她的目光低垂,转过身去。乔利曼先生似乎有些犹豫,也朝阿勒钦瞥了一眼,但是这位年轻女士很快恢复了平静,拿起来一包柜台上的东西,询问价格。尴尬结束了,贝莎买了东西,付了钱,然后像往常一样离开了商店。

第二天傍晚,沃伯顿从最后一班邮车那里收到了一封信,信的外观让他疑惑。这种优雅、小巧的字体会是谁的呢?无疑是女人的,然而,除了那些从圣尼茨写来的信,他没有女性联络者。邮戳是在伦敦。他打开信封一看,"亲爱的沃伯顿先生"——他扫了一眼面前的落款——"你诚挚的,罗莎蒙德·埃尔文。"天啊!

"亲爱的沃伯顿先生:我在这里的住所已经定下了,开始认真投入工作。我突然想到,你或许能够推荐一些我不知道的老伦敦的古色古香的角落,它们会成为水彩画非常好的主题。我确信,伦敦被艺术家们大大忽视了,如果我能像殖民者说的那样,在这儿标记出领地,那就太幸运了。目前,我正在画切尔西的素描(为了练手)。明天下午大约六点钟,如果这种舒适的、柔和的天气持续下去,我会在靠近阿尔伯特桥的巴特西公园的岸堤上,我想在那里捕捉天空和水的光影效果。"

以上就是全部了。这到底意味着什么呢?沃伯顿对女人的实际了解并不多,但他喜欢尽可能对这个主题进行理论探讨。在这种情形下,似乎对他来说,他最喜欢的一个理论得到了很好的应用。埃尔文小姐在很大程度上具有不了解自己的想法的女性特征。她发现她自己物质上匮乏,当然想要结婚,自然也会想嫁给弗兰克斯,但是她不确定自己是否希望这样做,也不能完全确定弗兰克斯是否会再次提供给她这个选择。在这种疑虑中她倾向于接近弗兰克斯亲密的朋友,因为她知道这样非常有可能收集到有关艺术家想法的痕迹,并且,如果她觉得还不错,还能够间接地向他传达她自己的建议。于是,沃伯顿总结道,他仅仅是被这位典型的年轻女士利用了。既然如此,他情愿地听从她的安排,因为他最渴望看到弗兰克斯被这个以前的忠心人引诱回去,离开沃勒姆格林的房子。所以在睡觉之前,他回复了埃尔文小姐的信,说他很愿意和她谈论关于晦暗的伦敦的艺术可能性,并且第二天会沿着巴特西河岸走一走,希望能碰到她。

所以,事情就这样过去了。整个上午都有阵雨,到中午时,一阵微风拂过天空,接下来的白天都是柔和的明亮的夏日。沃伯顿满怀希望,在下午茶的时间毫不犹豫地离开了商店。他甚至没有费心编造一个冠冕堂皇的理由,只是告诉阿勒钦他觉得应该去散散步。最近沃伯顿不在时他的随从总是感到很高兴,大声地赞成这个想法。

"不要着急回来,先生。没有我照看不了的生意。不要想回来的事情。空气对您有好处。"

威尔一边走一边自言自语,毫无疑问,阿勒钦只是很高兴有机会独立管理生意,也许他希望乔利曼先生有一天能自愿退休。的确,事情很可能会朝这个方向发展。而阿勒钦是个善良的、诚实的人,看到他蒸蒸日上是件令人高兴的事。——老斯特朗温还要拖累这个世界多久呢?

威尔比平时更加灵活地大步行进,走出富勒姆路,进入国王路,向下来到河边的切恩步行街,这时他看到对岸一个坐着的身影。他穿过阿尔伯特桥,向下走到公园里,靠近那个身穿灰底黑边衣服的年轻女士,她正在修饰一幅画。直到他开口说话,她似乎才意识到他的到来;然后,她带着最灿烂的欢迎笑容,伸出一只漂亮的手,用悠扬的声音感谢他如此好心地不辞辛劳前来。

"别看这个,"她说道。"太难了,我总是弄不对……"

威尔朝画布看了一眼,他的发现并没有增强他对罗莎蒙德自称为严肃艺术家的信心。他总是想当然地认为她的作品是业余的,她几乎没有机会靠作品生存。总的来说,他很高兴自己的这一看法得到了证实。对他来说,罗莎蒙德没有什么才能,这比她证明自己能力很强更有意思。

"我不能太雄心勃勃,"她说着。"这条河暗示着危险的对比。我想找到小镇的一些小角落,比如没有人曾想起来画的……"

"除非是诺伯特·弗兰克斯,"威尔亲切地说,双手斜靠在拐杖上,向她头顶上方望去。

"对啊,我差点忘了,"她若有所思地笑着回答。"在那些日子里,他画出了一些不错的作品。"

"一些了不起的作品。你当然知道我和他第一次见面的故事？"

"哦，是的。清晨，一条安静的小街，我记得。那是哪里？"

"那边。"威尔指向南方点点头。"我希望有一天他还能重操旧业。"

"哦，不过先让我来吧，"罗莎蒙德笑着说。"沃伯顿先生，您可不能剥夺我的机会啊，是不是？诺伯特·弗兰克斯成功了，变富有了，或者说马上要变富了，而我只是个可怜的挣扎的人。当然，在画伦敦方面，一个人必须首要尝试的是气氛。我们的天空时不时赋予形式价值，但形式自身是毫无趣味的。"

"这正是弗兰克斯对我说过的话。我曾想让他尝试一个作品，但后来发生了革命①。那是在伦敦的长街，一个炎热的好天气过后，灯刚刚点亮的时候。你留意过灯光是多么耀眼吗？我记得我在哈雷街的尽头站了很久，享受这种效果。弗兰克斯本来也想试试，但接着革命爆发了。"

"你是说，沃伯顿先生，我应当被责备。"

罗莎蒙德说话的声音很低，很甜，头也歪着。

"是的，"威尔用相应的男子气概回答道，"虽然我自己不应该用这个词。毫无疑问，你是事情的起因，所以从某种意义上说，你应该为此负责。但我知道这也是没办法的事。"

"确实，没有办法，"罗莎蒙德说，稍稍抬起眼睛，向河对岸望去。

她丝毫没有轻佻的气质。罗莎蒙德一贯严肃的举止，以及她在端庄和体面中又增添了几分微妙魅力的五官，都让人无法将这种琐事与她联系起来。沃伯顿是个挑剔的人，尤其在目前情况下，他更倾向于不信任的审视，但还是不能抵制这典型的女性温柔魅力的影响。在阿尔卑斯山度假期间，他在某种程度上向它屈服了。但总的来说，他对罗莎蒙德的态度是缺乏耐心和包容的。现在他渴望发现她的优点，更新了对她征服诺伯特·弗兰克斯的看法，并且为这种努力找到正当的理由。他将自己暴露在她特别的友好可能包含的任何风险中。诚然，他并没有感到危险，正因为如此，他的处境才更加岌岌可危。

"你最近在阿什泰德见过他吗？"这是他的下一句话。

"不止一次。我无法告诉你，见到彼此我们有多高兴！我瞬间明白，他真的

----

① 此处的"革命"和接下来该段的"革命"都是沃伯顿戏谑的说法，指的是罗莎蒙德提出和弗兰克斯分手一事，当时对弗兰克斯打击很大，堪比革命。

已经原谅我了。我一直想确信这一点。他是多么善良和直率！我相信我们会成为终生的朋友。”

“我同意你的看法，”他说，“没有比他更好的人了。直到现在，我都没看到他被成功宠坏的迹象。宠坏已经是最坏意义上的词了，我觉得他永远也不会被宠坏的，无论发生什么，他身上有一种简单的品质，这是他的安全保障。不过，至于他的画作——嗯，我不敢肯定，我知道得很少，或者说一无所知，但是显然他不再非常严肃地对待自己的作品了。它取悦了人们——他们出高价购买——这又有什么不好呢？不过，如果有人能让他保持更高的理想……”

他做了一个模糊的手势，断断续续地说。罗莎蒙德抬起头看着他。

“我们必须试试，”她平静而认真地说。

“哦，我不知道我有没有任何作用，”威尔回答，笑了一下。“我说话没有权威。但是你——会的。你可以更有帮助。比其他任何人能做的都多。”

“那是在夸张，沃伯顿先生，”罗莎蒙德说。“即使在过去，我的影响力也没有多少。你说到了由……嗯……由发生的事引起的‘革命’，而事实上革命在那之前就已经开始了。记得当他画《避难所》的时候，我看到了，但是我们都没有谈论。”

“实话告诉你，”沃伯顿回过头来，用他最愉快的神情坚定地看着她的眼睛，“我觉得《避难所》没什么不好。我认为他想方设法赚钱是对的。他想结婚，他已经等得够久了；如果他不做这样的事，我真怀疑他是不是真心的。不，不，我所说的革命是在他失去所有希望的时候开始的。我相信那个时候如果不是他欠我钱并且知道我需要它，他已经完全放弃绘画了。”

罗莎蒙德快速移动了一下，表现出兴趣。

“我从没听说过。”

“弗兰克斯肯定不会说的。他看到我跌跌撞撞——我一下子失去了一切——他就像一块砖头一样继续工作为我筹钱。那时，他更想毒死自己，而不愿意画画。你觉得我应该批评他在这种情况下所画的作品吗？”

“不，的确不能！谢谢你，沃伯顿先生，谢谢你告诉我这个故事。”

罗莎蒙德宣布该走回家了，他们慢慢地向桥走去的时候，她喃喃自语，“这个时节的伦敦多么赏心悦目啊！”“我很高兴不用离开。看看这可爱的天空！看看这些房子的基调。哦，我必须好好利用这一切！我的意思是，真正地利用它们,把它们作为艺术的绝佳素材,而不只是赚钱的手段。沃伯顿先生,请给我一些建议吧。我该去哪里找灵感呢?"

威尔走路时头一直低着,思考这个问题。

"你知道坎伯韦尔吗?"他问。"有很多好的小角落……"

"我完全不知道。你能不能……我不好意思问出口。恐怕你不能抽出时间……"

"哦,不会,很容易。也就是说,在特定的时间。"

"那么星期一?下午?"

"可以。"

"你真是太好了!"罗莎孟德喃喃地说。"如果我只是个业余爱好者,自娱自乐,我就不会给你添麻烦了;但这是认真的,我不久必须挣到钱。你看,我没有别的办法了。我姐姐,你知道我有个姐姐吧,她选了个教职,在圣让-德吕兹。但我对那种事一点也不擅长。我必须独立。为什么你在微笑?"

"不是因为你,而是在笑我自己。我以前也这么说。但我没有任何天赋,所以当重击来临时……"

他们跨过桥。威尔向西望去,望着自己商店的方向,他突然想到,如果向罗莎蒙德透露自己的社会地位,让她大吃一惊,会是多么可笑。她还会渴望他陪她一起去寻找风景如画的地方吗?他无法确定。好奇心催促着他去试验一下,但一种隐晦的忧虑又使他嘴唇紧闭。

"你过得多么不容易啊!"罗莎蒙德叹息道。"但不要觉得,"她赶紧补充道,"我对贫穷有些恐惧。一点也不会!只要一个人能养活自己就行。如今,每个人都在为钱奋斗、竞争,没有钱是有区别的。"

又过了五分钟,他们到了奥克利新月区。罗莎蒙德在到达她居住的房子前停了一下,从同伴手中接过露营矮凳,挥手告别。直到这时,沃伯顿才意识到,自从她关于贫穷的一番评论之后,他就再也没有说过一句话。他就像做梦一样走了过来。

第三十二章

八月来临，伟大的威士忌酿酒师斯特朗温还活着。出于羞愧，威尔一直没有往这方面想。尽管有理由满怀希望，阴郁的情绪还是再次向他袭来；他的睡眠变成了噩梦，在柜台后的白天则充满令人脾气暴躁的痛苦。

自从上次来购物后，贝莎·克罗斯还没来过商店。一天，一个仆人送来了订单，一周以后，克罗斯太太亲自来了。这个爱发牢骚的女士脸上的表情如此欢快，以至于沃伯顿不安地打量着她。她来买茶，说是给海边度假用的，那种海边的茶是绝对靠不住的。威尔心想，也许她的平静是由于要改变的前景。这一天接下来的时间，他表情阴沉，说话粗暴，阿勒钦带着痛苦的抱怨频繁看向他。

在家里，他发现桌上有一封电报。他攥住它，撕开信封。但是这和他预想的不一样。诺伯特·弗兰克斯请他当天晚上过去看看。于是，他疲惫不堪、愁眉苦脸地乘火车来到了诺丁山门。

"什么事？"他一进工作室就直截了当地问。

"想聊一聊，仅此而已，"他的朋友回答说。"希望我没有打扰你。你告诉过我，你记得吗，你更喜欢来这里。"

"好吧。我想你可能有消息要告诉我。"

"好吧，"弗兰克斯微笑地看着他的香烟吐出的烟雾，说道，"或许有这种事。"

另一个人热切地注视着他。

"你做到了。"

"不，不，不；不完全是。请坐吧，你不着急吧？几天前我去了沃勒姆格林，但贝莎不在家。我见到她妈妈了。她们要去索思沃尔德待两个星期，我有个想法，我可能会赶到那儿。我算是答应了一半。"

威尔点了点头，什么也没说。

"你不赞成？直说吧，老人家。你真正反对的是什么？我当然早就注意到你反对了。说出来吧！"

"你又见埃尔文小姐了吗？"

"没有。你呢？"

"两三次吧。"

弗兰克斯大吃一惊。

"在哪里？"

"哦，我们一起散了散步。"

"见鬼去吧！"弗兰克斯大叫一声，笑了起来。

"难道你不想知道我们谈了些什么吗？"沃伯顿半眯着眼睛看着他，追问道。"主要是关于你的。"

"那真是受宠若惊，但也许你辱骂了我？"

"总的来说，没有。讨论过你，是的，而且讨论得非常详细，得出的结论是你是个非常正派的人，我们都非常喜欢你。"

弗兰克斯开怀大笑。

"你们真可爱，两个都是！① 你们让我想象到再次回到了巴黎。我一定要恭维几句吗？"

"随你便。但首先我要告诉你这一切的结果，因为它在我面前逐渐成形了。你难道没有隐隐约约地觉得，在这种情况下，它将会是——嗯，这么说吧，一件优雅的事情吗——再给那个姑娘一次改变主意的机会？"

"什么——罗莎蒙德吗？"

"你从来没想过吗？"

"但是，真该死，沃伯顿！"艺术家惊呼道。"我怎么会想到呢？你很清楚，那时她肯定会嘲笑我的。"

"一点也不确定。而且你知道吗，在我看来，这几乎是一种光荣。"

---

① 原文是 Que vous êtres aimables, tous-les-deux！此处弗兰克斯说的是法语。

"你不是认真的吧？这是你严肃的玩笑之一——你最近还没沉迷过这种玩笑呢。"

"不，不。听着，"威尔说，他弯腰坐在椅子上，脸上带着刻板的认真。"她很穷，不知道要怎么生活。你现在事业蒸蒸日上，前途一片光明，难道这不应该是一件慷慨的事吗——那种一个人或许会从真心实意的朋友身上期待的事情——？你理解我说的吗？"

弗兰克斯惊讶地睁圆了眼睛。

"但是，我是否可以理解为，她在期待这一切？"

"完全没有。她丝毫没有流露出这种想法，这点请放心。她不是那种会做这种事的女孩。这完全是我自己的想法。"

艺术家换了个座位，一时间露出了烦恼不安的表情。

"怎么会这样，"他惊呼道，"你就过来和我说这些吗？你知道我已经承诺了自己……"

"是的，而且是以一种摇摆不定、三心二意的方式，这意味着你甚至没有权利去承诺什么。你根本不在乎另一个女孩……"

"你错了。我很在乎。事实上……"

"事实上，"沃伯顿带着善意的嘲讽附和道，"那么在乎以至于下定决心要趁她在索思沃尔德的时候去一趟了！胡说八道！你关心一个女孩的方式永远不会像关心另一个女孩那样。"

"嗯——也许——是的，也许是真的……"

"当然是真的。如果你不娶她，就去娶个特别漂亮的女人或者继承人，或者任何其他出色的人。想一想像你这样的男人的前途。"

弗兰克斯再次露出了得意的笑容。

"是这样的，"他回答道。"我正想告诉你我的社交冒险呢。你猜我在和谁结交？卢克·格里芬先生——伟大的卢克爵士。他邀请我去他莱斯特郡的家中做客，我觉得我应该去。他真是个好人。我一直想象着他嗓门大、粗俗，那种典型的暴发户。一点不是这样的——没人会猜到他是从杂货店起家的。他还能很得体地谈论画，而且真的很喜欢它们。"

沃伯顿听后轻声笑了起来。

"他有女儿吗？"

"三个女儿，没有儿子。最小的一个大约十七岁，是个非比寻常地漂亮的姑娘。就像你说的，我为什么不能娶她和她的二十五万呢？天哪！我相信我可以的。她昨天和她父亲都在这里。我要把三个姑娘一起画出来。沃伯顿，你知道吗？说起来，不带着任何愚蠢的虚荣心，让我吃惊的是一个拥有体面的外表和教养的男性，一个成功地让自己被谈论的男性所面临的丰富的择妻选项。不开玩笑地说，我确信我认识二十个姑娘，或多或少都是不错的姑娘，如果我开口，她们立刻就会答应。我不是一个自负的家伙——我现在是吗？我不应该对别人说这些。我只是确信这是事实。"

沃伯顿断然表示同意。

"既然这样，"他接着说，"你为什么这么着急呢？你那百万富翁老板不过是个垫脚石，谁知道你很快就会和公爵们成为好朋友呢？如果说活着的人中有谁应该谨慎对待自己的婚姻，那一定是你。"

艺术家带着疑惑的微笑打量着他的朋友。

"我想知道，沃伯顿，这里面有多少是讽刺，有多少是严肃的建议。也许都是讽刺，而且相当野蛮？"

"不，不，我只是实话实说。"

"但是，听我说，有个尴尬的事情，我真的和克罗斯母女走得太近了。"

威尔做出一个不耐烦的生气的动作。

"你是说，"他很快问道，"她无论如何已经做出了承诺？"

"不，她肯定没有，"弗兰克斯不慌不忙地回答道，声音和伴随的微笑一样诚实。

"那我的建议是——体面地分手，要么按我说的做，要么去找百万富翁卢克爵士娱乐自己，扩大你的机会。"

弗兰克斯陷入沉思。

"你说的有关罗莎蒙德的事是认真的吗？"他看了一眼沃伯顿那张坚定的脸，然后问道。

"仔细想想，"威尔用相当生硬的口吻回答道。"我看到事情是这样的。当然这与我无关；我不知道为什么要干涉；每个人都应该用自己的方式处理这些事情。但这是我的一个想法，我已经告诉你了。这没什么坏处。"

第三十三章

当沃伯顿第二天傍晚到达住处时，他发现了桌上的一封信。还是那个秀气的女性字体，这是罗莎蒙德第二次写给他了。当他撕开信封时，一种隐约的恼怒与好奇心交织在一起。她上来就告诉他，最近她在坎伯韦尔丛林园画了一幅画，她觉得画得还不错，但是希望听听他的意见。然后，在一个新的段落里，她写道：

"我又见到诺伯特了。我叫他诺伯特，因为那个名字总是让我想起他，写'弗兰克斯先生'就显得有些矫情。我们谈论他的时候我就有这个感觉，我真的不知道当时为什么不直接叫他诺伯特。以后我会这么做的。我相信，你不太尊重愚蠢的社会习俗，你会理解我的。是的，我又见到他了，我觉得必须告诉你这件事。真的非常有趣。当然，你知道的，我们之间所有的尴尬都结束了。在阿什泰德我们像最好的朋友一样见面。所以，当诺伯特写信说他想见我时，我想，没有什么比这更自然了，觉得相当高兴。但是我们一见面，我觉得他有些奇怪，某些事情好像已经发生了。——我应该怎么告诉你呢？只是我的一个猜测——事情还没发展到愚蠢的极端——但是我真的相信，这个可怜的家伙不知怎么说服了自己，他有责任——不，我写不下去了，但是我相信你会理解的。我从来没有觉得任何事情这么好笑过。"

"为什么我写这些给你呢？我也说不上来。但是我只是怀疑，这个故事对你来说并没有那么惊讶。如果诺伯特觉得他有某种责任——奇怪的想法！——或许他的朋友们也是这样看待事情的。即使最明智的人也会在某个事情上受到奇怪的想法影响。这就不必说了。当我恍然大悟的时候，我竭尽全力让他明白，他走入了歧途。我觉得他理解了。我确定他懂了。总之，他恢复了自然的谈话,并以一种完全合理的方式离开了。"

"请不要回信。我将继续绘画,希望不久就能再见到你。"

沃伯顿把那张纸扔到桌子上,好像要把它从思绪中剔除。他开始在房间里走来走去,然后一动不动地站了十分钟。"我这是怎么了?"这是他的思绪。"我曾经以为自己是个精力充沛的家伙,但事实是,我对任何事情都一无所知,我只能任由每个人选择把我往这边推或者那边推。"

他再次拿起信,刚要重新读一遍,但突然改变了主意,把折叠好的信纸塞进了口袋。

八天过去了。舍伍德来看望了威尔,他带来的消息是威士忌酿酒师似乎好了一些,但不可能活过一两周了。至于素食殖民地,一切都很顺利;实干家们正在研究计划的细节;舍伍德每天要花十个小时殚精竭虑地处理秘书信件。第二天,罗莎蒙德寄来了一张明信片。

"作品准备好给你看了。明天下午你能来喝杯茶吗?"

在约定的通常的时间,威尔去了奥克利新月。然而,并不像他预料的那样埃尔文小姐独自一人在家,和她一起坐着的还有庞弗雷特夫人,她下午特地来了伦敦。这位朴实的、亲切的太太像往常一样交谈,但是威尔紧张地观察着,确定她并没有感觉非常自在。另一方面,没有什么比罗莎蒙德的举止更自然优雅的了;不管是倒茶,还是展示她的水彩画,或者引导大家谈论共同感兴趣的话题,她都有自己如此迷人的方式,这种方式并不是来自日常绘画室的优雅。她的声音总是低沉的,无论她表达出的语言多么琐碎,总有一种摩挲着耳朵的变化的音律感。有时,她在丰富的音符中微微颤抖的低语暗示了熟悉的平静之下饱含的深情。她对姑妈说话时,带着一种俏皮的亲昵;当她的目光转向沃伯顿时,他们的眼神几乎透露出单纯友谊的坦率,而她的口吻却充满了自信。

威尔从未感到自己如此沉醉于忘却外在的事物;他忘记了时间的流逝,只有在庞弗雷特夫人说起她要赶火车时,他才努力打破慵懒的魔咒,告辞离去。

第二天和第三天,他又以店里太热难以忍受为由,逃避掉下午的工作。他知道自己越来越疏忽工作了,而且他再次注意到,阿勒钦似乎对这些无谓的缺席感到高兴而不是愤怒。第三天,他在柜台后一直工作到五点钟,然后像往常一样被叫到后客厅喝茶。阿勒钦夫人是个谨慎健谈的年轻女人,她在他面前摆了一盘水芹、几片黑面包和黄油,说天气一直很好,并补充说,希望乔利曼先生不必觉得今天晚上一定要留在店里。

"不，不，轮到你丈夫了，"威尔好脾气地回答道。"他比我更想度假。"

"阿勒钦想过个假日，先生！"女人喊道。"为什么，他一离开生意就不知所措了。他喜欢做生意，那才是阿勒钦。您可别听他的，先生。我从没见过有一个人常年从事固定的工作后会有这么大的变化。我以前最怕星期天了，刚来的时候更怕银行假日，你从来不知道他没事干的时候会跟谁吵一架，但现在，先生，我相信您再也找不到比他更不爱吵架的人了。他昨天还开玩笑说，他觉得连一个小贩都打不过，他已经丧失这个习惯了。"

威尔听从了，他悄悄地走进了柔和的阳光里。他向西走，直到发现自己走到了阿尔伯特桥的河岸。他在这里犹豫了一会儿，转身朝向奥克利街走去。他没想过拜访埃尔文小姐，不敢冒这样的险，但是他觉得可能在附近能碰到她，这样的碰面会很愉快。失望之余，他穿过小河，在巴特西公园逗留了一会儿，又从桥上走了回来——突然，他心脏猛猛地跳动了一下，整个人身体都前倾，他看到一个一身灰色的苗条的身影，在切恩步行街前面的护栏边走来走去。

他们握了握手，没有说话，好像是已经约好的见面。

"哦，这些日落！"这是他们一起走了几步后，罗莎蒙德说的第一句话。

"当我住在那里时，它们曾经是我的愉悦的来源，"威尔指着东边回答道。

"给我看看它在哪里，可以吗？"

他们转过身，一直走到切尔西桥，沃伯顿在桥上指着他以前公寓的窗户。

"你在那里很开心吗？"罗莎蒙德说。

"开心——？总之，没有不开心。是的，在某种意义上我很享受我的生活，主要是因为我没有想太多。"

"快看天空，现在。"

夕阳西下，昏黄的金色薄雾笼罩在河边模糊的地平线上。河上方，在紫罗兰色的天空中，褶皱的云朵层层叠叠地矗立着，它们的颜色是最深的玫瑰色，在褶皱中逐渐褪成紫色。

"在其他国家，"那轻柔呢喃的声音继续了，"我从未见过这样的天空。我爱这伦敦！"

"正像我以前那样，"沃伯顿说，"而且会再次爱上的。"

他们闲逛回去，途经切尔西医院，简单地交流了几句无关紧要的话。然后长达很多分钟,二人都没有说话。在这种沉默中,他们来到了奥克利街的脚下,又一次站在那里凝望天空。西边的云朵的形状几乎没有什么变化,但已经褪去了绚丽的色彩,现在是如此冷淡苍白,以至于让人以为它们被月光覆盖了;但是没有月亮升起,只有蓝色未褪去的澄澈的天空中闪烁着的晚星。

"我必须进去了,"罗莎蒙德突然说道,仿佛从梦中惊醒了。

第三十四章

她走了,沃伯顿站在原地咬着嘴唇。他和她握手了吗?他说晚安了吗?他不能确定。除了一种显得呆板的困惑,他什么也感受不到。伴随着一种让他又羞愧又惊慌的大胆的冲动,他以一个乡巴佬的姿态站着,咬着嘴唇。

一辆小马车缓缓经过,马车夫吸引他的注意:"用车吗,先生?"他立刻向前踏步,跳上了踏板,然后站在那里,看着傻傻的。

"去哪儿,先生?"

"这正是我不能告诉你的,"他笑着回答道。"我想去某人的家,但不知道地址。"

"您能在地址录里找到吗,先生?街角就有一本。"

"好主意。"

马车一直跟着他,他走进公共酒馆。在那里,他在威士忌和苏打水之间抬头看,看到了写着斯特朗温名字的红色大卷轴。就是它了,——在肯辛顿戈尔的一栋房子。他跳进马车,随着马车沿着公园巷路行驶时,他感觉很久没有这么畅快了;它是孩童"乘车驾驶"的喜悦;空气惬意地吹拂脸颊,马蹄行进的哒哒声和铃声的叮当声让他兴奋不已。当车夫停下时,威尔异常开心地付了钱,并大声说晚安。

他靠近斯特朗温先生住宅的门。就在这时，有个人正转身离开，两人相互看了一眼，认出对方的惊呼声同时喊出。

"来打听消息吗？"舍伍德问。"我一直在做一样的事。"

"所以呢？"

"没有更好，也没有更坏。当然，这意味着离结束更近了。"

"真奇怪我们竟然互相碰到了，"沃伯顿说。"这是我第一次到这里。"

"我非常理解你的着急。这似乎是个反常的案例，可怜的老家伙，无论按哪条规律来说，几周前就应该去世了。你正在走哪条路？"

威尔回答说他都可以，他会陪舍伍德一起。

"那我们就走到海德公园角吧，"戈弗雷说。"很高兴能和你谈谈。"他友好地把手伸到同伴的胳膊下。"威尔，你为什么不过来，和米利根交个朋友呢？他是个了不起的家伙，你会情不自禁地喜欢上他的。我们的工作进展得非常顺利。这是我有生以来第一次觉得我有真正值得做的事情要做。我告诉你，我们的这个计划具有难以想象的重要性；它可能会产生人们不敢谈论的结果。"

"但是，你们还要多久才能真正开始行动呢？"沃伯顿问道，他对这件事表现出比之前更多的兴趣。

"我说不上来——说不上来。当然，细节充满了困难——如果不是这样，事情就没有什么价值了。米利根最棒的一点是，他是个彻彻底底的实干家。我们要做的不是商业生意，但如果要成功，就必须建立在合理的原则之上。如果能说服你加入我们，我愿意付出一切，老伙计。你和你的母亲、妹妹正是我们需要的那种人。想想看，给文明一个新的开始，这将是一件多么伟大的事情！它难道不触动你吗？"

沃伯顿沉默了，而舍伍德认为这是受到影响的迹象，便继续热烈地、抒情地高谈阔论，直到到达海德公园角。

"好好考虑下吧，威尔。我们会有你加入的，我知道我们会的。来吧，来见米利根。"

两人热情地紧握住手告别，沃伯顿转身朝富勒姆路走去。

第二天早上，当沃伯顿走进店里时，阿勒钦正在寻找他。

"我想和您谈谈，先生，"他说，"关于我们从罗巴顿那里进的金色糖浆……"

威尔听着,或者说似乎在听着,心不在焉地微笑着。无论阿勒钦提出什么建议,他都表示同意,到了下午,他一句话也没敢说,就偷偷跑出去寻找自由去了。

他再次看到了阿尔伯特桥。他在奥克利新月附近走了半个小时,或者说徘徊了半个小时。然后,他上了桥,进入公园;再回来,继续徘徊。最后,他疲惫不堪地来到柜台前,围上围裙,听阿勒钦继续谈论金色糖浆。

第二天,就在日落之前,他在堤岸上漫步。他抬眼望去,那个身穿灰色衣服的苗条身影正向他走来。

"和那天晚上不一样,"罗莎蒙德说道,他还没来得及说话,她的眼睛就转向了沉闷的、毫无特色的西边。

他握住了她的手,直到她轻轻地抽出,才惊恐地发现自己已经握了这么久。他从头到脚都在颤抖,既甜蜜又痛苦。他的舌头处于半瘫痪状态,因此,当他试图说话时,他咿咿呀呀、吐字不清——什么关于空气的甜味——来自河对岸花园的香味——

"我收到了贝莎·克罗斯的来信,"他的同伴一边慢慢地走着,一边说。"她明天回家。"

"贝莎·克罗斯——？啊,对,你的朋友——"

在沃伯顿听来,这个名字仿佛来自遥远的过去。他自言自语地重复了好几遍。

他们站住了,面对着苍白的南方。空气非常静谧。远处河边传来了兰贝斯教堂的钟声,整齐的叮当声因距离遥远而变成单调的重复,和即将降临的夜幕的悲凉忧郁地融为一体。沃伯顿听到了钟声,却又听不见;所有外在的声音都与他内心的声音融合了,那是他心脏的剧烈的跳动。他移动了一下手,好像要碰一下罗莎蒙德的手,但是在她说话时又放了下来。

"恐怕我得走了。雨下得真大……"

两人都没有带伞。大滴大滴的水珠开始溅落在人行道上。沃伯顿感觉有一滴落在了他的鼻尖上。

"明天,"他声音沙哑地喊道,舌头又热又干,嘴唇颤抖着。

"是的,如果天气不错的话,"罗莎蒙德回答道。

"下午早些时候？"

"我不能。我必须去见贝莎。"

他们快速地走着，身上已经湿透了。

"那就这个时候吧，"威尔气喘吁吁地说。

"好的。"

兰贝斯的钟声被远处雷声空旷的隆隆声淹没了。

"我得跑起来了，"罗莎蒙德大喊道。"再见。"

他跟在后面，视线一直跟随她，直到她走进房间。然后他转身，像一个疯子一样穿过嘶嘶作响的雨走着——走着，他不知道往哪里去——他的存在只是一个漂泊的混沌体，一个在伦敦的芸芸众生中像漩涡一样漂浮的大自然的原始冲动的符号。

第三十五章

从海边的旅行回家后，克罗斯太太又疲惫又闷闷不乐，一直待在房间里。在带着小小飘窗的客厅里，贝莎·克罗斯和罗莎蒙德·埃尔文坐在一起，亲密地交谈着。

"现在，坦白吧，"她用那双清澈明亮的眼睛和那感情充沛的声音催促道。"这是你的一个小阴谋——当然都是出于好意。你觉得这样最好——你不知怎么就把他引来了？"

贝莎摇了摇头，似笑非笑。

"我已经很久没见过他了。你真的认为这种阴谋是我的风格吗？我也想过试着说服弗兰克斯先生加入消防队。"

"贝莎！你说那个没有什么其他意思吧？你不觉得我对他是个危险吗？"

"没有，不，不！实话告诉你吧，不管是以哪种方式，我已经尽可能不去想这件事了,在这种情况下,第三者永远不会有任何好处,而且往往会陷入可怕的困境。"

"幸运的是,"罗莎蒙德托着下巴沉思片刻后说,"我相信他不是认真的。这是他的善良的天性,他的荣誉感。我觉得他这样更好。等他明白我是认真的,我们就又是朋友了,真正的朋友。"

"那你是认真的吗?"贝莎问道,她愉快地眨着眼睛。

罗莎蒙德非常严肃地点了点头,然后又出神地凝视了片刻。

"但是,"贝莎看了看朋友的脸,继续问道,"你还没有成功地让他明白吗?"

"也许不完全是。昨天早上我收到他的一封信,让我去肯辛顿花园见他。我去了,我们谈了很久。然后傍晚,很偶然地,我看到了沃伯顿先生。"

"这与此事有关吗?"

"哦,没有!"埃尔文小姐急忙回答。"我提起这件事,因为我曾经告诉过你,沃伯顿先生总是喜欢谈论诺伯特。"

"我明白了。所以你说起了他?"

"我们只见了几分钟。雷电暴风雨就来了。贝莎,我从没见过像沃伯顿先生这样神秘的人。诺伯特是他的密友,却不知道他在做什么,这难道不是非常奇怪吗?我忍不住觉得他一定是从事写作。我们不能把他和任何普通人联系在一起。"

"也许他的荣耀总有一天会落到我们头上,"贝莎说。

"那这真的不会让我吃惊。他有一张引人注目的脸——那种暗示着深度和力量的脸庞。我相信他非常自豪。他可以忍受任何极端的贫穷,而不是屈从于可耻的赚钱方式。"

"这可怜的人是不是穿得很破?"贝莎问。"他的大衣是那种用廉价的材料做的给老年人穿的绿色吗?"

"你真是无可救药!据我观察,他穿得相当体面。"

"哦,哦!"贝莎用震惊的语气抗议道。"穿着得体!这对我浪漫的想象力是多么大的打击!我还以为他的大衣袖口至少已经磨破了。他的靴子呢?哦,他肯定是脚后跟着地了吧?快说他脚后跟着地了,罗莎蒙德!"

"你真是个快乐的女孩,贝莎,"对方笑了一声后说道,"有时我想我愿意付出一切来变得像你一样。"

"啊，可你不知道，你看不到那阴郁的深渊，除了我自己的眼睛之外，每个人都看不到。比如说，当我们坐在这里聊天，好像我对这个世界毫不在意的时候，我却一直在想，我必须去乔利曼先生那里——也就是杂货店——因为我们家里连一块糖都没有。"

"那让我和你一起走走吧，"罗莎蒙德说。"在你有时间安顿下来之前，我今天本不该来打扰你的。就让我陪你走到杂货店吧，然后我就不再打扰了。"

她们不一会儿向前走去，沿着富勒姆路向西走了一段距离。

"这是乔利曼先生杂货店，"贝莎说。"你要等我，还是进来？"

罗莎蒙德跟着她的朋友走进店里。她全神贯注地思考着，几乎没有抬起眼睛，直到柜台后面传来一个回应贝莎的"早上好"的声音；那时她才突然抬起头，看到让她一动不动的场景。一瞬间，她像一个受惊的小鹿一样呆住了，然后眼神低垂，脸扭过去；她逃出去到了大街上。

贝莎在离商店几步远的地方找到了她。

"你为什么要逃跑？"

罗莎蒙德表情恍惚。

"柜台后面是谁？"她屏住呼吸问道。

"乔利曼先生。为什么这么问？"

另一个人继续往前走。贝莎一直跟在她身边。

"发生什么事了？"

"贝莎——乔利曼先生是沃伯顿先生。"

"胡说！"

"但他确实是！这就是解释——这就是谜底。一个杂货店老板——穿着围裙！"

贝莎站在原地一动不动。她也一脸惊讶和困惑。

"有没有可能是两人极其相似的一种情形？"她问道，带着凝重的笑容。

"哦，亲爱的，不是！我看到了他的眼睛——他表现出了认识我——然后是他的声音。杂货店老板——穿着围裙？"

"这太令人震惊了，"贝莎恢复了原本的幽默，说道。"让我们走走。让我们甩掉噩梦。"

这个词非常适用于罗莎蒙德的状况；她那双呆滞的眼睛就像一个梦游症患

者的那样。

"可是,贝莎!"她突然用一种近乎使性子的抗议的声音喊道。"他一直都认识你——哦,但也许他不知道你的名字?"

"的确如此。他一直不断往家里送东西。"

"多么奇怪啊!你这辈子听过这么震惊的事情吗?"

"你不止一次说过,"贝莎说,"沃伯顿先生是个神秘的人。"

"哦,但我怎么能想到——!杂货商!"

"还穿着围裙!"另一个人用惊讶的声音补充道。

"但是,贝莎,诺伯特知道吗?他说他从没发现沃伯顿先生是做什么的。是真的还是假的?"

"啊,这就是问题所在。如果说可怜的弗兰克斯先生心灵深处有这个秘密的话,我简直不敢相信!然而,他们是如此亲密的朋友。"

"他肯定已经知道了,"罗莎蒙德断言。

于是,她变得沉默不语。在走去克罗斯家的剩余的路途中,只有沮丧的音节时不时从她口中发出。她的同伴也陷入沉思。在门口,罗莎蒙德伸出了手。不,她不会进来的;她今天下午有作品必须借着白天的光线完成。

出了侧街,罗莎蒙德拐进了富勒姆路,在那里找到了一辆送她回家的出租车。一进家门她就叮嘱仆人,今天下午无论谁来访,她都不在家。然后,她在桌子旁坐下来,好像要开始画画,但一个小时过去了,她的画笔还没有蘸上颜色。她以一种不知所措的姿势站了起来,不知道要做什么,最后走到窗前。她立刻又退了回来。小广场的对面站着一个人,正朝她家的方向张望;那个人正是沃伯顿。

她在安全的距离外隐蔽着,观察着他。他朝这边走走,朝那边走走;又一次站住不动了,眼睛盯着房子。他会走过去吗?他会冒险敲门吗?不,他退缩了;他消失了。

不久到了黄昏时分。每隔几分钟,罗莎蒙德就会到窗前侦察一下,终于,沃伯顿感受到了她紧张的注视,又站住了。他向前走了几步。她站起来,用手紧紧按住身体一侧,在紧张不安的痛苦中等待着前门的敲门声;然而门铃没有响。她一动不动地站了很久很久,然后深深地、深深地吸了一口气,颤抖着让自己坐进椅子里。

她比往常更早来到自己的卧室。她的行李箱放在房间的一个角落里。她打开箱子，从抽屉里拿出一些衣物，开始打包，就像要去旅行一样。箱子装了一半后，她疲惫地停下来，休息了一会儿，然后上床睡觉。

然后，黑暗中传来一阵克制的呜咽声。呜咽声持续了几分钟——停止了——几分钟后又开始了。接下来沉默笼罩了整个房间。

第二天早上七点到八点之间，罗莎蒙德醒着躺在床上，听到了邮差的敲门声。她立刻从床上爬起来，穿上睡袍，按下门铃。两封信被带到她面前；她用颤抖的手接过它们。两封信都是手写，准确无误地肯定是男性笔迹；一封很厚，另一份很薄；她先拆开了薄的这封。

"亲爱的埃尔文小姐"——写信的是沃伯顿——"我希望今天晚上可以按照我们的约定见到你。事实上，我必须见你，因为你能想象得出我有很多话要说。我可以去你家吗？无论如何，请告诉我地点和时间，并且越快越好。我恳求你，请马上回信。你永远真诚的——"

她把信放在一旁，又拆开了另一个信封。

"亲爱的，最亲爱的罗莎蒙德"——诺伯特·弗兰克斯这样开头——"我们今天早上的谈话让我处于一种暴躁不安的状态，几欲发狂。你知道我没有多少耐心。对我来说，等待一周你的答复是不可能的，虽然我答应这样做了。我几天都等不了了。我明天必须再次见到你——必须，必须，必须。到老地方来，善良的、亲爱的、甜美的、漂亮的姑娘！如果你不来，我会去奥克利新月把门砸破打开，胡作非为。早点过来——"

内容就是这样，在两张非常好的笔记纸上，诺伯特体面的地址潇洒地以红色的字迹印在顶部。（另一封信用的是不太时髦的纸张，写的是可怜的平民百姓的地址，笔迹也普普通通。）罗莎蒙德读到最后，穿好衣服，下楼来到起居室。早餐已经准备好了，但她还没注意到，先写了一张便条。这是给沃伯顿的。她简短地告诉他，她已经决定去法国南部与姐姐团聚，而且今天上午就启程。她还说，她的地址是"阿尔弗雷德·科平格夫人转交/圣让-德吕兹/比利牛斯山"。就这样，她真诚地给沃伯顿留下这张便条。

"请马上把这个邮寄出去，"当房东太太来打扫的时候，罗莎蒙德说。

所以，它就这样邮寄了出去。

第三十六章

 沃伯顿把手放在柜台上,盯着首先是罗莎蒙德,然后是贝莎•克罗斯消失的门口。他的神经战栗,眼睛发烫。突然他感觉自己因为无法抵制的笑声身体剧烈晃动,笑声从隔膜冲到喉咙,他费了好大力气才不让自己爆笑出声。高潮持续了几分钟,随之而来是一种心情放松的感觉,让他走来走去,双手放在一起摩挲,哼着小曲。

 最后,重担从他身上卸下来了,这个愚蠢的秘密被公之于众;他可以再一次直面世界,告诉它想怎么看他就怎么看他。

 她们现在正在谈论——两个姑娘正在讨论她们奇怪的发现。当他今天晚上见到罗莎蒙德时——当然他会见到她的,正如她答应的那样——她的吃惊程度已经没有那么重了,他不得不讲述自己灾难的故事、他的挣扎,然后宣布即将到来的拯救时刻。没有比向两个人同时暴露自己更令人高兴的了,因为贝莎•克罗斯的理智会是她那更加敏感的同伴可能受到的任何震惊的最好的矫正。贝莎•克罗斯的理智——那正是他如何去看她的,不带任何情感色彩,而对罗莎蒙德的想象则充满欢欣鼓舞的激情。他仿佛看见当她知晓所有以后,自己在她眼中的样子——高尚的、英雄主义的。他做的是一件好事,是自视甚高的普通人无法达到的高度,有谁比罗莎蒙德更能欣赏那样的勇气呢?毕竟,命运是仁慈的。在伦敦的偏僻小巷里,命运为他编织了一种浪漫的结构,并让他在卑微的追求中把它升华为一种爱情的理想。

 所以他就这样梦着,微笑着,陶醉着——非常像一个系着围裙的马尔沃里奥①——时间很快过去了。他发现自己走近了阿尔伯特桥，来回踱步，每时每刻期待着那个一身灰色的苗条的身影出现。太阳落下了；罗莎蒙德的起居室变暗了，说明里面的灯亮起来了；十点钟的时候，沃伯顿仍然在广场上徘徊，期待着——尽管违背理性——她或许会前来。他回到家，写信给她。

他想了各种理由跟自己解释她的冷漠。是对他没有吐露实情恼火，是希望再次见到他之前好好思考，还是……。就这样整个晚上，他都没有合眼。第二天早上，他没有去商店，站在柜台后十分钟是不可能的，他给阿勒钦寄了一张纸条，说他因私人事务耽搁了，然后出发去乡村走了一天打发时间，等待罗莎蒙德的回信。下午返回时，他发现回信在等着他了。

一小时后，他来到了奥克利新月。他站在房子前看了一会儿，然后走过去敲了敲门。他问埃尔文小姐是否在家。

"她离开了，"房东太太站在远处回答，她的脸上是令人望而生畏的冷漠。

"搬去更好的住处了？"

"是的，先生，"女人回答道，眼睛朝下看。

"你不知道她去哪儿了？"

"在国外的某个地方，先生，我想是在法国。她有个姐姐在那里。"

那是在五点左右。接下来的四个小时里发生了什么，威尔一直无法清晰地回忆起。毫无疑问，他到商店驻足，和阿勒钦聊了聊；也毫无疑问，他回了住处，收拾了旅行包。如果他在接下来的那个晚上仔细回想一下，他几乎无法确定自己的哪些活动是在出租车上进行的，哪些是步行完成的。这一夜，他先是在火车上、汽船上，然后又在铁路上度过。终于他在日出前到达了巴黎。

在火车站茶水间，他吃了早餐，胃口还不错，然后乘车去另一条线路的终点站。巴黎的街道，玫瑰色的清晨中昏暗的远景，对他的眼睛来说并不真实，这里那里掠过的身影，说着外语的声音，构成了幻觉的一部分，在其中他自己也在梦幻地移动。他在巴黎了；然而这是怎么发生的呢？他一醒来，发现自己在住处，于是起来去富勒姆路处理生意，但是梦让他继续前进。现在，他买了另一张

---

① 根据英文原文 Malvolio 音译而来，马尔沃里奥是威廉·莎士比亚的喜剧《第十二夜》中的虚构人物。这一名字在意大利语中义为"恶意"，他在剧中是奥利维亚家的傲慢、专制的管家。

票。他的行李在被登记,目的地:圣让-德吕兹。摆在他面前的是漫长的旅途。他猛地打个哈欠,半睡半醒地回忆起已经两夜没睡过觉了。然后,他发现自己坐在了火车车厢的一个角落里,未知的风景在他面前闪过。

现在,他似乎第一次真正开始意识到自己在做什么。罗莎蒙德已经飞去了比利牛斯山,而他正在热烈地追逐。一想到他的富有男子气概的精力,他更加兴奋了。如果说,瞥到他身穿围裙、站在柜台后面对罗莎蒙德的浪漫天性来说太过于震惊,这有力的行为将足以挽回他在她眼中的男子气质。"是的,我是个杂货商;我已经靠卖茶和糖生活好几年了——更不用说糖蜜了,但是我是你吸引来的爱你的那个人。尽管我是杂货商,我仍然来证明我对你的爱!"他会这样说,答复怎么会有疑问呢?在那种情形下,一切事情取决于这个男人的力量和热情的决心。罗莎蒙德应当是他的;他在心中发誓。她应该接受他本来的样子、杂货商的店铺和所有一切。直到她的誓言兑现之前,他才会向她透露事情更好的前景。初恋爱人的情感已经告诉了他。她想通过逃离到欧洲去躲着他?但如果她的离开是想要考验他是否值得托付呢?他抓住了这个想法,并为之高兴。罗莎蒙德也许会想出这种评判他和她自己的方式。"如果他爱我,就像我可能会被爱的那样,就让他勇敢地追随吧!"

明天早上,他会站在她面前,这个一千英里之外的杂货商。他们会走在一起,像在阿尔卑斯山时那样。甚至那时,如果他的心跳加速,如果尊重允许,他会赢得她。他现在相信了当时他拒绝承认的,弗兰克斯一时嫉妒的愤怒并不是毫无道理的。他们会再次在山间相见,富勒姆路的商店会被看作望远镜的错误的一端——它应有的比例。他们会一起回到英格兰,并且立刻结婚。至于杂货店生意……

理性在一个人的狂热中迷失了自己。

他几乎没有留意到他所经过的国家。他冲向黑暗的站台,醉醺醺地、摇摇晃晃地寻找出口。信?是的,他在某个地方有封信。旅馆?是的,是的,旅馆,不管是哪个。过了好几分钟,他的脑子才想起来需要他的行李支票,他已经忘记他还有任何行李了。最后,他被猛地塞进了某种车,车在旅店门口把他放了下来。食物?天哪,没有;但还有喝的东西,还有一张可以蜷缩进去的床——很快了。

他站在一间卧室里,手里拿着一个玻璃杯,不知里面是什么饮料。在他面前是一位侍者,令他自己都感到惊讶的是,他用流利的法语,或者说与那种语言接近的什么话,与他流畅地交谈。他说,他已经有六十多个小时没有睡觉了;他是临时从伦敦出发的;英吉利海峡在今年的这个时候非常曲折;他以前从来没有来过法国的这个地方,希望能看到比利牛斯山脉的很多景色,也许还能去西班牙转转;不过,首先他想找到一位名叫卡普·科普夫人的英国女士的住处——他想不起这个名字了,但他已经把它写在了便携本上。

门关上了,侍者离开了,但沃伯顿仍在说法语。

"是啊,是啊——太累了,累得要命!三夜没睡——三夜——三!"

他的衣服堆积在地板上,身体朝另一个方向倒去。他昏睡过去了。

第三十七章

景色在挣扎和沮丧中变化了。他在邱园匆匆奔波,寻找某个人。太阳依然照着他,他的每个毛孔都在流汗。他不仅徒劳无功,而且记不起要找的人是谁。沿着宽窄不一的小路,他在痛苦中匆匆忙忙地走来走去,直到突然在很远的地方,他望见了一个坐在长椅上的身影。他连忙跳跃向前。他马上就会看到那张脸了,就会知道……

当他醒来时,一种奇怪的感觉围绕着他,当他在床上坐起来时,他想起来了。这是在圣让-德吕兹的旅馆。几点了呢?他手头没有火柴,也不知道电铃在哪里。他环顾四周,最终看到一丝光亮,毫无疑问是白天的光线,肯定是从窗户洒进来的。他从床上坐起,小心翼翼地穿过地板,找到了窗户和打开它的方法,然后打开了让房间一直黑暗的百叶窗。一束光线立刻倾倒进来。向前望去,他看到了几英里之外一条坐落着房屋和花园的静谧小街,在万里无云的蔚蓝天空的映衬下，一座山的顶峰凸显出来。

他的表坏了。他按响了门铃，得知已接近十一点钟了。

"我睡得很好，"他用他的盎格鲁-法语说着。"我饿了。给我拿些热水来。如果可以的话，帮我打听下科平格夫人住在哪里。昨晚我没想起来名字——科平格夫人。"

半小时后他下楼了。他们告诉他，他询问的那位英国女士住在圣让-德吕兹郊外，离这里不超过一英里远。很好，他午饭后就去那里。在饭菜准备好之前，他漫步出去看了看大海。五分钟的步行将他带到一个圆形海湾的岸边，海湾四周被抵御大西洋风暴的防波堤庇护着，在覆盖沙子的海滩上方是一个小城镇，长满草的斜坡跟随潮汐缓缓地倾斜在两侧。

中午，他饕餮了一顿，然后按照别人指给他的方向出发了，踏上寻找的征程。他经过整个小镇，穿过尼韦勒小河，在桥上停留了一会儿，凝视山峦的远景，除了山顶，到处被温柔的碧绿覆盖。然后他转入里面的一条公路，这把他带到牧场和玉米地中，他缓缓上坡。在他面前的高地上矗立着一栋房子，他相信这就是他要寻找的地方了。他记下了这个难以记住的巴斯克名字，向一个农民的询问让他确定他没搞错。眼下有了目标，他站在那里思考了起来。他能上前去，大胆要求会见埃尔文小姐吗？但是，他脑海中突然产生了疑虑，如果罗莎蒙德不住在这里呢？在科平格夫人的家，她姐姐是家庭教师，她让他把信寄到这里，但那或许只是为了方便，或许她根本不是科平格夫人的客人，而只是在城镇里的某个地方有住处。如果是这样的话，他必须去见她的姐姐——她也许，几乎可以肯定，从未听说过他的名字。

他继续往前走。路变成了一条空巷，蕨类植物、石楠花和金雀花在河岸的灌木丛下混杂在一起。再走五分钟，他就到了小山丘的顶上，到了通往房子的林荫道。他走得越近，就越觉得自己的行为尴尬。如果能给罗莎蒙德写一张便条，宣布他的到来并要求见面谈，也许会更好。另一方面，这样做也太胆怯了；大胆地出现在她面前会更有效。只要他确保能见到她，并且是单独见到她。

在几个小时的时间里，他一直犹豫不决地徘徊着，一度希望机会能眷顾他。也许，随着下午天气逐渐转凉，人们会从房子里出来。他的耐心终于耗尽了，他再次走进林荫道，一半犹豫一半坚定地走到门前。

突然他听到了声音——孩子们的声音，两个小女孩朝他走来，后面跟着一位年轻的女士。她们越来越近了。沃伯顿站在原地，肌肉绷紧，看了一眼年轻女士的脸，毫不怀疑这就是罗莎蒙德的姐姐。她的五官虽然不像罗莎蒙德那样惹人注意，但它们柔和的漂亮宣告了她们的亲戚关系。于是，他脱下帽子，恭敬地走上前去。

"我想，我正在和埃尔文小姐讲话？"

一个紧张的微笑，一个羞怯地带着惊喜的肯定，让他稍微放下心来。

"我叫沃伯顿，"他继续说，带着半点幽默，语气随意，并且他确定这种随意会被谅解。"我很高兴认识你的亲戚，庞弗雷特，和……"

"哦，是的，我妹妹经常提起您，"温妮弗雷德很快地回答。然后，她好像害怕自己犯什么轻率的错误，垂下了眼睛，显得有些尴尬。

"你妹妹在这里，我想，"沃伯顿说，他看了一眼两个小女孩，她们分开了一些距离。

"这里？哦，不。不久前她想过要来，但是……"

威尔站在那里，满脑子困惑。他脑海中闪过各种推测。罗莎蒙德一定是在某个地方中断了旅途。她根本没有离开英格兰，这似乎不可能。

"我搞错了，"他强迫自己漫不经心地说道。然后，他带着友好的笑说："请原谅我的冒昧。我来这里是为了欣赏风景……"

"是啊，景色多么漂亮啊！"温妮弗雷德感叹道，显然她很高兴转移了私人话题。然后他们谈论了风景，直到沃伯顿觉得他必须告辞了。他提到了自己住在哪儿，表示希望能够在圣让-德吕兹待上一周左右——就这样离开了，隐隐不安地觉得他的行为并没有让这个羞涩的年轻女士对他产生好感。

罗莎蒙德显然是在某个地方中断了行程；也许是在巴黎，他知道她有朋友在那里。如果她今天晚上或明天还没到，她姐姐无论如何会已经听说了她要过来。但是他如何才能够得知她的到来呢？他如何才能窥探这栋房子呢？他的处境很悲凉，并不像他自己想象的那样；他不是浪漫的情人，通过激情的力量把一切带到他面前。他不得不扮演一个阴谋家的角色，几乎要鬼鬼祟祟地，时刻害怕被当作一个冒失的闯入者。幸运的是，罗莎蒙德在她姐姐面前提起过他。好吧，他必须等待，尽管等待对他当下的心情来说是最痛苦的折磨。

他在海边闲逛了一整天。第二天一早，他沐浴完走了很远的路，回来的时候经过科平格家的房子，但很快就走过去了，一个人也没见到。当他回到旅馆时,他被告知有位先生来拜访过他,留下了他的名片,"阿尔弗雷德·科平格先生"。哦,哦!看来温妮弗雷德·埃尔文提到了他们的会面,大家希望表示友好。好极了!今天下午他会表现自己。非常棒。所有的困难都结束了。他再次看到自己英勇无畏的态度。

天气非常炎热——旅馆里的人说这是异常的炎热。在三点到四点之间,当他爬上山坡时,太阳的灼热让他想起了热带的旧时光。他走过林荫大道,一个巴斯克女仆为他打开了房门,带他来到会客厅。在这里女主人独坐,昏暗的光透过百叶窗的缝隙洒进来。

"是沃伯顿先生吗?"她虚弱地站起来,用微弱、疲惫但友善的声音问道。"您能来真是太好了。我丈夫一定很高兴见到你。这么热的天气,你是怎么上来的?哦,可怕的热浪!"

过了一两分钟,门开了,科平格先生走了进来。客人的眼睛已经适应了昏暗,看到一个面色红润、精力充沛的中年男子穿着法兰绒材质的衣服,脚上穿着那种白色的登山帆布鞋。

"希望你能过来,"他喊道,热诚地握手。"你昨天怎么没来看看?埃尔文小姐应该告诉过你,见见英国人对我有好处。来这里度假吗?酷热难耐啊,但这种天气不会持续太久的。马上刮南风了。我妻子受不了。她是因为医生的建议才来这里的,但这都是骗局。英国有很多地方也刚好适合她,说不定更好呢。我们来喝杯茶吧,爱丽丝,她是个好姑娘。沃伯顿先生看起来渴了,我也能喝上十几杯。温妮弗雷德去哪儿了?让她把孩子们带进来。她们越来越害羞了,见见陌生人对她们有好处。"

威尔在这里待了几个小时,他被科平格先生的谈话逗乐了,也对女士们温柔的社交感到愉悦。共进早餐的邀请被郑重地提出了好几次,他欣然接受了。看,上天是多么眷顾大胆的人。当罗莎蒙德来到时,她会发现他已经成了科平格的朋友了。他兴高采烈地回去了。

然而,无论是第二天还是再往后一天,温妮弗雷德都没有收到妹妹的任何消息。当然,威尔对他在伦敦这两天发生的事情守口如瓶,他不敢暗示自己对罗莎蒙德的行踪有任何了解。他心里越来越怀疑,她可能并没有离开英国;在这种情况下,还有比他的困境更荒谬的吗?这意味着罗莎蒙德故意误导了他,但他能认为她会这么做吗?如果是这样,如果她对他的感情仅仅因为她的发现而突然发生了如此剧烈的变化，那么罗莎蒙德根本就不是罗莎蒙德了，他可能会把自己写成一个最令人震惊的浑蛋。

难道在此之前，一些这样的事情的暗示没有对他轻声低语吗？在过去的两个星期里，难道没有这样的时刻，那时他好像面对自己站着，对自己眼中的神情感到一种奇怪的羞愧？

在离开住所之前，他在一张纸上写下了"法国圣让-德吕兹邮局"，并把它交给了维克夫人，付费叮嘱她立即发出任何可能为他送来的信件或电报。但他在邮局的询问是徒劳的。可以肯定的是，几个星期过去了，没有一封信送来；这种静默没有什么奇怪的，但让他感到烦恼和不安。在他等待的第四天，天气突然变差，大雨倾盆而下，一直持续了四十八个小时。如果不是科平格家向他敞开大门，他一定会度过一段悲惨的时光。开始下大雨的第二个晚上，他回到旅馆后去邮局看了看，这次一封信交到了他手中。他马上拆开读了起来。

"亲爱的老伙计，究竟为什么你瞒着我离开，跑到天涯海角去了？今晚我去了你的住处，看到你那邪恶的房东女人给我的地址，非常惊讶——看起来好像她害怕我会偷走它似的。我尤其想要见你。你还要在那边待多久？罗莎蒙德和我下个星期四要开始度我们的蜜月了，我们很可能离开几个月，到蒂罗尔去。这惊讶到你了吗？感觉不应该，既然你已经尽最大努力促成这件事。是的，罗莎蒙德和我打算结婚了，尽可能不耽搁一点时间。某天我会告诉你所有的细节的——尽管你不知道的要说的很少。恭喜我已经恢复了我的理智吧。差一点我就出尽洋相了。你是我必须感谢的，老伙计。当然，你看到了，我除了罗莎蒙德从来不在乎任何人，而且很确定，她也只有和我在一起才开心。我想要你做我们婚礼的见证人，现在你却跑了，你个家伙！写信请寄到我伦敦的地址，会被转寄的。"

威尔把信塞进口袋，走出去，来到街上，毫不犹豫地撑起雨伞，在雨中向旅馆走去。

第二天清晨，天空再次放晴，充满阳光的空气像春天一样清新。威尔比往常起得更早，开始了一次远足。他乘火车前往亨达耶，一个位于比达索阿河口的边境小镇。他乘船渡过河，踏上西班牙的境内，爬上山丘，看到了富恩特拉比亚巍然耸立。

晚些时候，他又一次来到法国海岸，在旅馆用了午餐。然后，他搭乘一辆马车朝向比达索阿峡谷驶去,比生命中任何时候都要尽情地享受这山野风光。道路连接起河流,把他再次带入西班牙,车一路行进,最远到了西班牙的维拉村。整个阳光柔和的下午,他在那里闲游。环绕他的是比利牛斯山的绿色山坡、绿色的牧场、草皮、蕨类植物和橡树林。一对带着牛轭的白色公牛经过,它们的头上覆盖着常见的绵羊皮,前额上搭着红色羊毛流苏的边儿。他用手掌抚摸着其中一只的温暖的腹部,看着走近他的这生物的温和的、亮晶晶的眼睛。

"维拉,维拉,"他重复着这个名字,感到愉快。当他再次回到富勒姆路的柜台后面时,他应该会想起维拉。他从未想过要去比利牛斯山,做梦也从没想过看看西班牙。这是一个美好的假期。

"维拉,维拉,"他再次喃喃自语。这个地方怎么会叫这个名字? 这个词似乎意味着真实 ①。他沉思着。

他在村里的小酒馆用了晚餐,然后在黄昏时分乘车返回亨达耶,沿着大峡谷一路前行;峭壁、悬崖、林间峡谷和荒芜的高地在余晖映照着的温暖的天空下显得格外阴暗;在他身旁,激流飞跃、咆哮,泛起白色的泡沫。

从亨达耶出发后,火车又把他送回了圣让-德吕兹。临睡前,他给科平格先生写了一张便条,说很意外,他不得不在第二天一大早动身前往英格兰,很遗憾不能前去道别。他还加了附言。"埃尔文小姐,当然,应该知道她妹妹与诺伯特·弗兰克斯要结婚了。我听说婚礼明天举行。真是个好消息。"

写完这些,他抽着烟斗沉思,哼着小曲上楼去了。

---

① 古法语中, verai 是"真正的、真实的"意思,与上文的名字"维拉"的原文"vera"形似,发音也类似,所以沃伯顿怀疑此地取名来自法语中"真实的"这个单词。

第三十八章

一踏上英格兰的海岸，威尔就像从流放地归来的人一样跺着脚。这是一个狂风呼啸的下午，更像是十一月而不是八月；乌云密布，雨点猛烈地砸向他，寒风刺骨；但这恰恰和他当时的心情很配。他离开度了个假——一个比他本该允许自己承受的昂贵得多的假期，并且充满活力地回来了。海峡的咆哮声没有让他害怕，反而让他精神振作，心情平静。相比他的精神状态，船的颠簸和摇晃都不算什么了。一次往返比利牛斯山脉的度假，谁敢说这是其他的事情呢？唯一能从另一个角度看待这件事的人，也不太可能透露她的想法。

他在多佛给戈弗雷·舍伍德发了电报："今晚来见我。"的确，他只离开了一个星期，但这段时间对他来说似乎是如此漫长，以至于他觉得一定发生了很多事情。在火车车厢里，他对其他乘客满怀友好，雨水冲刷的啤酒花地让他赏心悦目，伦敦首先映入眼帘的房子就像许多友好的面孔在欢迎他的归来。从车站出来，他乘车前往自己的商店。阿勒钦正忙着招呼一位女士，一见到乔利曼先生就忘乎所以了，大声地欢迎。一切都好，没有发生什么麻烦事；每年这个时候的生意都比往常好。

"他要把百叶窗拉上了，"阿勒钦自信地说，朝着竞争对手的杂货店的方向点了点头。"他妻子又在店里大喊大叫了——丢人现眼的场景——邻居们都这么说。她开始向顾客扔东西，有人的下巴被沙丁鱼罐头严重砸伤，向警察投诉了。你看，我们很快就会摆脱他的，先生。"

这给了沃伯顿小小的满足感，但他还是把自己的私密想法藏到心里，不一会儿就回家了。房东太太在这里见到了他，并告诉他就在几个小时前，她转寄出一封邮局早上送来的信。这真令人烦恼，等到那封信再从圣让-德吕兹回来，好几天就过去了。维克夫人肯定已经仔细地审查了信封,他问她笔迹和邮戳的事情,但这位女士声称她根本没看这些东西,因为这不关她的事。她难道连字迹是男性的还是女性的都不记得了吗?不,她一点也不记得;"窥探"不是她的工作,维克太太带着所谓的严肃的道德紧闭她那毫无血色的嘴唇。

他喝了茶,又走回店里,在那里他一边系着围裙,一边满意地笑出了声。

"克罗斯太太来过吗?"他问道。

"是的,先生,"他的随从回答,"她前天在这里,问你去哪儿了。我说你为了健康正在国外旅行。"

"对此她说什么了?"

"她说'哦'——就这些了,先生。她给了一张数量很小的订单。我真搞不懂她怎么设法在家里用这么少的糖的。仆人肯定不会把茶泡得太甜,您觉得呢,先生?"

沃伯顿还谈到了别的事情。

九点了,他坐在家里等待访客。预料中的敲门声很快响起,舍伍德被带进了房间。威尔抓住他的手,大声问道:"有什么消息吗?"

"消息?"戈弗雷用一种没有预示着什么好兆头的声音回答道。"你难道没有听说吗?"

"听说什么?"

"但是你的电报——?难道不是这个意思吗?"

"你什么意思?"威尔喊道。"说啊,伙计!我已经出国一周了。我什么也不知道;我打电报是因为我想见你,仅此而已。"

"见鬼!我希望你知道最坏的情况。斯特朗温死了。"

"他死了?那这不是我们一直等待的吗?"

"不是那个老头,"舍伍德抱怨道,"不是那个老头。死的是泰德·斯特朗温。从来没有这么出奇地倒霉过。而且他的死——肯定是你听过的最震惊的事。他在约克郡狩猎松鸡。早上一辆双轮马车开过来,当时他正站在车旁,收起枪或其他的什么东西。马向前冲了一下,轮子轧过了他的脚趾。他当时什么也没想。第二天他病倒了,患上了破伤风,几个小时后就死了。你这辈子听说过这样的事吗?"

沃伯顿一直脸色凝重地听着。快结束时,他的表情开始抽搐,在戈弗雷停顿片刻后，他突然爆发出一阵大笑。

"我忍不住，舍伍德，"他气喘吁吁地说。"很粗鲁，我知道，但是我控制不住。"

"我亲爱的伙计，"另一个人露出如释重负的表情，感叹道，"我很高兴你能笑出声来。说到命运的讽刺——嗯？昨天在报纸上看到这一段时，我简直不敢相信自己的眼睛。但是，你知道，"他认真地补充道，"我并没有完全放弃希望。根据最新消息，看上去老斯特朗温似乎有可能康复；而且如果他真的康复了，我肯定会想方设法从他那里弄到这笔钱。如果他还有一点正义感的话……"

威尔又笑了，但笑得并不自然。

"我的伙计，"他说，"一切都完了，你知道的。你再也见不到你的一万英磅里的一分钱了。"

"哦，但我忍不住希望……"

"尽可能希望吧。另一件事怎么样了？"

"怎么说，奇怪的事情也发生了。米利根刚订婚了，说实话，是个我从来没想过他还会看第二眼的姑娘。她叫帕克小姐，一个城里人的女儿。如果你能接受，她属于很漂亮的那种，但在我看来，她比茶壶聪明不了多少。我一辈子都搞不明白，像米利根这样的人怎么会——当然，这没什么影响，我们的工作还在继续。我们有大量的信件。"

"帕克小姐本人对此感兴趣吗？"威尔问道。

"哦，是的，在某种程度上，你知道的；尽可能地。当然她已经变成素食主义者了。说实话，沃伯顿，这让我很苦恼。我没想到米利根会做这种傻事。我希望他能快点结婚。只是现在，事实是，他不太正常。"沃伯顿再次爆发出笑声。

"好吧，我猜我不在的期间发生了很多事情。幸运的是，我回来了，对商店重新充满了热情。顺便说一句，我不打算再保守这个秘密了。我是个杂货商，也许一辈子都会是个杂货商，大家越早知道越好。我厌倦了躲躲藏藏。告诉米利根这个故事，或许能把帕克小姐逗开心。对了，说到帕克小姐，你知道诺伯特·弗兰克斯结婚了吗？与他的旧爱——埃尔文小姐。这当然是明智之举。他们动身去蒂罗尔了。一旦我有了他们的地址，就会写信告诉他关于乔利曼的一切。"

"当然，如果你真的觉得必须这样做的话，"戈弗雷勉为其难地说。"但请记住，我仍然希望能要回这笔钱。老斯特朗温是一个高尚的人，这一点名声在外……"

"就像布鲁图斯，"沃伯顿愉快地插话道。"让我们抱着希望吧。我们当然会希望。希望春天永恒……"

日子一天天过去，终于，那封信从圣让-德吕兹回来了。威尔看了一眼，发现是妹妹寄来的，责怪自己一个多月没给圣尼茨写信了。关于他最近的"假期"他只字未提。简写了一封比往常都长的信，信的大意令人不安。他们的母亲最近身体一点也不好；简注意到她正变得非常虚弱。"你知道她多害怕给别人添麻烦，也不忍心让别人为她担心。最近几天，她见过埃奇医生两次，但都没有当着我的面，我确信她不让医生告诉我关于她的真相。我不敢让她猜到我有多么焦虑，只能像往常一样假装无事发生，尽我最大努力让她舒服。如果你能来待一天，我会非常高兴。你有一段时间没见过母亲了，能比我更好地判断出她看起来如何。"威尔读完这段话，自责加倍了。他立刻动身前往圣尼茨。

一到达霍斯，他就发现简正在进行园艺劳动，于是在进去看母亲之前和她聊了几句。

他说，他一直不在家，她的信因为追赶他的踪迹延误了。

"我正纳闷，"简说，她诚实的眼睛打量着他的表情。"你已经很久没有给我写信了，我本来打算今天下午再写一封的。"

"我一直令人厌恶地疏忽了，"他回答道，"时间过得真快。"

"你的表情有些异样，"女孩说。"我好奇发生什么了？你在某些方面变了，我不知道怎么回事。"

"你这样想？不过不用担心我，告诉我关于母亲的事情。"

他们站在花园的芳香中，站在诉说着夏日离别的花丛中交谈着，声音因温柔的关怀而变得柔和。简最担心的是她哥哥的来访似乎是心血来潮，威尔保证不会透露出一点她告诉他的消息。他们一起走进房间。沃伯顿太太在完成通常的早晨的祷告后，躺在客厅的沙发上睡着了。威尔一看见她的脸，就明白了他妹妹的担心。在异常的平静之下她的脸苍白、静止、漂亮，面容像死人一般。在盯着看了一会儿之后，两个人出于同样的冲动，伸出一只手下意识触摸了下。她抬起眼睑，困惑的表情使面容更黯淡了，然后嘴角释放出一个开心的微笑。

"威尔——你是看到我睡着了吗？——我恳求简告诉你这只是个意外。你曾经看到我像这样熟睡吗，简？"

她立刻起身，来回走动，竭力表现得正常，然而她付出的努力太刻意了；不一会她不得不坐下来，四肢颤抖，威尔注意到她的额头渗出了汗珠。

直到晚上，他才发现有可能把话题引到她的健康上。简故意留下他们两个人相处。她的儿子说他担心她的身体状况不如往常，沃伯顿太太便悄悄地承认她最近去看了医生。

"我不年轻了，威尔，你知道的。下个生日就六十五岁了。"

"但是那不叫老！"她的儿子大叫道。

"不是，可是亲爱的，对我的家族的成员来说，已经算老了。据我所知，我们中没有人活过六十岁，大多数在那之前就去世了。不要愁眉苦脸，"她继续说，脸上挂着胜利的微笑，那曾经是她对周围人的庇佑和祝福。"亲爱的，我希望你和我都能非常理智，不要因为生命必须终止而抱怨或者害怕。当我的时刻来临时，我相信我的孩子们不会让我不开心，他们不会忘记我一直努力教给他们的东西。我想——并且我知道——失去我你们会感到遗憾，但是看到你们因我而痛苦，或者在我走之后想到你们会痛苦——我都无法忍受。"

威尔沉默了。他被这平静的声音和崇高的思想深深触动。他一直对母亲的敬意不少于爱意，尤其是在最近几年，生活的阅历使他更好地理解了母亲可贵的品质。然而，当母亲说话时，一种更深的敬重占据了他的脑海。她的话不仅增加了他对母亲性格的了解，而且帮助他懂得了自己，对生命本身和它的可能性有了更清晰的认识。

"我想跟你谈谈简，"沃伯顿太太带着愉快的神情继续说道，"你知道她几周前去见她的朋友温特小姐了。她告诉过你这件事吗？"

"一点都没有。"

"好吧，那么你知道温特小姐已经把花卉种植作为事业了吗？看起来她会非常成功。她为了打造花园正在租更多的地，还带了两个女孩来当学徒。我想那是简早晚有一天会做的行业。当然她不会真的为了谋生被迫工作，但是，当她独自一个人的时候，我肯定她不会满足于像现在这样生活——她太活跃了，但是对于我来说，我敢说她会马上加入温特小姐的行列。"

"我不太喜欢女孩们能在家里安安静静地生活的时候，却要外出工作，"威尔说。

"我以前也有同样的感觉,"他的母亲回答说,"但是简和我经常谈论到这一点,我明白另一种观点也有些道理。无论如何,我想要让你不再好奇,剩她一个人的话,她会过得怎么样。当然,"她补充道,脸上带着明亮的微笑,"简可能会结婚。我希望她会结婚。但是我知道她没有那么容易被说服放弃自己的独立。简是个非常独立的小姑娘。"

"如果她脑海中有这样的想法,"威尔说,"为什么你们两个不搬到那边去住呢,去萨福克那边? 你能找到一个房子,毫无疑问……"

沃伯顿太太轻轻地摇摇头。

"我觉得我无法离开霍斯。而且——短期内——"

"短期内? 但是你病得不重,妈妈。"

"如果我身体恢复一点,"沃伯顿太太说,没有抬起眼睛。"我必须设法把简送到萨福克。我自己也能过得去。但是在那里——我们今天晚上已经谈论得够多了,威尔。你明天能留下吗? 如果你能做到的话,留下吧。我很高兴有你在我身边。"

当他们互道晚安时,威尔请求妹妹早餐前到花园里见他,简点头表示同意。

第三十九章

花园被露水浸透了。大约七点钟的时候,第一缕阳光穿透了东方灰色的幔帐,每一片叶子都反射着黄色的光线。威尔独自走到那里,眼睛不时地看向母亲房里的白色窗户。

简走上前来,她的脸颊带着清晨的红润,表情比平时更加凝重。

"你为母亲感到担心,"这是她说的第一句话。"我也是,非常担心。我确定埃奇医生给了她一些严重的警告,我看到他上次来访之后她的变化。"

"我应该去见一下他,"威尔说。

他们谈论着他们的忧虑,然后沃伯顿提议他们应该沿着路散散步,因为天气很凉爽。

"我有件事想要告诉你,"当他们出发后,他开始说。"这有点令人吃惊——也相当荒唐可笑。如果有人来告诉你,他看到我在伦敦的杂货店柜台后面服务,你会怎么反应？"

"你在说什么,威尔？"

"好吧,我想知道你会怎么想。你会被吓到吗？"

"不会；但很吃惊。"

"非常好。那么事实就是如此了,"沃伯顿不安地笑了一下,说道,"几年来,我一直在做那一行。事情起因是这样的……"

他讲述了戈弗雷·舍伍德的轻率行为,以及促使他下决心接管商店的情形。听者没有发出任何感叹；她走着,眼睛朝下看。当她的哥哥停下来的时候,她非常温柔、充满深情地看着他。

"你是勇敢的,威尔,"她说。

"嗯,我想不出其他办法弥补损失,但是现在我厌倦了过着双重角色的生活——那才真的一直是整件事情最糟糕的部分,一直都是。我想要问你的是, ——告诉母亲是否明智？这会不会让她担忧失望？至于钱的问题,你看到了,没有什么可担心的,商店有足够的收入,虽然没有我们从阿普列加斯那里期待的那么多。但是,我当然不得不继续在柜台后面工作。"

他停下了,笑了起来,简也露出了微笑,不过眉宇间有一丝担忧。

"那行不通的,"她轻声而又坚定地说。

"哦,我正在习惯它。"

"不,不,威尔,这样不行。我们必须找到更好的办法。如果一个人从小就在店里长大,我觉得经营商店没什么坏处；但你没有,而且这也不适合你。至于母亲——是的,我想我们最好告诉她。她不会因为钱而担心的,那不是她的天性,而且我们之间相互信任要好得多。"

"我从来没享受过谎言,"威尔说,"我向你保证。"

"我相信你没有,可怜的人！——可是舍伍德先生呢？他有没有试图帮助你，当然他……"

"可怜的老戈弗雷！"她哥哥笑着打断。"想想我一度以为他是个出色的生意人，比我要实际得多，真是可笑。没有比这更梦幻的稀里糊涂的生活了。"

他讲述了斯特朗温和米利根的故事，如此幽默和兴高采烈，简忍不住跟着一起欢乐起来。

"不，不；朝那个方向想没有好处。钱没了，对此我们无能为力。但是你可以信赖乔利曼。当然这件事如果没有阿勒钦会困难得多。哦，你改天一定要见见阿勒钦！"

"确定没有人发现过这个秘密吗？"简问道。

威尔接着犹豫了一下。

"不，有一个人。你还记得埃尔文小姐这个名字吗？两星期前——想象一下这个场景——她和她的一位朋友，一位克罗斯小姐，走进店里，这个克罗斯小姐从一开始就是我的顾客。她一看到我，就转身跑了，是的，愤怒又害怕地跑到大街上。当然她肯定告诉她的朋友了，我不知道克罗斯小姐是否还会再来店里。我从来没跟你提过这个名字，对吧？克罗斯一家是诺伯特·弗兰克斯的朋友。对了，顺便说下，我听说弗兰克斯几天前刚和埃尔文小姐结婚了——就在她可怕的发现之后。毫无疑问，她已经告诉他了，或许他不会再和我往来了。"

"你说的不是真的吧？"

"嗯，不完全是；但如果他妻子告诉他，一个人真的不能和杂货店老板走得太近，我不会惊讶的。将来，我要告诉每个人；再也不会有躲躲藏藏和偷偷摸摸了。那才是让一个人堕落的地方，而不是卖糖和茶。不久之前，我陷入了一种卑微的状态，我想要毒死自己。我确信就是谎言的重担压着我。是的，是的，你相当正确；当然，母亲要知道这件事。我可以把这件事交给你吗，简？我觉得你能表述得更好。"

早餐后，威尔走着去了圣尼茨，与埃奇医生进行了一次私人谈话。趁他离开的时候，简把有关损失钱的事情告诉了她的母亲。在一小时谈话结束后，她走出来到花园里，不一会儿看见了她哥哥，他已经尽可能快地走回来了，脸上带着不安的表情。

"你还没告诉母亲吧？"他气喘吁吁地小声说出这句话。

"为什么这么问？"简惊愕地问道。

"我害怕结果。埃奇说必须避免任何形式的激动。"

"我已经告诉她了，"简说，声音平静，但表情很担心。"她为你的事很悲痛，但并没有震惊。她一再说，你让我们知道了真相，她有多高兴。"

"那到目前为止，还好。"

"但是埃奇医生——他告诉你什么了？"

"他说他一直想见我，想过要写信。是的，他说得很严重。"

他们聊了一会儿，然后威尔独自走进房间，发现母亲正坐在她通常的座位上，膝上放着常做的针线活。当他穿过房间时，母亲的目光一直跟随他，带着最温柔的责备，并夹杂着微笑凝视着他。这恰恰揭露了威尔有益健康的幽默的源泉。

"你就不相信我会分担麻烦吗？"

"我太清楚了，"她的儿子回答道，"你自己那份麻烦不能够让你满足。"

"贪婪的母亲！——也许你是对的，威尔。我想我本该干涉，让一切变得更糟；但你没必要等这么久才告诉我。我唯一不能理解的是舍伍德先生的行为。你总是让我对他另眼相看。真的，我觉得他不应该这么轻易地被放过。"

"哦，可怜的老戈弗雷！他能做什么呢？他抱歉得要命，而且他给了我所有他能凑到的现金……"

"我很高兴他不是我的朋友，"沃伯顿太太说。"在我的一生中，我从没跟朋友争吵过，但恐怕我必须和舍伍德先生决裂了。想想那些把一切交给她们信任的这种男人的女人，而且还没有一个强大的儿子能拯救她们于水火之中。"

中午用餐后，所有人一起在花园里坐了一两个小时。威尔乘晚间火车返回了伦敦。简答应会经常告诉他一些消息，在接下来的一周里，她写了两封信，非常积极地描述了他们母亲的情况。一个月过去了，没有任何令人不安的消息传来，然后沃伯顿太太亲笔写的一封信到了。

"我亲爱的威尔，"她写道，"我不能像你一样那么久地保守秘密。写这封信是为了告诉你一周前我出租了霍斯，按照年度租赁给了特恩布尔先生的一个朋友，他正在寻找这样一所房子。后天我们开始搬到萨福克郡，简已经在温特小姐家附近找到一所住所。她能在短时间内找到正是我们所需要的房子，这鼓励了我，让我觉得上天是站在我们这一侧的，或者，就像你亲爱的父亲常说的那样，神谕已经显灵了。一周之后，我希望能告诉你我们安顿好的消息。在我们离开之前,你不许来这里,但是我们会尽快邀请你去新家。地址是……"

一同寄到的还有简写的信。

"不要被这个消息吓到,"她写道。"自从你离开我们那天起,母亲在这个决定上一直坚定不移,我只能顺从她。非常高兴地告诉你,她的身体似乎好多了。在埃奇医生说了那些话之后,我不敢过多判断,但就目前而言,她的确更有力气了。如你所想,我要和温特小姐一起工作了。等我们安顿好了,你可以来看看我们,你会听到我们所有的计划。一切都进行得太快了,我就像活在某个梦里。别担心,当然,无论如何也不要来。"

这些信是傍晚到达的。沃伯顿读完后,特别感动,他不得不走出去,在布满星辰的天空下,在宁静的街道上散步。当然,母亲这样做的动机是想让他尽快摆脱商店的奴役,但这种奴役现在已经变得如此不可或缺,他不禁为别人为他所做的牺牲感到悲痛。毕竟,继续带着他的秘密活下去,他难道不会做得更好吗?可是——可是——

第四十章

威尔怀着好奇和一丝欣喜,等待着诺伯特·弗兰克斯的消息。他等了接近一个月,开始因为朋友的忽视感到非常受伤,或许还有一些不安。这时,一个带着威尼斯邮票的意大利明信片寄到了。"我们已经被诱惑得这么远了,"匆忙潦草的字迹显示。"十天后必须回家。再次见到你会很高兴。"沃伯顿皱紧眉头,好奇是否之前的明信片或者信没有送到,但是很可能不是。

九月底的时候,弗兰克斯从他在伦敦的地址写信来,简短而真诚地邀请沃伯顿第二天,也就是星期天,去共进午餐。于是沃伯顿去了。

他敲门时很紧张，走进画室的时候更紧张。诺伯特高声说着欢迎走向他，弗兰克斯太太从后面的一个椅子站了起来。他们两个人明显都变了。艺术家的表情不再像以前那样天真，他的言语虽然友好坚决，却没有了熟悉的语调。罗莎蒙德已经更加成熟了，她过于坚持不懈地微笑着，似乎想竭力证明自己不尴尬。他们聊起了蒂罗尔，威尼斯的多洛米蒂山，就这样一边说着一边走进了餐厅。

"这真是个奇怪的小房子，对不对？"弗兰克斯太太在餐桌旁坐下来时说。"一切都为了画室牺牲，没有通到别处去的空间。我们必须立刻寻找更舒适的住所了。"

"这是为一个人单独住设计的，"艺术家说着，笑了一下。不管他说的话是不是有趣，弗兰克斯经常大笑。"是的，我们必须找到更宽敞的地方。"

"二十多个要画像的人等着你呢，我猜？"

"哦，有几个。其中一个长了一张可怕的脸，我都有些怕她。如果我把她画得端庄体面，那将会是我的壮举了。但是那句谚语你知道的，工人得到工钱理所应当，这种美的产生是有价格的。"

"你知道该如何解释那句谚语，沃伯顿先生，"罗莎蒙德露出小心翼翼、不易被觉察的微笑。"相比其他齐名的肖像画画家，诺伯特要的少得多了。"

"他会改掉那个坏习惯的，"威尔回答道。他的语气中充满了几乎是虚张声势的欢乐。

"我不确定我是否希望他这样做，"画家的妻子说，她的目光游移不定，仿佛突然陷入了梦境。"现如今不同了，大家不在乎钱。诺伯特开玩笑说要把一个丑女人变漂亮，"她继续认真地说，"但他真正要做的是发掘脸部最好的一面，这样才能画出比普通肖像画出色得多的作品。"

弗兰克斯坐立不安，在盘子的上方歪着头。

"那是伟大艺术家的作品，"沃伯顿感叹道，大胆地奉承。

"骗子！"弗兰克斯吼道，但立刻大笑起来，紧张地瞥了妻子一眼。

虽然这是罗莎蒙德唯一一次直接谈论这个话题，但沃伯顿从谈话的过程中发现，她希望能够作为丈夫狂热的钦慕者而出名，她用最郑重的态度对待他，并坚定地认为其他人也应当这么做。"伟大的艺术家"这个短语让她由衷地快乐；她用她漂亮的眼睛向威尔报以亲切的目光，而且从那一刻起，她似乎松了一口气,所以她的谈话更加自然了。午餐结束后,他们返回画室,在那里男人们点燃了烟斗,而罗莎蒙德则在丈夫的恳求下,展示了她带回家的一些素描。

"你为什么不给我写信?"威尔问道。"除了威尼斯寄来的那张单薄的明信片,我什么也没收到。"

"为什么,我一直想要写来着,"艺术家回答道。"我知道这太糟糕了。但时间过得那么快……"

"你当然这么觉得。但如果你整天站在柜台后面……"

威尔看到听众们相互交换了震惊的眼神,然后露出虚假的微笑。那么一瞬间,屋内死一般寂静。

"在柜台后面……?"诺伯特吐出这几个字,好像没有听懂。

"柜台;我的柜台!"威尔咆哮道。"你很清楚我的意思。你妻子已经告诉你所有一切了。"

罗莎蒙德满脸通红,抬不起眼。

"我们不知道,"弗兰克斯说,紧张地笑了一下。"你是否愿意 —— 谈论它——"

"我会和任何你想的人谈论的。所以你确实知道了?没关系。我仍然要向弗兰克斯太太道歉,因为让她受到了惊吓。公开得确实太突然了。"

"是我应该请求您原谅我,沃伯顿先生,"罗莎蒙德用她最甜美的声音回答道。"我表现得非常愚蠢。但是我的朋友贝莎·克罗斯对我的态度是我应得的。她说她对我感到羞耻。但是不要,请不要,把我想得比原本更差。我逃跑了,真的是因为我觉得我撞见了秘密。我很尴尬——我失去了理智。我相信你不会认为我是真的产生了卑鄙的感觉吧?"

"但是,老人家,"艺术家用半带着痛苦的声音说,"所有这一切究竟是什么意思?请告诉我们整个故事吧。"

威尔开玩笑地、生动地叙述了他的故事。

"我非常确信,"快要结束时,威尔听到罗莎蒙德温柔的饱含同情的声音,"你有某种高尚的动机。我当时立马对贝莎这么说了。"

"我猜,"威尔说,"克罗斯小姐再也不敢进商店了。"

"她没有来!"

"从那之后就没有了,"他笑着回答。"她母亲来过一两次,似乎用一种非常怀疑的眼光审视我。毫无疑问，克罗斯太太也被告知了？"

"这我真的说不上来，"罗莎蒙德目光朝向另一边，回答道。"但听这样的故事难道不是对人有好处吗，诺伯特？"她冲动地补充道。

"是的，这就是勇气，"她的丈夫带着往日的自然率真回答道，眼睛里流露出以往的诚实的神情，这种诚实已经不知怎么被掩盖了一点。"我非常清楚我自己是不可能做到的。"

自从罗莎蒙德解释和道歉之后，沃伯顿再没有看她一眼。他害怕与她对视，像一个避免造成羞辱的慷慨的人那样害怕。罗莎蒙德能接受他的凝视而不会感到害羞，这是可以想象的吗？想一想在商店被发现之后发生了什么，在脑子里记住后面发生了什么，他惊讶地回想着她自责的说辞。它听起来那么真诚，在她丈夫听来，那肯定是最纯洁的、最女人的真诚。罗莎蒙德好像读懂了他的想法，又用最自然俏皮的口吻和他说话。

"自从我们上次见你之后，你一直在巴斯克地区。我很开心，你最后真的在那儿度假了。你以前常常说起来要去那里。而且你见到了我姐姐——温妮弗雷德写信告诉了我。科平格一家很高兴见到你。你不觉得他们是很好的人吗？可怜的科平格夫人看起来好些了吗？"

威尔尽管不太自在，还是迎上了她的目光，与那双漂亮的眼睛对视，感觉它们的笑容包围了他。直到现在他才知道女人的被动力量，这种特性有时让她成为一种自然的法则，而不是一个独立的个体。他既惊讶又羞愧地低下了头——咕哝着科平格夫人的健康状况。

他没有待太久。当他告辞时，如果弗兰克斯出来陪他走一段路，似乎本该是自然的事，然而他的朋友只陪他走到门口。

"让我们尽可能经常地见到你，老人家。我希望你星期天能常来吃午饭，没有什么比这更让我们高兴的了。"

弗兰克斯的握手非常热诚，表情和语气都充满感情，但是威尔对自己说，以往的亲密结束了，现在必须让位于单纯的熟人关系。他怀疑弗兰克斯不敢出来和他走在一起，害怕这会让他的妻子不开心。罗莎蒙德将要主宰了——当然，非常甜蜜地，但明确无误地——但凡看到这两个人在一起五分钟，没有人会怀疑这点。这将很有可能会是一种幸福的征服，因为诺伯特有什么也不会有反叛的脾气，他的纽带将会是丝绸的，他顺从的报酬将会是来自许多自以为是的男人的嫉妒不已。但是，当沃伯顿试图想象自己处于那样的情景中时，他胸膛起伏，发出充满幽默和蔑视的冷漠笑声。

他在梦中游荡回家。他重温了在切尔西河畔的那些时刻。当时他的常识、理智、真正的情感都被一种几乎无法理解的冲动打败了。他看到自己被迫穿过欧洲，就像一个被快递派遣的包裹，所有的愤怒和冲动都像哑剧中的滑稽表演一样毫无意义！然而，这就是大多数男人如何"坠入爱河"的——如果他们曾经有过。这是无数婚姻的序幕，这些婚姻注定平淡无味，或者酸涩难懂。在爱河中，确实如此！罗莎蒙德无论如何知道这一点的价值，而且把他从他的狂热中拯救了出来。他欠她一个永久的感激。

那天晚上他又读了一遍来自简的一封长信，这封信昨天就到了。妹妹向他详细描述了在萨福克郡的新家，讲述了她和温特小姐的安排，由此，十二个月以后，她将能够挣一点钱，并且如果一切进行顺利的话，不久就能够自食其力了。他可以来看看她们吗？他们的母亲对这次搬家承受得相当好，而且似乎恢复了精力；很可能这里的空气比霍斯更适合她。威尔沉思了一会儿，但是还不太想动身。对他来说，看到母亲在新的地方会感到痛苦；看到妹妹工作会让他羞愧，想想所有这些因为他而发生的变化。所以他写信给母亲和妹妹，比往常更温柔地祈求她们让他推迟几周再去。不久她们会安顿得更好的。但有一点请她们放心，他的日常工作对他来说不是负担，他几乎不知道自己是否还在乎为了所谓的更伟大的办公室体面工作而改变。他的健康状况良好；他的情绪只会被他所爱的人的坏消息干扰。他答应无论如何会和她们一起过圣诞节的。

九月过去了。其中一个星期天因为去阿什泰德拜访而令人难忘。威尔已经请求弗兰克斯在那里讲讲乔利曼先生的故事，拉尔夫·庞弗雷特听完之后立刻写了一封热情洋溢的信，让富勒姆路的收信人满意地笑出声。在阿什泰德，他像以往一样享受时光，因为开心地和朋友一起谈论罗莎蒙德的婚姻而高兴。庞弗雷特夫人趁机单独和他聊了几句，和蔼的脸上挂着灿烂的笑容。

"当然我们知道谁付出了很多来促成这一切。罗莎蒙德跑来告诉我，你多么动听地为诺伯特的苦衷说情，而且诺伯特跟我的丈夫吐露，要不是你，他很可能娶一个他丝毫不喜欢的姑娘。我怀疑以前是否有过一个真正的男人，真的会如此谨慎小心而又成功地做过这样的事！"

十月，威尔开始动摇圣诞节之前不去萨福克的决心。母亲的来信让他深受感动；她谈起了往事和最新发生的事，并宣称在她的丈夫和孩子身上，没有哪个女人能体会到比这更真实的幸福。这封信是在当周写的；威尔几乎下定了决心，要在下个周日乘早班火车离开。星期五那天，他给简写了一封信，让她等着他。那天晚上，当他从商店走回家时，他感到很高兴，因为他已经克服了那种可能会使他的第一次拜访成为对他的自尊的考验的感觉。

"有一封电报在等您，先生，"维克太太在他进门时说道。

电报上有四个字："母病。速来。"

第四十一章

不管门外的世界发生了什么，克罗斯太太还是过着她惯有的不舒服和爱发牢骚的家庭生活。今年夏天有一段短暂而不确定的时间，好脾气似乎正在和她熟悉的情绪作斗争；那是诺伯特·弗兰克斯重新开始他友好的来访的一两个月期间。自从几年前未能成为克罗斯夫人的房客后，这位艺术家就失去了克罗斯夫人的好感，但他又一次出现时就被原谅了，而且很明显他是因为贝莎才来这栋房子里，他比以往的兴致都要高昂。但是，这种充满希望的状态戛然而止了。一天早上，贝莎眼睛一闪一闪地宣布了弗兰克斯结婚的事实。她的母亲因愤怒的惊讶而目瞪口呆。

"你还笑得出来？"

"太有意思了，"贝莎回答说。

克罗斯太太仔细看着女儿。

"我搞不懂你，"她用一种烦躁的口吻喊道。"我不能理解你，贝莎！我只能说，举止更粗俗些吧，我从来……"

这位可怜的女士感到五味杂陈，难以承受。她回到卧室，在那里度过了一天中大部分时间。但到了晚上，好奇心战胜了她的闷闷不乐。贝莎尽可能多地为她提供了有关这位艺术家婚姻的信息，然后她对他和埃尔文小姐进行了尖锐的批评，以此来缓解自己的情绪。

"我从来不喜欢讲我对那个女孩真实的想法，"她最后总结说："现在你擦亮眼睛了。当然，你不会再见她了吧？"

"为什么，妈妈？"贝莎问道。"我很高兴她嫁给了弗兰克斯先生。我一直希望她能嫁给他，而且对此非常确定。"

"你的意思是和他们两个都做朋友？"

"为什么不呢？——但是我们别谈论这个啦，"贝莎幽默地补充道。"我只会让你生气。我还想告诉你一件事，你听了一定会觉得很有趣的。"

"你对有趣的看法，贝莎……"

"好了，好了，但是听听看。是关于乔利曼先生的。你觉得乔利曼先生到底是谁？"

克罗斯夫人听了这个故事，眉头紧蹙，嘴唇紧闭。

"所以你之前为什么不告诉我，拜托？"

"我几乎不知道，"女孩若有所思，微笑着回答。"也许是因为我等着听到更多的消息，让这种泄露更完整。可是……"

"所以这，"克罗斯夫人喊道，"就是为什么你昨天不愿意去商店的原因？"

"是的，"她坦率地回答。"我想我不会再去了。"

"请问，为什么不呢？"

贝莎沉默不语。

"贝莎，你的性格中有一点很不讨人喜欢，"母亲严厉地说道，"那就是你总是喜欢隐瞒。想想吧，一周多以前你就知道了这一点！你非常非常不像你的父亲。他从来没有对我隐瞒过任何事情，从来藏不过一个小时。但你总是充满秘密。这样不好——一点儿也不好。"

自从丈夫去世后，克罗斯太太从未停止发现他的美德。在他活着的时候，她经常酸溜溜地责备他的一个缺点就是神秘。贝莎知道一些真相，也怀疑这件事更多的真相。当克罗斯太太赐予这种事后的赞扬时，她从来没有感到过母亲如此令人难以忍受。

"我已经反复考虑过了，"她轻声说，对责备置若罔闻，"总的来说，我宁愿不再去商店。"

因此，克罗斯太太火冒三丈，嚷嚷了半个小时，说离开乔利曼的店去别的杂货店。最后，她还是没有舍弃乔利曼，或者自己去店里，或者派仆人去。她对乔装打扮后的沃伯顿先生满怀好奇，经过一段时间的冷淡后，她渐渐恢复了以前的闲聊。终于，在秋天的一天，贝莎向她宣布，她可以为乔利曼之谜提供更多的线索；她已经知道了沃伯顿先生奇怪行为的全部原因。

"从那些人那里听说的，我猜？"克罗斯太太说，她指的是弗兰克斯夫妇。"那我一个字也不想听。"

但是，贝莎仿佛没有听到这句话，又开始了她的叙述。她似乎带着一种平静的喜悦重复着别人告诉她的事情。

"那好吧，"这是她母亲的评论，"毕竟，没什么可耻的。"

"我从没觉得可耻过。"

"那你为什么拒绝进入他的商店？"

"很尴尬，"贝莎回答说。

"对你来说不会比我更尴尬的，"克罗斯太太说。"但是我注意到，贝莎，你正在某些事情上变得相当自私——当然我不是说在所有事情上——而且我觉得不难猜到那是从哪里得来的。"

圣诞节过后不久，因为一个常见的意外，她们失去了仆人。过去六个月一直和她们一起的那个姑娘不知用了什么计谋，把她的箱子秘密运出家门，然后就没有征兆地消失了（刚刚付给她工资）。克罗斯太太对这种臭名昭著的行为大声抱怨了很久。

第二天早上，一位年轻女士来到家里，询问克罗斯太太的情况；贝莎打开门，把她领进餐厅，然后退了出去。半小时后，克罗斯太太兴高采烈地走进客厅。

"现在好了！那怎么不是个好主意！你觉得谁派那个女孩过来的，贝莎？——乔利曼先生。"

贝莎保持沉默。

"昨天我不得不去店里，碰巧跟乔利曼先生说起我在找好仆人方面遇到的麻烦。我突然想到，他也许认识某个人。他答应我去打听一下，结果立马就来了这个我很久之前就见过的最好的姑娘。她不得不离开上一个地方，因为太辛苦了。想想看,在一家店里,她不得不给十六个人做饭,还要照看五间卧室;难怪她会崩溃,可怜的人儿。她已经休息了一两个月:她和一个叫霍普太太的人住在同一栋房子里,霍普太太是乔利曼先生助手的妻子的姐姐。她对十五英镑的报酬非常满意——非常。”

贝莎一边听着,一边皱起眉头,变得有些心不在焉。她一言不发,听着克罗斯太太长篇大论地讲述她已经在玛莎身上——这是女孩的名字——发现的优点。然后,克罗斯太太补充说,当然,她必须马上去感谢乔利曼先生。

“我想你仍然用那个名字称呼他?”贝莎说。

“那个名字?我差点忘了这不是他的真名。无论如何,我不能在店里用另一个名字,对吗?”

“当然不能;不。”

“既然你说起这个,贝莎,”克罗斯太太追问道,“我纳闷他是否已经知道我晓得他是谁了。”

“他当然知道了。”

“再想想,贝莎,对你来说,偶尔再去去店里难道不是更好吗?恐怕那个可怜的人会感觉受伤的。他肯定已经注意到你在那次发现之后就再也没去过,我真的不想要他认为你被冒犯了。”

“被冒犯?”女孩笑着回答。“冒犯什么?”

“哦,你知道的,有些人可能会觉得他的举止奇怪——用一个不是他自己的名字,诸如此类的事情。”

“毫无疑问,有些人可能会这么想。但这个可怜人,就像你称呼他的那样,很可能对我们如何看他漠不关心。”

“你不觉得,如果你去店里,当面感谢他派仆人过来会更好吗?”

“也许吧。”贝莎漫不经心地答道。

然而,她并没有去乔利曼先生的店里,克罗斯太太也很快忘记了她的提议。

玛莎开始履行她的职责,并以极大的热情和温顺的态度完成了任务,以至于她的女主人总是不厌其烦地称赞她。她是一个外貌相当古怪的年轻女士;身材苗条、单薄,红头发,松垮的嘴唇总是露出傻笑,一双蓝色的眼睛总是水汪汪的;不知怎么地,她的神情中有一种青春衰退的潜藏的优雅。在类似的场景屡屡碰壁的家庭中，她所表现出的优秀品质是不可否认的，但贝莎并不完全喜欢她。她顺从到奴颜婢膝的地步，有时还流露出一种与其举止完全不协调的表情，她的眼神中令人不快地暗示着一种嘲讽的傲慢。在玛莎领到第一笔工资的第二天，贝莎尤其注意到了这一点。下午，她获得允许出去采购东西，却回来得很晚，贝莎在她进门时遇到了她，要求她尽快去准备茶。这时，这位女佣抬起头，从眼皮底下看着说话的人，露出了异样的微笑，然后说了声"好的，小姐，马上就去，小姐"，就急匆匆跑上楼去拿东西了。整个晚上，她的行为都很奇怪。当她在晚餐桌前等待时，她似乎在克制自己的笑声，在收拾餐具时，她第一次打碎了一个盘子；随后，她泪流满面，长时间地乞求原谅，如此令人厌倦，最后不得不遵照指令离开房间。

第二天，一切恢复了正常；但贝莎还是忍不住观察那奇怪的表情，她越观察越不喜欢。

一个仆人越是"乐意"，克罗斯太太对她的辛苦索取得就越多。如果她没有不停地布置繁重的家务活，刻薄地监督执行，又没有训斥和争吵，这一天对她来说就会漫长又厌烦。这种驱赶奴隶的场面对贝莎的神经是一个不间断的考验，她时不时斗胆提出委婉的抗议，但结果只是更加激起了母亲的愤怒。随着对自己道德上的不满情绪愈演愈烈，贝莎开始问自己，如果默认母亲对待仆人的这种刻薄的"暴政"，是不是也不应该受到谴责。年初的某一天，一个东风肆虐的悲惨的日子，当她看到玛莎趴在外面的窗台打扫窗格时，她鼓起勇气，坚定地说出反对。

"我不明白你，贝莎，"克罗斯太太回答道，脸上的肌肉颤抖着，就像她感到尊严受到侮辱时那样。"我们雇仆人干什么？难道要把窗户弄得脏兮兮的，让我们看不清吗？"

"几天前它们刚被清洗过，"她女儿说，"我想我们可以撑到天气没有这么差的时候再看看。"

"亲爱的，如果我们能想尽办法一点儿不给仆人添麻烦，房子很快就会不像样了。行行好，不要插手了。我一找到一个几乎合我心意的女孩，你就开始试图宠坏她，真是个罕见的事情。别人还以为，你从让我的生活痛苦中寻找乐子呢……"

贝莎被滔滔不绝的责备淹没了，她要么反抗，要么退缩。她的神经再次崩溃,离开了房间。

那天晚餐吃的是烤羊腿,克罗斯太太按照自己的习惯,把玛莎要带走自己吃的那部分羊肉切开了。一块很小很薄的羊腿肉,加上一个不健康的小土豆,就是仆人的晚餐。门一关上,贝莎就小声地说了一句话,透露着不详。

"妈妈,这样不行。我很抱歉惹您生气,但如果您说这是为一个每天辛苦工作十到十二个小时的女孩准备的晚餐,我可不这么认为。我想不通她是如何维持生活的。您只需要看看她的脸,就知道她在挨饿。我再也忍受不了这个景象了。"

这一次,她非常坚定。这场冲突持续了半个小时,克罗斯太太两次威胁要晕倒。她们俩谁也没吃东西,最后,贝莎发现自己即使没有被打败,也没有比一开始好了多少,因为她的母亲极力坚持权威,而且显然会永远生活在争吵中,寸步不让。接下来的两天里,家庭生活确实非常不愉快;母女俩几乎没有交流;同时,玛莎被派了任务——如果可能的话——比以往任何时候都要繁重,而且吃得神神秘秘,她的饭不再在贝莎的眼皮底下分发。第三天早上,另一场危机来临了。

"我收到了艾米莉的来信,"贝莎在早餐时说道,她提到了她的一个朋友住在伦敦遥远的北部。"我今天要去见她。"

"很好,"克罗斯太太用僵硬的嘴唇回答道。

"她说在她住的房子里,有一间卧室要出租。我在想,妈妈,我最好租下来。"

"你想怎么做就怎么做,贝莎。"

"我今天会和艾米莉一起吃午餐,大概下午茶时间回来。"

"我毫不怀疑,"克罗斯太太回答道,"玛莎会很乐意为你准备茶水的。如果她觉得力不从心,我当然会自己去处理。"

第四十二章

前一天晚上，玛莎领到了她一个月的工资，并获许今天下午照例自由活动。但是，贝莎一离开屋子，克罗斯太太就召来了家佣，直截了当地告诉她，假期必须推迟。

"我很抱歉，太太，"玛莎回答道，水汪汪的眼睛里闪烁着半惊恐的奇怪神情。"我答应过要去看我刚失去妻子的哥哥，当然，如果不方便的话，太太……"

"确实不方便，玛莎。贝莎小姐一整天都在外面，而且我不喜欢独自一人留在家。你要么改成明天去吧。"

半小时后，克罗斯太太出去采购了，直到中午才回来。一回来，她就发现屋子里弥漫着一股烧焦的气味。

"这是什么味道，玛莎？"她在厨房门口问道，"什么东西烧着了？"

"哦，只不过是一块正晒着的洗碗布着火了，太太，"女仆说。

"只不过是！你什么意思？"女主人愤怒地喊道。"你想把房子烧掉吗？"

玛莎双臂交叉站在那里，瘦削的、像面粉一样苍白的脸上露出最傲慢的笑容，牙齿闪闪发光，眼睛瞪得大大的。

"你什么意思？"克罗斯太太喊道。"马上把烧焦的布给我看看。"

"在这儿呢，太太！"

玛莎踢了一脚，指了指地上的某样东西。克罗斯太太又惊讶又愤怒，她看到了一条长长的滚筒毛巾，其中约半米长的部分被烧成了炭末。玛莎也无法对这个意外做出任何令人满意的解释，她好像发疯了一样，一会儿大笑，一会儿抽泣，一会儿又窃笑。

"你当然要为此付出代价，"克罗斯太太大喊道，这已经是第二十次了。"马上继续你的工作,别再让我看到你这种不寻常的行为。我真不知道你是怎么了。"

但玛莎似乎无法恢复往日的平静。在端上一点钟的午餐时——这顿饭做得很糟糕——她又流泪又叹气。女主人从餐桌旁站起来时,她眼神呆滞,站了很久才缓过神来收拾东西。大约三点钟的时候,克罗斯太太按了几次起居室的门铃都没有用,便去了厨房。门是关着的,她试图打开门,却发现它被锁上了。她一遍又一遍地叫着"玛莎",但无人回应,直到突然一个尖锐的声音从里面喊道:"走开!走开!"女主人既愤怒又惊讶,她要求对方承认错误,门的另一侧传来一阵猛烈的撞击声,那个声音再次尖叫道:"走开!走开!"

"你怎么了,玛莎?"克罗斯太太开始感到害怕,问道。

"走开!"那个声音凶狠地回答。

"要么你现在开门,要么我叫警察了。"

这一威胁立即产生了效果,尽管并不完全是克罗斯太太希望的那样。钥匙"啪"的一声转动了,门被猛地推开,玛莎站在那里,一副狂野奔放的姿态,一只手挥舞着餐盘,另一只手拿着拨火棍。她披头散发,满脸通红,眼里闪烁着怒火。

"你不离开吗?"她尖叫道,"那里,看,你的一个盘子就这么没了!"

她把它猛摔到地上。

"你还不走开?你的一个盘子没了!喏,一个水盆没了!喏,一个茶杯没了!"

她所说的东西一个接一个地毁灭在地板上。克罗斯太太瘫坐在地上,惊恐万分。

"你以为你能让我赔钱吗?"玛莎疯了似的喊道。"不是我,不是我!是你欠我钱——那些我干了活却没被付账的钱!还有那些我应该吃,但没吃到的食物。你叫那个什么来着?"她指着餐桌上的一盘东西。"那是给人吃的饭吗,还是给甲虫的?你真的觉得我会吃吗,而且我兜里还有钱买更好的?你想要把我变成行尸走肉,是不是?——但是我要把你变成骷髅,我会的——到另一个盘子了!糖盆来了!还有这里你的茶壶!"

克罗斯太太惊恐地尖叫一声,猛地向前冲去。她已经来不及救她心爱的东西了,而她咄咄逼人的举动却刺激了玛莎,让她做出更令人震惊的举动。

"你要打我，是不是？两个人就能玩这个游戏——你个老吝啬鬼！再靠近一步，我就用拨火棍砸你的头！你以为遇到了一个可以为所欲为的人，是不是？你以为我心甘情愿、尽心尽力，就可以随便对待，是不是？该是你从自己的错误中学习的时候了，你这个抠门的老东西！你和我有一笔账要算。让你来尝尝我的厉害——尝尝我的厉害——"

她气势汹汹地挥舞着拨火棍，克罗斯太太转身就逃。玛莎穷追不舍，大声辱骂和威胁。女主人试图把起居室的门关上，只是徒劳，气急败坏的女仆闯了进来，有那么一会儿如此用力挥动她的武器以至于克罗斯太太艰难地躲过危险的一击。她们围着桌子转了一圈又一圈，直到桌布被拽掉，玛莎的脚被桌布缠住，重重地摔在地上。为了逃出房间，这位惊恐万分的女士必须从她身上跨过去。一时间，房间里鸦雀无声。然后，玛莎试图站起来，又摔倒了，再次挣扎着跪了下去，最后倒了下去，躺在地上一动不动，说不出话来。

克罗斯太太气喘吁吁地颤抖着，小心翼翼地靠近，直到能看清女孩的脸。玛莎睡着了，毫无疑问地睡着了；她甚至开始打鼾。克罗斯太太厌恶而又害怕地避开她，走出房间，打开了房子的前门。她在街上东张西望，寻找警察的踪迹，但一个也没看见。这时，一个熟悉的身影走了过来，他是负责给乔利曼商店送货的小伙子，他胳膊上挎着篮子；他有包裹要送到这里来。

"你要马上回店里去吗？"克罗斯太太在走廊里匆匆归置好货物后问道。

"直接回去，太太。"

"那就快点跑，拿出你最快的速度，告诉乔利曼先生，我想要马上见到他——马上。跑起来！一刻也不要耽误！"

克罗斯太太害怕把自己和那睡着的怒火关在一起，就一直站在靠近前门的地方，时不时地打开门寻找警察。天气很冷，她浑身发抖，感到又虚弱又凄惨，随时有可能因失望而啜泣。大约二十分钟过去了，正当她打开门再次四处张望时，人行道上响起了一阵急促的脚步声，她的杂货店老板出现了。

"哦，乔利曼先生！"她惊呼道。"我刚刚经历了什么！那个女孩彻底疯了——她几乎打碎了家里所有的东西，还试图用火棍杀了我。哦，我真高兴你来了！当然，一个人需要的时候真是一个警察影儿都见不着。请进来吧。"

沃伯顿一开始并没有理解"那个女孩"指的是谁，但当克罗斯太太推开起居室的门时，他看到她的家仆匍匐在地上，睡姿极其不雅，才明白事情的原委。

这就是霍普太太极力推荐的那个女孩。

"但我还以为她一直做得很好……"

"她是干得不错,干得不错,乔利曼先生——除了一些小事——虽然她总是有些怪怪的。她只是今天才爆发的。她疯了,我向你保证,疯得一塌糊涂!"

沃伯顿想到了另一种解释。

"你没留意到一种可疑的气味吗?"他意味深长地发问。

"你以为是因为那个!"克罗斯太太惊恐地低声说。"哦,我敢说你是对的。我太激动了,什么也没注意到。哦,乔利曼先生!快,快帮我把这个东西弄出房间。人们给了她一个好的品格,多么可耻。但是每个人都在欺骗我——每个人都残酷无情地对待我。别让我和那个东西单独留在一起,乔力曼先生。哦,但愿你知道我在和仆人相处方面经历过什么!但从来没有像这样糟糕过——从来没有!哦,我觉得很不舒服——我必须坐下来了……"

沃伯顿担心自己的处境会变得更加尴尬,便搀扶着克罗斯太太走进了餐厅,并通过大声的、振奋的交谈让她冷静下来。她同意把门锁上坐一会儿,而她的救命恩人则急忙去找警察。没过多久,大厅里响起了一个警官的踏步声。克罗斯太太讲述了她的故事,展示了厨房地板上的陶器废墟,并要求立即驱逐这个危险的叛逆者。沃伯顿和那个负责的警察把玛莎摇醒了,让她打包她的箱子,把她塞进一辆计程车,然后遣送回她没工作时住的那所房子里。她一直在不停地痛哭流涕,并抗议说世界上没有人可以像她那愤怒的女主人那样对她如此亲切了。大约一个小时就这样过去了。当警察终于离开,突然的安静笼罩整个房间时,克罗斯太太似乎又要晕倒了。

"我该怎么感谢您呢,乔利曼先生!"她半歇斯底里地喊道,让自己陷进扶手椅里。"没有您,我会遭遇什么!哦,我觉得好虚弱,如果我有力气给自己泡杯茶……"

"让我来帮你吧,"沃伯顿说道。"没有比这更容易的了。我注意到厨房火炉旁有个水壶。"

"哦,我不能让,你,乔利曼先生,你太善良了,我感到非常羞愧……"

但威尔已经在厨房里了,在那里他有效地让自己振作了起来,不一会儿,水壶就开始响了。正当他走回客厅,打算问问茶叶在哪里时,前门开了,贝莎走了进来。

"您的女儿来了，克罗斯太太，"威尔低声说道，一步步走向这位瘫软而苍白的女士。

"贝莎，"她喊道。"贝莎，是你吗？哦，快来谢谢乔利曼先生！你要是知道你出去的时候都发生了什么！"

房门口出现了女孩惊讶的面孔。沃伯顿的目光落在她身上。

"你能发现我还活着真是个奇迹，亲爱的，"母亲继续说。"如果那些拳打脚踢有一个落在我头上……"

"让我来解释吧，"沃伯顿轻声插话道。他用几句话把下午发生的事情说了一遍。

"乔利曼先生正在帮我准备茶，贝莎，"克罗斯太太补充道。"这样给他添麻烦真让我羞愧。"

"乔利曼先生真是太善良了，"贝莎说，神情和语气都非常真诚。"我确信我们对他感激不尽。"

沃伯顿微笑着迎上她的目光。

"在这件事上，我感到相当内疚，"他说，"因为是我推荐了这个仆人。如果您允许，我会尽我所能去赎罪，再找一个更好的仆人。"

"去泡茶吧，亲爱的，"克罗斯太太说，"也许乔利曼先生会和我们一起喝一杯……"

沃伯顿拒绝了邀请。他找来帽子，向女士们告辞，克罗斯太太感激不尽地致谢，贝莎则喃喃地说了几句不好意思的话。他刚一离开，母亲和女儿就深情地紧握住手，然后带着许久未有的温柔拥抱在一起。

"我再也不敢和仆人单独住一起了，"克罗斯太太抽泣道。"如果你离开我，我只能住进公寓了，亲爱的。"

"嘘，嘘，妈妈，"女孩用最温柔的声音回答道。"我当然不会离开你的。"

"哦，我经历了多么可怕的事情！是酒精，贝莎；那家伙是最危险的一类酒鬼。她竭尽全力要谋杀我。我纳闷我这一刻是不是已经死了——哦，但是乔利曼先生多么好心啊！我托人叫他来真是太好了！而且他还说要给我们再找一个仆人，可是贝莎，我永远也不能再管理仆人了——永远不能。我会永远害怕他们的；我会害怕下最简单的命令。你，我亲爱的，必须是这个房子的女主人；事实上你必须是。我把一切交到你手中。我再也不会干涉了；我一句话也不会说，不管我发现了什么错误，只字不提。哦，那个家伙；那个可怕的女人将会成为我的噩梦。贝莎，你觉得她应该不会为了复仇在房子周围游荡，躺在那里等着我吧？我们必须告诉警察盯紧她。我确定我再也不敢独自出去了，如果你把我和一个新的仆人留在房间，哪怕是一个小时，我也必须待在门上锁的房间里。我的神经再也不会从这次的震惊中恢复了。哦，要是你知道我多么难受就好了！我喝杯茶，然后直接去睡觉了。"

当她逐渐恢复神智的时候，又说起了乔利曼先生。

"你觉得我应该强迫他留下来吗，亲爱的？我不确定。"

"不，不，你不那样做是完全正确的，"贝莎回答道。"他当然明白，最好让我们两个单独待会儿。"

"我想他会的。真的，作为一个杂货商，他是那么那么地绅士。"

"这没什么惊讶的，妈妈。"

"对，对；我总是忘了他不是杂货商出身。我想着，贝莎，不久后的一天请他来喝茶才是妥当的。"

贝莎想了想，嘴角露出一丝微笑。

"当然了，"她说，"如果你想要这么做的话。"

"我真的应该这么做。他对我太善良了。也许——你觉得呢？——我们应该用他本来的名字来邀请他吗？"

"不，我不这么认为，"贝莎沉思片刻后回答道。"我们对这件事应该一无所知。"

"千真万确。——哦，那个可怕的生物。我看到她的眼睛像老虎一样怒视着我。她追着我围着这张桌子至少跑了五十趟。我觉得我早该累趴下了；如果这样，那拨火棍的一棒就要了我的命了。再也不要跟我提仆人了，贝莎。你想雇谁就雇谁吧，但是一定要，一定要小心打听她的情况。我甚至再也不想知道她的名字了；我再也不要看到她的脸；我再也不要和她说一个字。我把所有的责任都交给你了，亲爱的。现在，扶我上楼吧。我一个人肯定站不起来。我的四肢都在颤抖……"

第四十三章

　　沃伯顿的母亲死了。当他被简的电报召唤回去时，发现她已确定昏迷不醒，这对他的第一个影响是剧烈的悔恨。她抛弃了终生的家园，来面对新住所的陌生和不适，在这里倒下了，被死亡击倒了，这深深刺痛了他的心——而死亡的源头正是因为他自己。他一点儿不值得这样的牺牲。他一直爱着她；但是他对她的爱又给予什么保证呢？很多很多年都是这样，如果他间隔很久写一封匆匆的信，都对她意义重大。他想起来去圣尼茨的次数是多么少，而且当在那儿的时候，他又是多快地就厌烦了母亲的方式和偏见带给他的微小的束缚。然而，当她要做出巨大的牺牲，让他的生活似乎能更轻松一点时，尽管年老病重，她仍然一刻也没有犹豫。这种责备是大自然赋予他的最尖锐的痛苦。

　　他的妹妹也有同样的感受，一部分是因为自己，一部分是出于他的缘故，但是简一意识到他在自我折磨，便很快用爱和理智给两个人都带来了帮助。她说起他们的母亲自从来到萨福克之后度过的生活，列举了上百个例子来证明它是多么有趣和令人心满意足，她在这里见证了她健康状况的改善，甚至随之而来的精神的振奋。况且，医生说生命在任何情况下都不可能被延长了，对于几个月前就被预知的突然的终结来说，地方和习惯的改变都不算什么。简承认自己惊讶于母亲对待如此巨大和突然的变化的从容，这是他们母亲高尚的心灵的最好证明。只有一次沃伯顿太太似乎遗憾地想起了故乡；那是一天早晨，她走出教堂时，站在墓地前看了一会儿，对女儿喃喃低语说，希望能被埋葬在圣尼茨。这当然被实现了，即使她没有说，他们也会这么做的。接下来，葬礼后的那天，哥哥和妹妹就分别忙自己的事情去了，他们承受的悲伤中没有深深的遗憾带来的苦涩。威尔比平时更加严肃了，恢复了柜台后的位置，对阿勒钦只字未提他离开的原因。他频繁写信给简，也从她那里收到更长的回信，这对他有好处，即使在隆冬时节，它们也充满了花园生活的芳香，抒发了一位坦率、甜美、坚强的女性，就像不在人世间的那个人一样。

与此同时，他的生意越来越兴隆。他并没有过度劳心费力，看到他的收款机一夜又一夜地装满，自然而然累积的顾客源源不断地冲进商店也没有得意忘形。乔利曼的店因物美价廉而声名远播，开始严重影响同一地区小竞争对手的生意。正如阿勒钦预言的那样，这个倒霉的杂货店老板和他酗酒的妻子在年底前就败下阵来。一天早上，他的商店没有开门，没过几天，家里的家具就被某个麻利的债主搬走了。沃伯顿想到他的厄运觉得很痛苦；这时，阿勒钦，这个本性坦率的野蛮人，却大声欢呼起来，威尔既愤怒又羞愧地转过身去。如果这件事可行的话，他一定会从自己的口袋里掏出钱来给这个被毁掉的挣扎者。他把自己看作一个毫无怜悯心的胜利者；他似乎已经把脚踩在了对方的头上，碾压、碾压……

圣诞节时，他不得不又雇了一名助手。阿勒钦毫不掩饰他对这一举措的反感，但最后还是承认这是必要的。起初，事情的新的进展并不十分顺利；阿勒钦倾向于专横的态度，而新来的人，名字叫戈夫，时不时地直接抱怨。然而一两天后，他们的关系就融洽起来，不久就变得亲密了。

后来，克罗斯太太的玛莎事件发生了。

当时沃伯顿在霍普太太的推荐下建议了一个仆人，内心并不是完全没有不安的，但是情况似乎还不错，当一两个星期之后，克罗斯太太宣布自己再满意不过时，他庆幸自己的好运。很久以前他就不再期待贝莎·克罗斯的身影再次出现在商店了；他时不时会想起这个女孩，通常是回忆起他跟随她和她的母亲进入邱园的那一天——一段已经失去了所有痛苦的回忆，在夏日阳光下田园诗般地闪耀着光芒，贝莎是否还会在店里出现对他已经不重要了。当然她从罗莎蒙德那里了解了他的故事，而且很可能觉得与一个具有模棱两可身份的熟人保持距离跟自己的自尊相关。这根本不重要了。

然而，当玛莎的突然爆发的悲喜剧出人意料地把他带到沃勒姆格林的房子时，他经历了一种突然的一年前情感的复苏。与贝莎简短会面以后，他没有直接回到商店，而是在安静的小路上徘徊了一会儿，冥思苦想，面带微笑。没有什么比克罗斯太太和她被摔碎的陶器更滑稽可笑了，克罗斯太太指着瘫倒在地的玛莎，气喘吁吁地讲述她的遭遇的经过；但是她的女儿并没有被卷入到这个哑剧中，她穿过舞台，独立地，带着朴素的尊严，不被琐碎和荒谬的场景影响。如果有任何人能看到那些肮脏的家庭琐事中可笑的一面，肯定就是贝莎本人了；威尔对此非常肯定。难道他不记得，当她不得不在商店里讨论价格和质量时露出的微笑了吗？没有多少女孩会带着那么多富有幽默暗示的意味深长的微笑。

他答应再找一个仆人，但几乎不知道该如何去做。首先，霍普太太被叫到商店后面的客厅里面谈，玛莎的情况被充分讨论了一番。经过一番抗议和周旋，霍普太太终于承认，玛莎曾经因为"酗酒"被熟知，但那是很久以前的事情了，而且这个姑娘已经庄严地声明过，等等。然而，凑巧的是，她还知道另一个女孩，一个真的好仆人，只是因为女主人最近死了才被赶出家门，她现在住在肯特什小镇的家里。于是沃伯顿飞奔过去，见到了那个女孩和她的母亲，一回来就给克罗斯太太寄了一张便条，在其中详细描述了所有他了解到的关于这个新的申请者的情况。结束的时候他写道："我想您已经知道，我做生意用的名字并不是我的真实姓名。请允许我就私人问题写信的时候，使用我自己的签名"——接下来就是签名了。此外，他标注了从住处寄出而不是从商店寄出的信的日期。

第二天回信就到了。他在早餐桌上发现了这封信，带着喜悦的好奇心打开了它。克罗斯太太写道，"萨拉·沃克"已经来见过她了，而且如果询问结果非常满意，她将会被雇用。"真是麻烦您，我们非常感谢您。非常感谢您对我健康状况的问候。我很高兴地说，最严重的惊吓已经消失了，尽管我担心还会长期感受到它的影响。"随后她就仆人问题的严重困难评论了几句，然后说："您下个周日如果没有安排，我们会很高兴您能来和我们一起喝杯茶。"

威尔一边喝着咖啡，吃着鸡蛋，一边思考着这个邀请。不可否认，这让他很愉快，但并没有引起过度的兴奋。他很想知道，克罗斯太太的女儿在多大程度上同意了这一步。也许她觉得，在他给予了这么多服务之后，一个人至少应该请他去喝茶。他为什么要拒绝呢？在去店里之前，他写了一封简短的应允信。白天期间，一种担心自己的行为是否谨慎的疑虑不时困扰他，但总的来说，他愉快地期待着周日的到来。

他应该如何装扮自己？他应该像以前去庞弗雷特家那样，穿着轻便的步行服、夹克和软毡，还是应这种情况的要求，带上烟囱壶，穿上礼服大衣？他嘲笑自己为此坐立不安，然而或许这有一定的重要性。在已经决定穿便服之后，他在最后一刻改变了主意，按照社交礼仪穿戴整齐。结果，一进小客厅——这个名字比会客室更适合它——他就觉得自己穿得太正式、太浮夸、太荒唐了。他的圆筒靴似乎有三英尺高；他的手套光亮如新；他大衣的尾部好像在腿上绕了好几圈，然而当他坐在对他来说太低的椅子上时，尾部还地板上拖了一大截。自从孩童时候最尴尬的阶段以后，他从未感到"在做客中"如此不自在。他确信贝莎·克罗斯正在嘲笑他。她的笑容太执意了，只能解释为对岌岌可危的欢乐气氛的妥协。

谈话的间隙促使沃伯顿说起了他最近感兴趣的一件小事。这件事与肯宁顿巷的店主波茨先生有关，他以前经常见到这位店主，但近几年，他已经完全不记得他了。在良心的谴责下，他终于去咨询了一下，但波茨的名字已经不在店里了。

"我走了进去，问老人是否已经去世；没有，他从生意场上退休了，住在不远处的地方。我找到了那所房子——一个相当脏乱的地方，一个明显脏兮兮的女人打开了门。我一眼就看出她不想让我进去。我有什么事？诸如此类的问题，但我坚持要进去，最后进入了二楼的一个房间，一间令人很不舒服的起居室，可怜的老波茨在那里迎接我。他说，如果他知道我的住址，一定会写信告诉我这个消息的。他在美国的儿子，我认识的那个，过得很好，每个月都寄钱来，足够他生活了。'但是他在这些小地方住得舒服吗？'我问。我当然知道他不舒服，我也看出我的问题让他很紧张。他看着门，小声地说着。事情的结果是，他落入了一个房东太太的手中，成为她的受害者。仅仅因为她是个老熟人，他觉得不能离开她。'需要我帮你逃跑吗？'我问他，他的脸上闪烁着希望。当然，那个女人就在钥匙孔旁听着；我们都知道这一点。我离开的时候，她已经跑下了一半的楼梯，在她用笑容掩饰之前，我捕捉到了她愤怒的神情。我必须尽快给老伙计找到体面的住处。他正被无情地折磨着。"

"多么可耻！"克罗斯太太大喊道。"真的，那个阶层的一些女人就是这么卑鄙！"

她的女儿低垂着眼睛，嘴角露出最不易觉察的微笑。

"我在想我们是否能打听到任何合适的消息，"她母亲继续说，"打听一下我们在霍洛威认识的人。我想到了博尔顿家，贝莎。"

大家讨论了波茨先生的需求，贝莎对此事很感兴趣，并提出了各种建议。

谈话变得越来越热烈。沃伯顿开始讲述自己的住宿经历。他吸引了贝莎的目光，就维克太太的话题充分发挥了自己的幽默感，现场一片欢声笑语，甚至连克罗斯太太也加入其中。

"为什么，"她惊呼道，"你要待在这么不舒服的房间里？"

"没关系，"威尔回答，"只是暂时的。"

"啊，你还有其他的希望？"

"是的，"他欢快地笑着回答，"我有其他希望。"

第四十四章

在其后一周即将结束的时候，克罗斯太太来到了店里。她神情匆忙，用秘密的口气和沃伯顿交谈着。

"我们一直在打听，最终我想我们听到了一些消息，或许会适合你可怜的朋友。这是地址。我女儿今天上午去了那里，和那个女人谈了很久，她觉得可能真的可行。但也许你也已经找到了什么地方？"

"没有找到，"威尔回答道。"我非常感谢您。我会尽快过去看看。"

"如果能合适的话，我们真是太高兴了，"克罗斯太太说。"一定要星期天来看看，好吗？我们五点钟总是在家。——哦，对了，我已经写了一张小单子，"她补充道，把她的杂货订单放在柜台上。"请告诉我总共多少钱。"

沃伯顿郑重地收下了现金，克罗斯太太带着她淡淡的亲切的微笑向他道别。

星期天，他履约来"看看"，而且这次他穿的是日常舒适的衣服。为波茨先生推荐的房间似乎正是所需要的，于是他主动担责租下了它们。此外，他还去了趟肯宁顿，向这位精神紧张的老人说明了为他建议的安排。

"但是他能被准许离开吗？"贝莎问道，她的眼睛里闪烁着威尔一直留意的光芒。

"他告诉我，他不敢透露消息；但是他只需要支付一周的房租取代自己就可以了。我答应明天早上十点和他一起，帮助他离开。我会带上最重的拐杖，一个人必须为任何一种紧急情况做好准备。克罗斯太太，麻烦您看一眼周二的警方新闻，看看我有没有受伤。"

"我们真的会非常着急，"这位女士痛苦地皱着眉头，回答道。"你明天晚上就不能让我们听听消息吗？我太了解那个阶层的女人是多么可怕的生物了。我非常强烈地建议你找一个警察陪同，沃伯顿先生，我恳请你采纳。"

周一下午晚些时候，乔利曼的送货男孩给克罗斯夫人留了一张字条。信中告诉她一切顺利，尽管"并非没有骚动。在我们的出租车离开后，那个女人在自家门口大声辱骂。可怜的波茨先生被吓得几乎瘫痪，但一看到新的住所，他马上就恢复过来了。他想感谢你们二位"。

就在这天晚上，沃伯顿接待了戈弗雷·舍伍德的登门拜访。两星期前，也就是复活节刚过，米利根先生和帕克小姐举行了婚礼；舍伍德趁着他的老板去度蜜月不在家，跑到海边呼吸新鲜空气。今晚，他出人意料地出现了，他的脸诉说着一个动人的童话的序幕。

"读读这个，沃伯顿——"他拿出一封信。"读读这个，然后告诉我你对人性的看法。"

这封信是米利根写的。带着许多解释和道歉，他写信告知他的秘书，伟大事业将无法继续，爱尔兰的素食者殖民地将会使世界文明化，必须——就他而言——仍然是一个光荣的梦想。事实是，米利根夫人并不喜欢这个想法。她尝试过素食主义，但这并不适合她的健康；此外，她考虑到潮湿和气候，反对住在爱尔兰。无奈之下，米利根夫人的丈夫不情愿地放弃了他崇高的计划。这样一来，他再也不需要秘书了，舍伍德必须考虑终止他们之间的商业合作关系。

"他随信附上了一张非常慷慨的支票，"戈弗雷说。"但这是多么大的损失啊！我早就预料到了。帕克小姐一出现在这件事里，我就向你暗示过我的恐惧。可怜的老米利根！一个迷失的人——陷入了庸俗——无望地被世俗的婚姻蒙蔽。可怜的老家伙！"

沃伯顿笑出了声。

"但这还不是所有的，"另一个人接着说，"老斯特朗温死了，最后真的死了。我给他写了好几次信，都没有任何回音。现在一切都完了。那一万英镑……"

他做了一个绝望的手势。然后说：

"拿上支票，沃伯顿。这是我所有的财产了。拿上它，老朋友，试着原谅我吧。你会吗？好吧，好吧，如果我活着，我会还给你钱的，但是我已经在走下坡路了，这些绝望几乎让我崩溃。实话告诉你，素食食谱的确行不通。我感觉自己像猫一样虚弱。如果你知道我付出了多少英雄主义就好了，在海边，我忍住不吃牛排和牛肉。现在我放弃了。再吃一个月的大白菜和扁豆，我会一蹶不振的。我放弃了。今天晚上我应该去吃个晚饭，去城里吃一顿真正的晚餐。你可以和我一起吗，老家伙？摆在我前面的是什么，我不知道。我想要去加拿大的农场劳作，这肯定跟我的健康匹配，不过，还是让我们像往日一样再去吃一顿晚饭吧。应该去哪儿吃呢？"

于是他们来到城里，像皇室一样吃了一顿，结果沃伯顿不得不照顾他的朋友回家。喝完第二瓶酒时，戈弗雷决定去遥远的西部过农业生活，威尔答应帮他向他的一个朋友说情——一位女士，她的哥哥们在不列颠哥伦比亚省务农。但是，戈弗雷说在他走之前，必须得到保证：沃伯顿真的原谅了他损失的那笔钱。威尔抗议说，他已经全部忘记了，如果真的需要原谅，他也会全心全意地给予宽恕。于是，他们互道晚安，带着亲切的真心实意。

让他吃惊的是，一两天后，他收到了舍伍德的来信，信中严肃地重新提到了不列颠哥伦比亚省的事宜，并提醒他许下的承诺。于是，星期天，威尔第一次在没有被邀请的情况下拜访了克罗斯太太，受到了不亚于以往的友好接待，他开始询问贝莎哥哥们的消息，接着谈到了加拿大的农业生活，并提到了戈弗雷·雷舍伍德。贝莎答应在下次寄信时会写到这个问题，她觉得她的哥哥们很有可能会帮舍伍德先生找到谋生的办法。

"你猜我们昨天做了什么？"克罗斯太太说。"我们冒昧拜访了波茨先生。我们得去霍洛威看博尔顿夫人，因为离得很近，我们就想或许大胆地——用您的名字做个介绍。这可怜的老先生看到我们很高兴——是不是，贝莎？哦，他对我们推荐的住处十分感激。"

贝莎的微笑中透露出一丝不安。沃伯顿察觉到了这一点，便特意强调地说道。

"您真是太好心了。老人家在那陌生的地方感到有一点孤独。他四十年来几乎没离开过肯宁顿。非常善良的想法,真的。"

"我松了一口气,"贝莎说,"似乎对我来说,我们很可能严重的轻率行为让我们感到羞愧。良好的意图是非常危险的东西。"

后来,沃伯顿抽时间去了趟霍洛威,听说了有关女士们来访的一切。此外,他还得知,波茨先生向她们讲述了他在圣基茨对那个生病的孩子的善心,以及他第一次去肯宁顿巷拜访的故事。

第四十五章

当贝莎在母亲的请求下开始管理这所房子时,她非常清楚摆在她面前的是什么。

在整整两个星期的时间里,克罗斯太太忠实地遵守了约定。她宣布,这是她有生以来第一次在生活中享受宁静。她觉得自己的神经系统受到了很大的打击,起得很晚,睡得很早,下楼之后还经常斜躺在沙发上。她自称记不住新仆人的名字,每当"你叫她什么"的声音传进房间时,她就表现出一副意味深长的困惑的样子。她不允许自己过问家务管理的任何细节。贝莎偶然(不经意地)抱怨了屠户供应的某个关节,克罗斯太太用梦幻般的眼神看了一眼,用一种怀旧的人的口吻说,"我那个时候,他提供的一个小肩膀都是可靠的";然后把这件事当作无关紧要的事打发过去了。

但是,休息具有恢复性的作用,在第三个星期,克罗斯夫人感到她精力大大恢复了。她不过五十三岁,尽管生活习惯慵懒,实际上身体非常健康。她不爱看书,也不太喜欢社交,如果被剥夺了家务琐事的源泉,该如何打发时间呢?

贝莎观察到了即将来临的麻烦的迹象。一天早上，她母亲比往常更早下楼，在房间里焦躁不安地走来走去，女儿正在画板前忙碌着，她突然大喊道：

"我希望你能告诉那个女孩，好好地给我整理床铺。我已经三夜没合过眼了，从头到脚都疼。她忽视我房间的方式真的很可耻……"

紧接着是紧密相关的细节，贝莎认真地倾听。

"立马去处理，妈妈，"她回答道，离开了房间。

正如她猜测的那样，这种抱怨没有什么根据。这仅仅是个开始；克罗斯太太日复一日地抱怨这、抱怨那和其他的一切事情，直到贝莎看到预期的时刻即将到来。最严重的斗争来源于以前争论的焦点，仆人的伙食。克罗斯太太悄悄溜进厨房，瞥见了萨拉的晚餐，她大吃一惊，大大激发了内心深处的愤慨，以至于她抛开对新秩序的一切尊重，用斥责压倒贝莎。她的女儿静静地听着，直到这股洪流耗尽了它的力量，然后微笑着说：

"这就是你如何信守承诺的吗，妈妈？"

"承诺？我承诺过要看到邪恶的浪费吗？你想把我们带到贫民院吗，孩子？"

"我们不要浪费时间谈论一个月前定好的事情了，"贝莎果断地回答道，"萨拉干得很好，不能有任何变化。我很满足于自己支付她的工资。信守您的诺言，妈妈，让我们平静而体面地生活吧。"

"如果你把将仆人宠到傲慢无礼叫作体面的生活……"

"萨拉什么时候对你无礼了？她从没对我不尊重过。相反，我认为她实际是个非常好的女仆。你知道我现在有许多工作要做，而且——直白地说——我不能让你扰乱房子的正常生活。安静点，这位亲爱的人。我坚持这样。"

说完以后，贝莎把双手搭在母亲的肩膀上，看着她那张愚笨而愤怒的脸，那样坚定和泰然自若，温柔的眼睛里闪烁着一丝真挚善良的光芒，同时，她那漂亮的嘴唇上流露出同样的决心，以至于克罗斯太太别无选择，只能顺从。她抱怨着转过身去；闷闷不乐地憋了一整天没说话；但贝莎，无论如何，暂时胜利了。

克罗斯母女对自己的亲朋好友知之甚少，见面也很少。克罗斯太太在婚后很早就与丈夫的家人关系冷淡；她与任何一个姓氏的人都不来往，而且总是让贝莎明白，在这样或那样的情况下，父辈的叔叔和婶婶们"表现得非常糟糕"。

在自己的血缘关系方面,她只有一个小十岁的弟弟,是伍斯特的一名房地产经纪人。自从他们上次见面,大约七年已经过去了;在那次见面中,克罗斯太太与弟媳的意见有些分歧。詹姆斯·罗林斯现在是个鳏夫,有三个孩子,在过去的一两年里,伍斯特和沃勒姆格林之间的信件往来还算友好。克罗斯太太完全不知道该如何打发时间,在这压抑的家庭日子里,她重新开始通信,并意外地收到了去弟弟家住几天的邀请。大约在上次的争吵一周后,她把这个消息告诉了贝莎。

"当然,你也被邀请了,但是——我恐怕你太忙了?"

母亲显然想要在无人陪伴的情况下前往伍斯特郡,贝莎对她的提问感到可笑,仍然回答说,她实在不知道自己现在怎么能抽出时间。

"但我不想把你一个人留在这里……"

她的女儿对这一顾虑一笑而过。一想到可以暂时摆脱与被宠坏的萨拉接近,她母亲就很高兴,同样地,贝莎对即将到来的一周的独处也非常高兴。事情很快就安排好了,克罗斯太太离开了家。

那是一个星期五。第二天,阳光和自由让贝莎有了度假的心情,于是她逃到乡下,像一年前遇到诺伯特·弗兰克斯那次一样,漫步了很久。星期天上午,她安静地待在家里。下午,她邀请了一位女性朋友。大约五点钟,她们正喝茶时,贝莎听到有人敲前门。她听到仆人去开门,然后过了一会儿,萨拉通报说,"沃伯顿先生。"

这是沃伯顿第一次发现房间里有陌生人,贝莎不难看出他上前握手时不习惯的神情。

"没有坏消息,我希望?"把他介绍给另一位访客后,她严肃地问道。

"坏消息?"

"我觉得你看起来很苦恼……"

她精心打扮过的五官抵制着威尔的审视。

"是吗?我不知道,但是,是的,"他突然补充道,"你是对的。有件事让我很苦恼——一件小事。"

"看看梅德温小姐的这些画。它们会让你忘掉所有令人烦恼的琐事。"

梅德温小姐和贝莎一样,也是一位书籍插图画家,她带来了自己的作品给朋友看。沃伯顿表现出得体的兴趣,扫了一眼这些画。接着,他询问了克罗斯太太的情况，得知她离开城镇了，一周左右才会回来；他的表情一下子变亮了，那么毫不掩饰以至于贝莎不得不看向一旁，以防她要大笑出来的倾向被看到。这种相当虚伪的谈话继续进行了半个小时，然后梅德温小姐跳起来说她必须走了。贝莎表示抗议，但她的朋友坚持说必须打一个电话，于是离开了。

沃伯顿一只手搭在他的椅子上，站着。贝莎从门边那边回来，转过身，经过他，走回自己的座位。

"一个非常聪明的女孩，"她看了一眼窗户说道。

"非常聪明，毫无疑问，"威尔说着，朝同样的方向瞥了一眼。

"你不坐下吗？"

"很乐意，如果你不觉得我待得太久的话。我有些事情想谈谈。所以当我进来发现这里有一个陌生人时，我感到有些闷闷不乐。我已经很久没有参加过常见的社交了，我都快忘了怎么表现得举止得体了。"

"下次见到梅德温小姐时，我一定要替你向她道歉。"贝莎说，眼里含着玩笑的意味。

"如果你告诉她我只是个杂货商，她会理解的，"威尔说，看着她头顶上方的一个点。

"那或许会使事情更复杂。"

"你知道吗，"沃伯顿继续说。"我肯定弗兰克斯夫妇再也不会邀请我去那里吃午餐或晚餐了。弗兰克斯请我去拜访他们的时候非常谨慎，他总是补充说，只有两个人——只有两个。"

"但那是一种殊荣。"

"所以也可以这么认为，但如果他们真的希望尽可能少地见到我，你会感到惊讶吗？"

贝莎犹豫了一下，微笑着，最终带着某种幽默的讽刺说道：

"我想我能理解。"

"我也理解，相当理解，"威尔说道，大笑起来。"我想告诉你，我一直在找寻自己，试图找到离开商店的某种办法。这并不容易。我也许能找到一份每周几英镑的文员工作，但我觉得那并不比我现在的职位更让人欢喜。我一直在和阿普列加斯——那个果酱制造商通信，他强烈建议我坚持做生意。我不确定他说的对不对。"

屋内陷入一片寂静。每个人都眼睛低垂地坐着。

"你知道吗，"沃伯顿接着问，"我为什么会变成杂货店老板？"

"知道。"

"这是一个幸运的想法。这三年来，我不知道还有什么其他方法能够挣到足够多的钱，来支付我亏欠母亲和妹妹的收入，而且还能养活自己。自从我母亲死后……"

她的眼神吸引了他。

"我忘了你不可能知道这件事。她去年秋天去世了；根据我父亲的遗嘱，我们在圣尼茨的老房子就归我了。房子租出去了，租金归我妹妹，至于她自己那笔损失的资本能够收益的部分，我用商店里赚的利润很容易弥补上了。简正在从事园艺工作，把她一直以来的主要乐趣变成了事业，用不了多久，她就可以独立了。但让她付出代价来摆脱我的责任，是不是太不光彩了。你不这样觉得吗？"

"比不光彩还差劲。"

"很好。你直截了当说出来，我很高兴。现在，请你告诉我，"——他自己的声音断断续续——"用同样的语气告诉我，你是否同意阿普列加斯的观点——你是否认为我最好还是坚持店铺的生意，不要为找一份更加受人尊重的职业而担忧。"

贝莎似乎沉思了片刻，清醒地笑了笑。

"这完全取决于你对它的感觉。"

"不完全是，"沃伯顿说，他的表情紧张而僵硬。"但首先让我告诉你我对它的真实感受如何。你知道，我开始经营商店时，好像我对自己都感到羞愧。我死守这个秘密，向所有人隐藏事实，对我的亲人讲述精心编造的谎言，结果就像已经预料到的那样——不久我患上一种卑鄙的疑病症，看到一切都是黑色或者肮脏的灰色，觉得生活无法忍受。当我利用常识找到了问题所在后，我决定摒弃势利和谎言；可是我的一位乐观的朋友，我唯一信任的朋友，让我相信有好事要发生了——事实上，就是失去的几千英镑要被找回来了，我愚蠢地希冀了一段时间。自从可怕的真相被揭露后，我感觉自己完全不同了。我不能说我以杂货生意为荣，但是简单的事实就是，我在其中没有看到什么可耻的地方，而我顺理成章地做着日常的工作。难道站在柜台后面就比坐在财务室里差吗？为什么零售业要粗俗，而批发业却令人尊重呢？这就是我跟随自己的想法和感受得出的结论。"

"那么，"贝莎停顿了片刻后说，"为什么再让自己苦恼呢？"

"因为……"

他的喉咙变得如此干涩，不得不停下来喘口气。他的手指正竭力破坏椅子扶手上的流苏。他费了九牛二虎之力，终于挤出了下一句话。

"一个人可以满足于做一个杂货商，但他的妻子呢？"

贝莎把头歪向一边，半遮半掩住她的笑容，然后轻轻地回答道——

"啊，那确实是个问题。"

第四十六章

在提出这个问题之后，他把对此的回答看得意义重大。威尔的眼睛避开贝莎，转向窗户。虽然离日落还有几个小时，但阴沉的天空已经使小客厅愈来愈暗。遥远的钟声在召唤晚间祷告，脚步声在对面的寂静的街道上响起。

"这是个问题，"他继续说，"已经困扰了我很久的问题。你记不记得——什么时候来着？一年前？——某个周日和克罗斯太太一起去邱园？"

"我记得很清楚。"

"那天我碰巧在邱园，"威尔仍然紧张地继续说。"当我站在桥上时，你刚好与我擦肩而过。我看到你走进了花园，对自己说，如果我能斗胆加入你们的散步将会是多么愉快。你认识我——作为你的杂货店老板而熟知。对我来说，走上前攀谈将会是多么无礼。那一天我产生了邪恶的想法。"

贝莎抬起眼睛；只是抬起眼睛，直到与他对视，然后又低下了头。

"我们以为你真的叫乔利曼呢，"她用歉意的口吻说道。

"当然你们会这样想了。一个好的创意，顺便说下，那个名字，是不是？"

"确实不错，"她微笑着回答。

"你以前常到商店里来。"威尔继续说道。"而且我很期待。你和我谈话的方式有某种人情味。"

"我希望是这样。"

"是的，但是——这让我询问自己那个问题。我安慰自己说，当然开店只是权宜之计；我应该摆脱它，我应该找到另一种挣钱的办法；但是，你看，我现在离那越来越远了，而且如果我决定继续经营商店——难道不是注定要孤独了吗？"

"这是个难题，"贝莎用一种轻描淡写地思考抽象问题的语气说道。

"前不久，我时不时地说服自己，即使是困难，也不一定是致命的。"他说话的时候，眼睛持续地注视着她，"但那是当你还来店里的时候。突然间，你不再来……"

他的声音低了下去。沉默中，贝莎轻轻地说了一声"是的"。

"我一直好奇那意味着什么……"

他讲话时带着干渴的喘息。贝莎看着他，皱紧眉头，似乎被同情困扰着。她温柔地问道：

"你没有想到过任何解释吗？"

随着一个抽搐的动作，威尔改变了自己的姿势，这样做似乎释放了自己的舌头。

"有几个，"他说道，奇怪地笑了一下。"最困扰我的那个，也许我应该当作自己的秘密是最好的，但我不会的，你应该知道。也许你已经准备好倾听了。你知道去年夏天我出国了吗？"

"我听说了。"

"从埃尔文小姐那里？"

"从弗兰克斯太太那里。"

"弗兰克斯太太——哦，对啊。那么她告诉你，我去过圣让-德吕兹？她告诉你我见过她姐姐？"

"是的，"贝莎回答道，并迅速补充道。"你早就想去法国的那个地方看看了。"

"那不是我去的原因。当时去的时候我有一点疯了。我去那里是因为我以为埃尔文小姐在那儿。他们在她的切尔西住处告诉我,她已经去了圣让-德吕兹。那是她和你一起到商店来的第二天。我一直在和她约会。当她做素描的时候,我们这里那里都见过面。我陷入了疯狂。不要有一刻觉得是她的错——不要朝这个方向想象。我,是我自己,一个浑蛋,一个白痴,应该被责备。她肯定已经知道发生了什么,而且在离开住处的时候故意留下一个虚假的地址,从没想过我会跨越欧洲追她。在圣让-德吕兹时,我听说了她要结婚的消息……"

他停了下来,气喘吁吁。短短的几句话就这样爆炸性地抛了出来。他浑身发烫,满脸通红。

"你怀疑过这一切吗?"接着,他语气变得更加克制。"如果是这样,我当然能理解……"

贝莎似乎陷入了沉思。她的嘴角挂着一丝淡淡的微笑。她没有回答。

"你是不是正在对自己说,"威尔继续激动地说道,"相比纯粹的愚蠢,我还让自己表现得厚颜无耻?毫无疑问,想象着一个受过教育的姑娘会嫁给一个杂货商,简直是愚蠢,但是当他通过讲述这样一个故事开始他的诉求时——!或许我根本不需要讲出来。或许你从来没怀疑过那样的事情?都一样,这样更好。我的一生中已经受够谎言了,但既然现在我已经告诉了你,试着相信别的吧,那就是——就是我从来没有爱过罗莎蒙德·埃尔文——从没有——从没有!"

贝莎似乎要笑出声来;但她吸了口气,控制住面部表情,让她的眼睛朝墙上的一幅画游离而去。

"你相信这一切吗?"威尔问道,当他向前弯腰朝向她时,声音因认真而颤抖。

"我应该不得不考虑一下,"她的回答平静、友好。

"我遭受的疯狂的时刻在男性中很常见。往往它的结果很严重。以这样的方式造就婚姻的例子数不胜数。幸亏我没有陷于这种危险。我只是让自己成了一个大傻瓜。而且一直以来——一直以来,我告诉你,不管你相不相信,愿不愿意相信——我真正爱的是你。"

贝莎再次吸了口气,比之前更轻了。

"有一天,我从圣让-德吕兹出发,越过边境进入西班牙,来到山间一个叫维拉的村庄。在那里,我的疯狂离我而去。我想起了你——在回圣让-德吕兹的路上一直想着你,就像我在英国习惯做的那样想着你,好像什么事也没有发生。你以为是罗莎蒙德成为弗兰克斯太太让我痛苦的吗?这种痛苦不比我从未遇到过她更多。那时,新鲜的空气和锻炼正在发挥作用,在维拉,我再次成为一个理智的人。我现在很难相信,我当时的举止真的那么疯狂。你还记得有一次你来店里要一个寄往美国的盒子吗?那天早上你和我说话的时候,我知道了直到现在我更清楚的事情,那就是我从来没有像喜欢你一样喜欢过其他姑娘,没有哪一个姑娘的面庞对我来说那么有意义,声音和举止都那么让我满意。但是你不理解——我无法表达出来——这听起来很蠢……"

"我非常理解,"贝莎又一次用客观公正的口吻说道。

"但另一件事呢,关于我的疯狂?"

"我得考虑一下,"她回答,眼睛里闪烁着光芒。

威尔停顿了一会儿,然后羞红了脸问道:

"你怀疑过任何这一类的事情吗?"

贝莎动了动头,似乎想回答,但终究还是保持了沉默。这时,沃伯顿站了起来,攥紧了帽子。

"你能让我再见到你吗?——很快地?我可以在这个星期的某个下午来,碰碰运气看看你是否在家吗?——别回答,我会来的,你只需要在门口拒绝我。这只是——一个纠缠不休的商人。"

他没有握手,转身离开了房间。

他梦幻般地走在回家的路上;他梦幻般地,脸上时常浮现出微笑,坐着度过了晚上。他时不时地假装看书,但总是没过几分钟就忘记了面前的书页。他睡得很好;他起床时精神振奋,但仍然处于一种梦幻的心情,而且没有一丝不情愿地投入了每日的工作。

阿勒钦拉着脸迎接他,说道:"她死了,先生。"他说的是他妻子患肺病的妹妹,沃伯顿曾对她表示过善意,但是没有什么能够救活她了。

"可怜的姑娘,"威尔和善地说。"这是许多痛苦的结束。"

"我也是这么说的,先生。"阿勒钦表示同意。"还有可怜的霍普太太,她照顾她已经心力交瘁了。没人会觉得遗憾的。"

沃伯顿翻开了他的信件。

第二天，大概四点时，他再次拜访克罗斯家。仆人毫不犹豫地让他进门，他发现贝莎正坐在画室里。她也许有点严肃，但一点也不冷漠，起身向他伸出了手。

"原谅我，"他说，"这么快又来了。"

"告诉我，你觉得书的封皮这个想法怎么样？"贝莎还没等他说完就说道。

他察看了一下绘画，发现它很漂亮，但还是大胆提出了一两个反对意见。贝莎自嘲地笑了一下，说他找到了弱点。

"你真的喜欢这份工作？"威尔问。"放弃它你会遗憾吗？"

"想想这个世界的损失，"贝莎扬起眉毛回答。

他坐了下来，保持了短暂的沉默，女孩则继续她的绘画。

"有些事我本该在周日就告诉你，"威尔的声音带着一些沙哑。"我忘了一些事情。这就是为什么这么快又来了。我应该告诉你更多关于我自己的事情。你怎么能知道我的性格——我的特点——还有缺点呢？我一直在考虑这些。我不觉得我脾气不好，或者说不公正，或者说有些暴力，但有些事会让我恼火。比如不守时。晚饭迟到十分钟会让我大发雷霆，不遵守约定会让我讨厌一个人。我对食物比较爱抱怨；不能忍受煮得差的土豆或没做熟的排骨。然后——啊，对了！限制对我来说是无法忍受的。我必须按自己的意愿来去。我经营商店的一个巨大优势是，我是自己的主人。我不能屈居人下，也不会被人统治。挑错会让我发怒，发号施令会让我抓狂。没错，就是钱的问题。我不奢侈，但我讨厌吝啬。如果放弃一项主权会让我愉悦，我必须自由地去做。然后——嗯，是的，我的生活习惯不是很整洁；我对家具不太尊重。舒服的时候，我喜欢把靴子放在挡泥板上坐着；还有——我讨厌椅背套。"

房间里摆放着两三件克罗斯太太珍爱的物品。贝莎看了一眼它们，然后低下头，咬住了铅笔头。

"你还能想出任何其他的吗？"她问道。威尔已经沉默了几秒钟。

"这些是我最严重的弱点。"他站起来。"我来这儿只是为了告诉你这些，你或许能把它们加入对商店的反感中。"

贝莎也站了起来。他朝她走过去，准备告辞。

"你会考虑吗？"

贝莎转了半圈，用手捂住了脸，就像一个被要求"不要看"的孩子。她站了

一会儿,然后又面向威尔说道:

"我考虑过。"

"然后呢——?"

"我只有一件事感到遗憾——那就是你任何方面都不比杂货商差。杂货铺是那样一个干净、小巧、充满芳香的地方。如果你开的是一家油店——理所当然要小瞧它了。而你甚至都算不上杂货商,我经常会忘记这一点。我按理说只把你当成一个非常诚实的人——我知道的最诚实的男人。"

沃伯顿的脸上露出了光泽。

"按理说——按理说?"他小声咕哝着。"难道就不能是一定会吗?"

贝莎笑了,不带任何粗鲁的含义。她纯粹出自内心的喜悦而微笑,并且把一只手放在了他的手上。

第四十七章

克罗斯太太回家后,带回一种变化的气色。习惯性的烦躁和脾气的暴躁,以及女性特质独有的长期沉溺的恶习,当然无法消失,但她的肤色更健康了,眼睛更明亮了,回应贝莎的欢迎时露出的微笑,表达了比多年来出现在她脸上的神色更加自然的亲切。事实上,在她拜访童年故居期间,她已经恢复了一些优雅和美德,在嫁给一个因本性过于善良而宠坏她的男人之前,她并不缺乏这些品质。如果屈服于意志坚定、偶尔也会污言秽语的丈夫,她本可以过一个相当幸福和有益的生活。正是对真相的洞察坚定了贝莎最终的反抗。也许,在过去的一周里,她自己的感觉和行为也不是没有完全受到影响。

克罗斯太太有很多话要说。在茶桌上,她讲述了关于弟弟家宅的一切,描述了孩子们的情况,称赞了厨师和女佣——"啊,贝莎,如果这里能有这样的仆人就好了！但伦敦把他们都毁了。"

詹姆斯·罗林斯家境富裕，住在城外一栋漂亮的房子里，生活舒适惬意。"哦，还有空气，贝莎。我到那里还没一天，就觉得自己变了一个人。"詹姆斯本身心地善良，只字未提以前的分歧。他很遗憾他的侄女没有来，但她一定要尽快来一趟。还有孩子们——爱丽丝、汤姆和小希尔达，举止那么得体，那么聪明。她带来了他们所有人的照片。她带来了礼物——各种各样的东西。"

茶余饭后，闲话不断。说到孩子们的年龄，最大的八岁，最小的四岁，克罗斯夫人对他们没有母亲的状况感到遗憾。一位女护士一直在照顾他们，但他们的父亲对这个人不太满意。他提到说要换个人。说到这里，克罗斯太太停顿了一下，微微一笑。

"也许舅舅想的是再结婚呢？"贝莎说。

"根本不可能，亲爱的，"母亲急切地回答。"他明确告诉我，他再也不会那样做了。我不会感到奇怪，如果——不过，过去的就让它过去吧。等等，他谈到了某件完全不同的事。昨天晚上，孩子们都上床睡觉了，我们在聊天时，他突然说了一句话，吓了我一跳——'要是你能来帮我打理家里就好了'。就是这个这想法！"

"我觉得，这是个相当不错的主意，"贝莎沉思着，说道。

"但这怎么可能，贝莎？你是认真的吗？"

"非常认真。我觉得这或许对你来说是最好的事。你需要有点事情做，妈妈。如果詹姆斯舅舅真的想这样做，你当然应当接受。"

克罗斯太太有些受宠若惊，不知道是该看起来高兴，还是被冒犯，她对女儿的果断感到惊讶，于是开始提出反对。她怀疑詹姆斯是否真心实意；他已经承认不能单独留下贝莎一个人，但她也几乎不可能过去，一起住在他的房子里。

"哦，别为我担心了，妈妈，"听者说。"没有比这更简单的了。"

"但你会做什么呢？"

"哦，有各种各样的可能性。最坏的情况是……"贝莎停顿了片刻，把脸避开到一旁，嘴皮开始调皮耍赖——"我可以结婚。"

于是，事情就这样公开了。克罗斯太太似乎如此惊讶以至于几乎痛不欲生。一个人会忍不住想，这样一种事情根本从来没有在她脑海里出现过。

"那么沃伯顿先生已经找到一个职位了吗？"她终于问道。

"不,他继续经营商店。"

"但是——亲爱的——你不会是想告诉我……"

这个问题在一声大喘气中结束了。克罗斯太太的眼神变得暗淡,带着难以置信的恐惧。

"是的,"贝莎平静而愉快地说,"我们已经决定没有别的选择了。生意非常好,一天比一天兴盛。现在店里有了两个助手,沃伯顿先生就不用像以前那么辛苦地工作了。"

"但是,我最亲爱的贝莎,你是打算说,你将要成为一个杂货店老板的妻子吗?"

"是的,妈妈,我真的已经下定决心了。毕竟,它有那么可耻吗?"

"你的朋友们会怎么说?还有……"

"挑剔太太?"贝莎插嘴道。

"我本来想说弗兰克斯太太……"

贝莎点点头,笑着回答道:

"恐怕,这差不多是一回事。"

第四十八章

诺伯特·弗兰克斯正在为他妻子的肖像画做最后的润色;这是一幅严肃的全身肖像画,很可能会被视为他最重要的作品之一。他不时瞥一眼坐在一旁看书的模特;他的目光无神,手机械地移动着,嘴里哼着单调的小曲。

罗莎蒙德读到了书的结尾,合上书,抬头看。

"这样行吗?"她压抑着微微的哈欠问道。

画家只是点了点头。她走到他身边,思索着这幅画,带着满意的神情把头偏向这边，又偏向那边。

"比我拿靴子砸的那副画布上的旧画好多了，你不觉得吗？"弗兰克斯问道。

"当然没有可比性。你发展得非常顺利。在那些日子里……"

弗兰克斯等待着评论剩余的部分，然而他的妻子却沉浸在对肖像画的思考中。毋庸置疑，他在大胆奉承方面并没有做什么了不起的事。任何见过弗兰克斯太太一两次的人，而且在她状态最好的时候，都可能会接受这幅画是对她无可否认的美丽的公正"诠释"；而那些熟悉她的人，则会站在这样一幅伪造的呈现面前困惑不解。

"老沃伯顿一定要来看看，"艺术家不一会儿说道。

罗莎蒙德漫不经心地答应了一声。她早已不再好奇，诺伯特是否对他朋友在法国南部短暂的度假持有任何怀疑。他对婚姻之前以及带来婚姻的戏剧性时刻一无所知；他永远也不会知道。

"我真该去看看他。"弗兰克斯补充道。"我一直说我明天就去，明天就去。别人会觉得我是个忘恩负义的势利小人，但老沃伯顿是个再好不过的家伙了。说实话，一想到他正在过的生活，我就觉得有点羞愧。他应该从我的收入中分一杯羹。当他生活富裕而我还是个乞丐的时候，如果他没有把手伸进口袋借给我钱，我会变成什么样呢？"

"但你不觉得他的生意一定是获利的吗？"罗莎蒙德问道，她的思绪只有一半专注在这个话题上。

"这个老家伙算不上一个生意人，我猜，"弗兰克斯微笑着回答。"而且他还有母亲和妹妹要养活。毫无疑问他总是赠予钱。他的住处非常简陋。去那儿让我不舒服。要么我们周日邀请他来吃午餐好吗？"

罗莎蒙德沉思了一会儿。

"如果你愿意——我本来想问问菲茨詹姆斯家的姑娘们。"

"你不觉得我们或许可以同时邀请他吗？"

罗莎蒙德稍微撅起嘴唇，回答时把目光避开了：

"他会在意吗？而且他说过——是不是说过？——他打算告诉所有地方的所有人，他是如何谋生的。难道这不是有点……"

弗兰克斯不安地笑了笑。

"是的,可能是有点……好吧,他必须过来,安静地看看画。我今晚就去看看那个可怜的老家伙,我真的会去的。"

这一次,目的被实现了。午夜过后的一会儿,弗兰克斯回来了,惊讶地发现罗莎蒙德正坐在工作室里。她说,一个朋友晚上来访,一直待在这里聊天了。

"都是关于她丈夫的画,如此令人厌倦!她认为它们是天才的纪念碑!"

"他的上一件作品还不错,"弗兰克斯好脾气地说。

"也许不是。当然,我假装认为他是当代最伟大的画家。没有什么比这个更能让这个愚蠢的小女人满意了。你见到沃伯顿先生了?"

弗兰克斯点点头,神秘地笑了笑。

"我有消息要告诉你。"

他的妻子微微蹙眉,一副看起来要质问的表情。

"他要结婚了。猜猜和谁。"

"不会是和……?"

"嗯……?"

"贝莎·克罗斯……?"

弗兰克斯再次点头大笑。他妻子的嘴角浮现出一丝古怪的微笑;她沉思了片刻,然后问道:

"他找到了什么职位?"

"职位?他的职位就是在柜台后面,仅此而已。他说他不会动摇的。顺便说一句,他母亲去年秋天去世了;他的境况好些了;店里生意似乎不错。他想过尝试别的,但在和贝莎·克罗斯详细商讨后,他们决定继续坚持经营杂货铺。他们会住在沃勒姆格林的房子里。克罗斯太太要离开了——去给她的一个弟弟照看家里。"

罗莎蒙德叹了一口气,喃喃地说:

"可怜的贝莎!"

"一个杂货店老板的妻子,"弗兰克斯说,目光游移不定。"哦,真见鬼!真是的你知道……"他不耐烦地在地板上转了一圈。他的妻子再次叹了口气,喃喃地说:

"可怜的贝莎!"

"当然了,"弗兰克斯停顿了一下说,"坚持一种能够获得可观的收入,而且前景甚至更好的生意,有很多理由。"

"钱!"罗莎蒙德轻蔑地叫道。"钱是什么？"

"我们发现它有用,"另一个人轻声评论道。

"当然;但是你是一个艺术家,诺伯特,钱只是你职业生涯中的意外。我们曾谈论过它,或者思考过它吗？可怜的贝莎！以她的才华！"

艺术家来回踱步,双手插在夹克口袋里。他正在不安地微笑。

"你知道任何这样的事情正在发生吗？"他问道,没有看他的妻子。

"我从没听说过。自从贝莎上次来,过去太久了。"

"但你似乎并不十分惊讶。"

"那你呢？"罗莎蒙德迎着他的目光问道。"你感到非常惊讶吗？"

"当然了。它非常出乎意料。我不知道他们还见过面——除了在店里。"

"所以这让你烦恼？"罗莎蒙德说,眼睛盯着他的脸。

"烦恼？哦,我不能这么说。"他坐立不安,转来转去,笑了起来。"为什么它让我苦恼呢？毕竟,沃伯顿是个彻头彻尾的好人,如果他能赚到钱……"

"钱!"

"你知道的,我们确实发现它很有用,"弗兰克斯带着某种固执坚持说。

罗莎蒙德正站在那幅画面前,盯着它看。

"她不应该有更高的抱负！可怜的贝莎！"

"我们不可能都实现理想,"弗兰克斯在房间的另一头喊道。"不是每个女孩都能嫁给一个受欢迎的肖像画画家。"

"一个伟大的艺术家！"他的妻子带着强调大喊道。

当她缓缓离开时,她的目光仍然停留在来自画架的那张微笑的脸上。看着她颤抖的眉毛和不确定的嘴唇,人们可能会想象,罗莎蒙德在寻找某种令人困扰的疑惑的答案,而且希望,只是希望,在那个被如此大胆地美化了的她的形象中找到它。